Inhaltsverzeichnis

Für Alina und Marian.
Die beiden besten Gründe,
das Leben zauberhaft lebenswert zu finden.

Prolog

»Hör zu, Jo: Es sind nur Begriffe für uns. Und nicht wichtig. Wichtig ist das, was wir tun. Und vor allem: Wie wir es tun. Wir können sie nicht mit der Nase darauf stoßen, wie sie zu leben haben. Dafür haben sie ja ihren freien Willen erhalten.«

»Warum greifen wir dann überhaupt ein?«, wollte Jo wissen.

»Weil es verschiedene Punkte im Leben gibt, wo sie alleine nicht weiterkommen. Aber noch mal: Es ist wichtig, nur die Stellschrauben zu drehen, damit sie sich selber helfen können. Nicht das Problem zu lösen.«

»Aber... das ist... ganz schön schwierig...«, stammelte Jo mit gesenktem Blick. Er musste an Max denken.

»Ich weiß. Das ist es. Aber hier hält man große Stücke auf dich. Denn es ist mehr als ungewöhnlich, dass ein Neueinsteiger wie du gleich einen solchen Auftrag bekommt. Das habe selbst ich noch nicht erlebt. Offenbar traut man dir einiges zu!«

»Und wer ist das?«, wollte Jo wissen.

»Wie? Ich verstehe die Frage nicht.«

»Nun: Wer ist 'man'. Wer traut mir einiges zu? Wer steht hinter dem allem? Ist es... ich meine... ist es vielleicht... also... Wer erteilt die Aufträge?«

Sein Teamleiter musste lachen. »Das, mein Lieber, wirst du mit der Zeit selbst beantworten können. Jetzt geh und mach deine Arbeit.«

Jo war verwirrt. Extrem verwirrt. Verwirrt von seinem Dasein als... nun, als was eigentlich? Wer waren seine Auftraggeber? Wer war sein Teamleiter? Und nicht zuletzt: Wie viel Zeit war inzwischen vergangen?

ERSTER TEIL: MAX

1

Eines Tages war sie weg.

Einfach nicht mehr da. Als Max aufstand, war alles ruhig im Haus, dabei war er sich sicher, dass heute Schule war. Mama weckte ihn doch sonst immer, und jetzt war es schon nach halb acht, und niemand hatte ihn geweckt, und das Frühstück stand nicht auf dem Tisch und nirgends war Mama zu finden und er war viel zu spät dran.

Er hatte schon laut gerufen und überall gesucht. Aber im Bad war sie nicht und in der Küche auch nicht. Papas Auto war auch nicht da, aber das war ja klar, schließlich musste Papa ja immer schon sehr früh zur Arbeit. Wer sich zwei Urlaube im Jahr leisten will, der muss viel arbeiten, sagte Papa immer. Dabei ging Max dieses blöde Italien sowieso anständig auf den Zeiger, mit dem ewigen Am-Strand-Liegen und der Dauerbeschallung aus den scheppernden Boxen und dem langweiligen Animateur, der immer die gleich blöden Sprüche losließ. Pah! Der konnte ja noch nicht mal richtig Deutsch, obwohl er damit immer so angab. Komisch, dass ihm das gerade jetzt durch den Kopf ging. Jetzt, wo die Wohnung komplett verlassen zu sein schien.

Wo war Mama?

Sie hatte ihn doch gestern ganz normal ins Bett gebracht, so, wie jeden Abend, hatte ihm über die Haare gestreichelt und ihn gefragt, was ihm heute am besten gefallen hat. Das Fußballtraining, hatte er geantwortet, weil Fußball viel mehr Spaß macht als in Italien am Strand liegen. Sie hatte ihm einen Kuss auf die Stirn gegeben und ihm gute Nacht gesagt und dann hatte sie das Licht ausgemacht, aber nicht das im Gang, das musste immer an bleiben, zumindest so lange, bis er eingeschlafen war. Die Tränen in ihren Augen hatte Max nicht gesehen.

Und jetzt war sie weg.

Vielleicht war sie ja nur kurz Brötchen holen gegangen oder... - aber dann wäre sie doch längst zurück. Weil sie weiß ja, dass er in die Schule muss, und jetzt war er schon viel zu spät dran. Ans Handy gehen sie auch nicht, Mama nicht und Papa auch nicht. Max überlegte. Die Pflicht ruft, sagt sein Papa immer, wenn er ins Büro fährt. Die Pflicht ruft, sagte Max jetzt auch, zog sich an, nahm seinen Schulranzen und ging aus dem Haus. Sie werden schon wieder auftauchen, dachte er sich.

Sie blieb noch hinter dem Vorhang stehen, als sie die Tür hatte ins Schloss fallen hören. Ihre Lungen schmerzten, der Bauch tat weh, sie hatte sich kaum zu atmen getraut. Claudia wusste: es war die einzige Möglichkeit. Und dennoch brannte ihr der Schmerz tiefe Wunden in ihr Herz. Sie konnte nicht sagen, wie lange sie noch dort stand, als Max schon längst auf dem Weg zum Bus war. Erst, als sie nicht das kleinste Geräusch mehr hörte, lugte sie hinter dem Vorhang hervor.

2

Es gibt vier Arten von Menschen: Die Gewinner, die Normalos, die Prolls und die Unsichtbaren. Die Gewinner sind die, die man gerne sehen mag. Die einem auffallen, wenn sie an einem vorbei gehen. Die charismatisch sind. Und gutaussehend.

Die Normalos dagegen sind eben Normalos. Das sind die, die so aussehen wie alle aussehen. Die nicht dick sind und nicht dünn, nicht hässlich sind und nicht hübsch. Die einfach da sind.

Die Dritten sind die Prolls. Das sind die Schlimmsten, zumindest wenn es nach Max geht. Die Prolls sind immer zu laut, sagen ständig »Hey Alta!« und sind nicht gerade durch überdurchschnittliche Intelligenz gesegnet.

Die nächsten sind die Unsichtbaren. Das sind die, denen der Bus vor der Nase wegfährt. Die tollpatschig sind, Selbstgespräche führen oder einfach »nicht alle Latten am Zaun haben«, wie Max´ Papa sagen würde.

Und dann gibt es noch die Engel.

Die zählen nicht zu den vier Schubladen, weil sie ja keine richtigen Menschen sein können. Zumindest war sich Max sicher, dass das so sein muss und er meinte mit Engel auch nicht die klassischen Engel mit weißem Gewand und Flügeln. Seine Engel waren schon irgendwie Menschen, aber eben Menschen, die etwas ganz besonderes sind. Oma war so ein Engel gewesen, war sich Max sicher. Wenn sie mit ihm Mensch-ärgere-dich-nicht gespielt hatte, fühlte er sich, als wäre er im Himmel. Dann war nichts mehr wichtig, kein Fernsehen und kein Internet und keine Schule, dann gab es nur ihn und Oma und das Spiel. Seit Oma tot ist, hat er nicht mehr Mensch-ärgere-dich-nicht gespielt und das würde er auch nicht mehr tun. Das wäre ungerecht Oma gegenüber, fand Max. Obwohl sie ja jetzt im Himmel und mit hundertprozentiger Sicherheit ein richtiger Engel war, so viel stand fest. Und ganz bestimmt der Mensch-ärgere-dich-nicht-Champion unter allen Engeln.

Max liebte es, die Menschen in seiner Umgebung einzuteilen und er fand sich sogar richtig gut darin. Es gab ihm eine gewisse Sicherheit und ein Gefühl von Überlegenheit. Schließlich hatte er noch nie jemanden von seinen Menschen-Schubladen erzählt, das war sein kleines Spiel, nur seines, und wenn er wieder jemanden in eine Schublade gepackt hat, machte er sie in Gedanken schnell zu, damit er sich dem nächsten zuwenden konnte. Nur ganz selten kam es vor, dass er jemanden entdeckte, der nicht in diese vier Schubladen passte, und wenn, dann stellte sich meist bald heraus, dass er eben doch in eine gehörte. Wie damals, als morgens immer einer in den Bus stieg, den er nicht einordnen konnte. Der eigentlich viel zu große Ohren hatte aber trotzdem irgendwie nett wirkte. Nach ein paar Tagen konnte ihn Max aber getrost den Normalos zuordnen, wie übrigens die meisten, denn wie der Name schon sagt passen in die Durchschnittler-Schublade einfach die meisten rein. Und wenn er dann wieder einmal den ganzen Bus eingetütet hatte, dann konnte er seinen Gedanken darüber nachhängen, ob denn die Menschen schon in ihrer Schublade auf die Welt kommen oder ob erst ihre Umgebung zu dem machte, was sie waren. War ein Proll schon zu Geburt ein Proll? War ein Gewinner für immer ein Gewinner? Oder konnte auch ein Unsichtbarer im Laufe seines Lebens zu einem Proll oder einem Gewinner werden? Max fand diese Gedanken so unendlich spannend und die Fragen, die ihn beschäftigten, würde er mit Sicherheit irgendwann beantworten können. Schließlich würde er später einmal Autor und Philosoph werden, und Philosophen beschäftigten sich mit genau solchen Fragen.

Max sah sich die Menschen im Bus jeden Morgen genau an. Die meisten kannte er ja längst, doch heute war alles irgendwie anders. Klar, er war ja viel zu spät dran, und so waren auch ganz andere Leute als sonst im Bus. Aber er konnte auch gar nicht richtig hinsehen, weil ihm viel zu viele Gedanken durch den Kopf gingen.

Wo war Mama?

Er würde sie nachher noch mal anrufen und dann würde sie sicher abnehmen und ihm sagen, dass alles nur ein Missverständnis war und dass sie... ja was denn eigentlich? Er konnte sich noch immer keinen Reim darauf machen, dass sie plötzlich weg war. Sie war schließlich noch nie weg gewesen, morgens, als er aufstand. Dass er überhaupt aus dem Haus gehen konnte! Hätte er nicht nach ihr suchen müssen? Und was, wenn ihr was passiert war? Wenn sie auf dem Weg zum Brötchen holen vom Blitz getroffen oder von einem Bären angefallen wurde?

Beruhige dich, Max, sagte er sich selber. Es gibt seit 200 Jahren keine Bären mehr bei uns (und Opa Grummel hatte den letzten erlegt, wie er behauptete; dann müsste er aber schon 250 Jahre alt sein oder so hatte Max mal ausgerechnet) und das letzte Gewitter mit Blitzschlag ist schon drei Wochen her. Er wusste das noch genau, weil Opa Grummel damals bei einem lauten Donner vor Schreck vom Schaukelstuhl gefallen war und laut geflucht hatte:

»Sackundbändel! Jetzt jagen sie wieder! Die sappralottigen Wilderer, ein solchenes Pack! Zeigen werd´ ich´s denen!« Dabei griff er noch am Boden liegend seinen Stock und schwang ihn so wild, dass er Mamas und Papas Weingläser vom Wohnzimmertisch abräumte. Die ganze Familie war vor Lachen fast in Ohnmacht gefallen. Was Opa Grummel wiederum dazu veranlasste, laut schimpfend - er musste seinem Namen ja gerecht werden - das Zimmer zu verlassen und gleich noch über Max´ Katze zu stolpern, was wiederum alle vor Lachen in Tränen ausbrechen ließ und Opa dazu veranlasste, die Wilderer gar nicht mehr so schlimm zu finden, wenn sie nur endlich mal das vermaledeite Katzenvieh... Aber das meinte er eigentlich gar nicht so.

Komisch. Max war plötzlich eigenartig froh zu Mute, als er so gedankenverloren im Bus saß. Er hätte fast die Haltestelle verpasst, an der er aussteigen musste, wenn er den Zug in die Schule noch bekommen wollte. Das war eindeutig der Nachteil davon, auf dem Land zu wohnen: Erst zu Fuß zum Bus, dann mit dem Bus von Willis aus zum Zug nach Oberstaufen und dann in Immenstadt wieder zu Fuß zur Schule. Heute aber machte ihm der Weg nichts aus, so hatte er Zeit zu überlegen.

Und ganz plötzlich, wie ein Blitz, traf ihn ein vollkommen verrückter Gedanke. Kennst Du das, wenn Dir plötzlich ein Gedanke in den Kopf schießt, den Du am Liebsten gleich wieder loswerden willst, weil es sich eigentlich nicht gehört, was Du da denkst? Den Du aber erst recht nicht loswirst, weil Du ja so fest daran denkst, nicht mehr daran zu denken und Dich dann selber aufregst, weil Du immer daran denken musst?

Wenn die abhauen können, könnte er das doch auch, dachte Max. Was, wenn ich einfach sitzen bleibe? Oder mit dem Zug bis Ulm fahre und dann den ICE nach Hamburg nehme? Oder einfach aussteige und loslaufe? Irgendwo hin. Weit weg. Einfach so. Wie Forest Gump.

Nein, das kannst du nicht machen, dachte Max bei sich selber. Sie werden dich suchen, und ein Kind wird schnell als vermisst gemeldet und dann schimpft Papa und Opa Grummel würde sich sicher wieder aufregen. Und Mama erst.

Aber wer sollte ihn vermissen? Papa war entweder verschwunden oder bei der Arbeit. Und Mama war... na ja, das werden wir schon noch herausfinden, wo Mama war. Genau. Das ist mein Auftrag, dachte Max. Mama suchen. Achtung, Welt, hier kommt Null-Null-Max. Der Agent unter den Agenten. Der Gewinner unter den Gewinner-Schubladen-Gewinnern. Platz da! Aus dem Weg, hier komme ich! Max sah zur Tür, fast alle stiegen hier am Bahnhof in Oberstaufen aus, denn fast alle wollten zum Zug. Er fühlte sich einen Meter größer und unbezwingbar, als er sich langsam aus dem Sitz erhob und zur Bustür ging – Pardon: Zur Bustür schwebte. Es knallte heftig, als ihm diese vor der Nase zuschlug und er sich die Stirn an selbiger so heftig anstieß, dass die Scheibe wackelte. Alle ausgestiegenen Kinder drehten sich um und lachten, die paar wenigen im Bus lachten auch, und als der Bus wieder losfuhr, waren zwei Dinge unumstößlich klar: Erstens, Max würde tatsächlich mindestens bis zur nächsten Station mit dem Bus fahren. Und zweitens, Max war eindeutig ein Unsichtbarer. Kein Gewinner. Und schon gar nicht der Gewinner unter den Gewinnern. Traurig und mit Schmerzen – hast Du Dir schon mal den Kopf an der Bustür gestoßen? – schlurfte Max zum nächsten freien Platz und setzte sich hin. Zum Fenster. Damit er wenigstens niemanden ansehen und in Schubladen einteilen musste. Jetzt nicht. Er wollte sich jetzt seinem Frust ergeben. Wollte sauer sein. Und zwar ungestört.

»Na, traurig?«

Max hatte gar nicht bemerkt, dass sich jemand neben ihn gesetzt hatte.

»Geht Sie `nen Dreck an«, polterte Max und erschrak selber über die Heftigkeit seiner Wortwahl. Er rieb sich die Nase. Sie blutete nicht, aber er fragte sich, wie in aller Welt er es mal wieder schaffen konnte, mit Nase und Stirn gleichzeitig gegen die Bustür zu laufen.

»Komisch, wie man es schaffen kann, mit Nase und Stirn gleichzeitig gegen die Bustür zu laufen« sagte der Mann und sah gedankenverloren zum Fenster hinaus. Er war eindeutig ein Gewinner, nach Max´ Schubladensystem zu urteilen. Kurz geschnittenes, schwarzes Haar, weiße Zähne, schlank, groß, sportlich, lässig. Er trug ein weißes T-Shirt unter einem dunkelgrauen Anzug.

Aber das Auffallendste war sein Lächeln. Max hatte noch nie so ein Lächeln gesehen. Er konnte gar nicht sagen, was daran so besonders war und doch war es... anders eben. Warm. Vertrauen erweckend. Gewinnend. Ja. Das war das richtige Wort. Du solltest in der Werbung arbeiten, dachte sich Max, denn der Fremde lächelte so freundlich, dass Max fast seine schlechte Laune vergaß, was ihn wiederum noch wütender machte.

»Du brauchst Dich nicht zu ärgern, nur weil ich lächle«, sagte der Fremde, und Max schnappte nach Luft, weil der Typ scheinbar genau seine Gedanken lesen konnte. Er musste zwei Mal schlucken, bevor er sich selber sagen hörte:

»Ich weiß nicht wer oder was Sie sind, aber ich habe es ihnen gerade eben schon einmal gesagt: Das! Geht! Sie!...«

»...einen Dreck an. Ich weiß«, ergänzte der Fremde gelangweilt und lächelte weiter. Max sah ihm jetzt direkt ins Gesicht.

»Ich heiße übrigens Schnattermast. Jophiel Schnattermast. Ziemlich blöder Name, nicht?« Er hielt Max die Hand hin, die dieser geflissentlich ignorierte. Mehr noch: Max verschränkte demonstrativ die Arme und drehte sich schmollend zur Fensterseite.

Der Fremde lächelte noch immer, Max konnte ihn in der Fensterscheibe beobachten. Eindeutig ein Gewinner, dachte Max. Selten hatte er einen so eindeutigen Gewinnertypen gesehen wie diesen Mann.

»Weißt du«, erzählte der Fremde unbeirrt weiter, »manchmal ist die Welt gar nicht so, wie sie scheint, manchmal gibt es Dinge, die man einfach nicht versteht. Über die man nachdenkt. Die einen beschäftigen. Man kommt aber nicht darauf, was eigentlich dahinter steckt. Dabei ist manches viel einfacher, als man zunächst glaubt. Und die Menschen, die man liebt, sind viel näher als man annimmt, und doch viel weiter als man je zu glauben wagt. Wenn du verstehst was ich meine.«

Kein Wort verstand Max. Aber das war ihm auch egal. Was laberte der nur für einen Blödsinn? Der soll mich in Ruhe lassen, dachte sich Max, vielleicht war es ja doch nur so ein Normalo oder gar ein Proll, der einfach nur irgendeinen Mist erzählte.

Als ob er es gehört hätte, stand der Fremde auf und ging Richtung Tür. Er drückte die Klingel, die dem Busfahrer zu verstehen gab, dass jemand aussteigen will. Der Bus war bereits in Knechtenhofen angekommen, gleich würde er halten. Max überlegte kurz, ob er nicht auch aussteigen sollte, aber er hatte kein gesteigertes Interesse an einer weiteren Unterhaltung mit diesem Schnösel. Kurz bevor der Bus an der Haltestelle zum Stehen kam, drehte sich Schnattermast noch einmal zu Max um.

»Sehr, sehr komische Dinge gehen hier vor, mein Freund. Na ja, du wirst schon noch sehen. Und bitte lauf nicht wieder gegen die Tür beim nächsten Mal, OK? Nicht dass du dir die Nase brichst.«

Max ballte die Fäuste in der Tasche, am Liebsten hätte er dem Fremden die grinsenden Mundwinkel nach oben gezogen, bis er sie an der Deckenhalterung des Busses hätte einhängen können. Die Türen gingen auf, Schnattermast stieg aus, drehte sich aber gleich noch mal zum Bus um, blieb ganz ruhig stehen und sah Max an. Max spürte den Blick des Fremden und zwang sich, nicht hinzusehen, sondern weiter aus dem

Fenster zu starren. Er war so wütend, dass er fühlte, wie es ihm die Tränen in die Augen trieb. Nicht nur, dass seine Mama verschwunden war, dass er die Schule schwänzte oder zumindest viel zu spät kam und er sich vor dem ganzen Bus zum Gespött gemacht hatte, nun machte sich dieser dahergelaufene Lackaffe auch noch lustig über ihn und erzählte irgendeinen Mist. Der Bus hielt, die Türen gingen auf, der Mann stieg aus, blieb aber unmittelbar vor dem Bus stehen. Er drehte sich noch einmal zu Max hin um.

»Mit gebrochener Nase erkennt dich deine Mama vielleicht nicht wieder, falls du sie jemals wieder finden solltest, Max.« Im selben Moment schloss sich die Tür, der Bus fuhr wieder an.

Max wollte aufstehen, wollte los rennen, dem Fremden hinterher, wollte ihn packen, ihn schütteln, ihn fragen, was das alles zu bedeuteten hatte. Doch er war wie gelähmt. Er war zu perplex, um sich auch nur zu rühren. Hatte er richtig gehört? Hatte dieser Schnatterheinz oder Schnattermann oder wie der hieß ihn tatsächlich beim Namen genannt? Woher wusste er, dass er Max hieß? Woher kannte er ihn? Hatte er von seiner Mama gesprochen? Und sogar gewusst, dass sie verschwunden war?

Die Tränen liefen Max über die Wangen, aber er gab keinen Laut von sich. Er weinte still. Noch nie in seinem Leben war er so traurig, so verwirrt, so allein gewesen.

Der Bus fuhr weiter. Und Schnattermast lächelte. Er stand noch immer in Knechtenhofen an der Haltestelle und sah dem Bus nach. »Der Samen ist gesät« sagte er laut, »nun bist du an der Reihe, Max.« Er rückte sein Sakko zurecht (als ob sich hier in Knechtenhofen jemand um den korrekten Sitz seines Sakkos scherte!) und spazierte los.

3

Claudia war völlig ruhig. Es erschien ihr gleichermaßen seltsam wie beunruhigend, wie gefasst sie war. Alles war sorgfältig geplant, so sorgfältig es eben sein konnte. Sven war früh zur Arbeit gegangen, und sein Handy hatte sie versteckt und auf lautlos gestellt, weil sie wusste, dass Max ihn anrufen würde, wenn sie nicht da wäre. Nur Max hätte ihr fast einen Strich durch die Rechnung gemacht. Er war da geblieben, obwohl er eigentlich bei einem Freund hätte übernachten sollen. Dann wäre ihr alles sicher leichter gefallen. Aber Max hatte ja schon immer seinen eigenen Kopf.

Sie ging in die Küche und machte sich Kaffee. Sie hatte keine Eile, noch nicht, der Vormittag würde ihr gehören. Das Foto lag noch auf dem Tisch, da, wo sie es gestern Abend hingelegt hatte. Sie musste es immer wieder ansehen, schon die ganzen letzten Tage war das so, und auch jetzt konnte sie den Blick nicht davon abwenden. Claudia wusste noch genau, wann und wo und wie sie das Bild geschossen hatte: Letzten Sommer in Italien, am Strand war es, und sie lag auf der Sonnenliege. Ihre Füße sind im Bild zu sehen und links und rechts davon ihre beiden Männer, Max und Sven. Beide sind sie braun gebrannt und beide tragen die nagelneuen Sonnenbrillen (ganz sicher echte Qualitätsware, hatte der Händler am Strand gesagt). Wie ähnlich sich die beiden sahen. Beide hatten dasselbe Grübchen am linken Mundwinkel, immer dann, wenn sie lachten. Wie glücklich sie aussehen! Erst, als die Tränen auf dem Bild zersprangen, merkte Claudia selber, dass sie weinte.

Sie hatte nicht die Kraft besessen, Max zu wecken und ihn zum Bus zu bringen, obwohl sie das vorgehabt hatte. Sie wollte die Fassade so lange wie möglich aufrechterhalten, aber es ging nicht. Sie wäre umgefallen. Lieber versteckte sie sich wie ein Verbrecher. Was musste Max nur von ihr denken? War sie vielleicht wirklich ein Verbrecher? Eines Tages würde er verstehen, redete sie sich selber ein. Eines Tages würden Sven und Max die richtigen Schlüsse ziehen.

Welche Wahl hatte sie? So tun, als ob nichts wäre? Nein, das war keine Option, so viel stand fest. Es musste eine Veränderung her und dennoch zweifelte sie nach wie vor an sich selber, ob sie diese, die absoluteste, die härteste und vielleicht die selbstzerstörerischste Lösung würde durchziehen können. Der Schluck Kaffee tat gut, und auch wenn sie sich wie gelähmt fühlte, zwang sie sich, wieder vom Küchentisch aufzustehen. Noch war zwar Zeit, aber sie musste fertig sein, bevor Max von der Schule kam und bevor Opa Grummel sein Mittagessen einforderte.

Opa Grummel.

Sie musste schmunzeln, als sie an ihn dachte. An die vielen Geschichten, die er erzählte. An die knorrigen Schimpftiraden, die er über die Wilderer loslassen konnte, obwohl er genau so gut wie alle im Dorf wussten, dass es längst keine Wilderer mehr gab. Und an die Abende, an denen Grummel gar nicht mehr so grummelig war und seine Oma Klara vermisste.

Keine Sentimentalitäten jetzt, tadelte sie sich selbst. Wenn nicht jetzt, dann nie wieder. So oft schon war sie diesen Moment in Gedanken durchgegangen. So oft schon hatte sie geplant, es in die Tat umzusetzen. So oft schon war sie im letzten Moment zu feige dazu gewesen.

Oder zu vernünftig?

Claudia wollte das schlechte Gewissen nicht zulassen, aber sie konnte das elende Gefühl, ein ganz feiger Betrüger zu sein, nicht unterdrücken, nun, als sie Svens und Max′ Handy auf den Küchentisch legte und - nicht ohne sich noch einmal wehmütig umzusehen - auf die Tür zuging. Es würde der schwerste Gang ihres Lebens werden, das war ihr bewusst. War es wirklich die einzige Möglichkeit? »Ja«, beantwortete sie sich die Frage selber. »Ja«, sagte sie gleich noch mal laut, wie, um es sich selber noch mal zu bestätigen, wie um sich selbst den letzten Kick, den letzten Ansporn zu geben, es diesmal wirklich zu Ende zu bringen.

Sie wischte sich die Tränen ab und lief los. Erst ganz langsam, dann immer schneller und schneller. Je weiter sie sich vom Haus entfernte, desto sicherer wurde sie. Claudia zwang sich, sich nicht noch einmal umzudrehen. Sich nur auf das Klacken ihrer Sohlen zu konzentrieren. Sich nur auf sich zu fokussieren. Einmal nur an sich denken. Einmal wirklich selber entscheiden. Einmal keine Rücksicht nehmen.

Rücksicht?

Sie blieb unvermittelt stehen. Rücksicht? »Pah!« schrie sich selber an, und nahm sofort den schnellen Schritt wieder auf. »Diese Entscheidung ist vielleicht die rücksichtsvollste deines Lebens, Claudia!« sagte sie laut vor sich hin und dachte gleichzeitig daran, dass sie Menschen, die Selbstgespräche führen, immer für komplett durchgeknallt gehalten hatte. Jetzt war sie also offenbar auch so weit. Durchgeknallt und unvernünftig. Oder doch rücksichtsvoll und vorausschauend? Die nächsten Wochen würden es schon zeigen. Der erste, der schwerste Schritt jedenfalls war getan.

4

Als Svens Telefon klingelte, dachte er an nichts Böses. Warum auch?

»PR-Agentur Schmitz&Schmitz, guten Tag«, meldete er sich gelangweilt.

»Herr Grünlinger?« sagte die Stimme am anderen Ende.

»Ja, der bin ich. Was kann ich für Sie tun?«

»Gruber, vom Sekretariat des Gymnasiums Immenstadt. Ihr Sohn Max ist heute nicht zum Unterricht erschienen. Wir haben keine Entschuldigung vorliegen, und unter Ihrer Privatnummer nimmt niemand ab. Ich wollte mich nur vergewissern, dass alles in Ordnung ist.«

»Das kann nicht sein«, entgegnete Sven. »Meine Frau müsste ihn doch zum Bus gebracht haben. Zumindest weiß ich nichts Gegenteiliges.«

»Nun, Fakt ist, dass er nicht hier ist«, sagte Frau Gruber.

Sven zögerte. Auf die Schnelle konnte er sich keinen Reim darauf machen.

»Vielleicht ist er ja krank geworden, ich werde mal meine Frau anrufen. Melde mich wieder bei Ihnen, ja?«

Sven legte auf, legte die Finger auf die Maus und öffnete sein Outlook. Blöd, dass er ausgerechnet heute sein Handy nicht gefunden hatte, jetzt musste er erst umständlich die Telefonnummer seiner eigenen Frau aus dem Adressbuch suchen. Man merkt sich ja keine Telefonnummern mehr, seit alles im Handy gespeichert ist. Seltsam, dachte er. Max war doch gestern Abend noch völlig fit. Es wird ihm doch nichts passiert sein... Er wählte Claudias Nummer. »Geh ran« murmelte er vor sich hin.

»Das ist die Mailbox von Claudia Grünlinger. Schön, dass Du anrufst, bitte sprich doch einfach auf meine Mailbox und ich rufe dich umgehend zurück.«

»Claudia, bitte ruf mich dringend an. Max ist nicht in der Schule und ich weiß nicht Bescheid. Was ist denn los mit ihm? Wo bist du? Ruf an bitte, die Schule hat sich bei mir gemeldet. Ach ja – bitte im Geschäft anrufen, ich habe mein Handy zu Hause liegen lassen.«

Im Auflegen blätterte er nach Max´ Nummer. »Mist. Mist. Mist!«

»Na, du hast ja mal wieder eine Laune!« Pete, sein Schreibtischnachbar, sah ihn gar nicht an, während er mit ihm sprach, sondern starrte weiter auf seinen Bildschirm, die Finger auf der Tastatur, wie zum Sprung bereit, falls ihn plötzlich der lang ersehnte Kuss der Kreativitäts-Muse ereilen sollte.

»Ich hab´ ja auch allen Grund dazu. Mein Sohn taucht nicht in der Schule auf und meine Frau geht nicht an ihr Handy. Toller Tag!« Sven wählte Max´ Nummer.

»Für dich ist doch jeder Tag gleich beschissen« blaffte Pete zurück. »Merkst du eigentlich selber, was Du hier ständig für eine miese Laune verbreitest?«

»Sag mal, hörst du eigentlich, was ich sage oder spreche ich Kisuaheli? Mein! Sohn! Ist! ... ach, was erzähl ich dir das eigentlich. Das hat etwas mit Verantwortung zu tun, verstehst du? VERANTWORTUNG! Google es, wenn du das Wort nicht kennst!«

»Sag mal, hast du sie noch alle? Du musst gerade was von Verantwortung labern. Gerade du! Weißt du was? Leck mich einfach und lass mich in Frieden!«

Sven drehte sich weg, ignorierte seinen Kollegen und drückte sich stattdessen den Telefonhörer so fest ans Ohr, dass es schmerzte. Er wollte Max damit ans Handy zwingen, ihm war die Lächerlichkeit seines Tuns bewusst, und dennoch drückte er noch fester. Er musste doch einfach ran gehen!

»Dies ist die Mailbox von null-eins-fünf-eins...« Sven wartete die Ansage nicht ab, er sprang auf, schnappte seine Jacke, die über der Stuhllehne hing, und ging zur Tür.

»Auch wenn ich es ungern tue, ich muss dich um einen Gefallen bitten.« Svens Stimme war plötzlich so eindringlich geworden, dass selbst Pete den Ernst der Lage zu erkennen schien. Er beugte sich vor und sah seinen Kollegen durchdringend an.

»Ich fahr jetzt nach Hause und sehe nach, was da los ist. Kümmer´ du dich um mein Telefon, falls Max oder Claudia anrufen, sag, dass ich unterwegs nach Hause bin.« Mit den letzten Worten war er schon fast durch die Tür.

Die Fahrt nach Hause kam ihm vor wie eine Ewigkeit. Wie vollkommen machtlos man sich doch fühlt, wenn man die Dinge nicht beschleunigen kann! Wenn das Auto vor dir eben genau 50 fährt, wo 50 erlaubt sind. Wenn die Frau, die den Zebrastreifen überquert, zu einer schier unendlichen Zerreißprobe für den Geduldsfaden wird. Und man zudem noch nicht einmal erreichbar ist, weil das Handy nicht da ist. Die Ampel war rot und Sven hing den Gedanken nach. Er ging im Kopf die verschiedenen Möglichkeiten durch: Max war krank geworden und Claudia hatte vergessen, in der Schule Bescheid zu geben. Nein, dann hätte sie den Anruf von der Schule entgegengenommen, korrigierte er sich. Claudia hatte verschlafen und Max nicht geweckt. Ja. Das war es. Sie schlief so tief, dass sie nicht einmal das Telefon gehört hatte. Sven wollte fest an diese These glauben, so bewusst ihm auch war, dass er sich an einen Strohhalm klammerte, denn Claudia hatte noch nie - er wiederholte in Gedanken - noch nie! verschlafen. Und wenn doch was passiert war? Wenn Max überfahren worden war? »Nein! Neinneinnein!! Bitte nicht Max!!« brüllte Sven so laut, dass der Fußgänger, der eben an seinem stehenden Wagen vorbei ging, den Kopf schüttelte über den Mann, der da im Auto saß, schrie und mit den Fäusten gegen das Lenkrad trommelte. Das Hupen hinter ihm holte Sven aus seiner Trance ins Leben zurück. Die Ampel war längst grün geworden. Er ließ die Reifen quietschen und fuhr, viel zu schnell, aber ohne noch einmal anhalten zu müssen, nach Hause.

Als er die Wohnungstür öffnete, fühlte er einen Stich in der Brust. Es war anders, eigenartig, fremd. Lag es daran, dass er normalerweise nicht um diese Zeit nach Hause kam? »Claudia? Max?« Er rief vorsichtig, fast, als wollte er niemanden stören. »Claudia?!? Mahax!« Die Zeit, die Schuhe auszuziehen, nahm er sich nicht, er lief hinein in den Flur, ins Wohnzimmer, ins Kinderzimmer. Schon nach dem Wohnzimmer hatte er aufgehört zu glauben, dass hier irgendjemand wäre, zu still, zu verlassen war die Wohnung. Sven ging in die Küche und fand die beiden Handys auf dem Küchentisch. Claudia hatte sie also gefunden, wenigstens etwas. Acht Anrufe in Abwesenheit, las er auf dem Display, die ersten beiden davon heute morgen von zu Hause, die anderen alle dienstlich.

Was zum Teufel hatte das alles zu bedeuten? Das ergab alles keinen Sinn, noch immer wusste er nicht, wo Max war. Und Claudia. Er wählte noch einmal Claudias Nummer, wieder hörte er nur die sterile Stimme der Mailbox.

Sven setzte sich hin. Er wollte klar denken, wollte sich einen Reim machen auf das, was hier vorging, und doch konnte er keinen Gedanken festhalten. Immer wieder schossen ihm Gedankenfetzen in den Kopf, Bilder, ganz kurz nur, wie Blitze, doch lang genug, um ihm das konsequente Zu-Ende-Denken unmöglich zu machen. »Ruhig, Sven, ruhig. Du musst jetzt einen klaren Kopf behalten«, redete er sich selber ein. Er stand auf, ging zum Kühlschrank und schenkte sich einen Williams ein. Das Brennen im Hals tat gut, den Schmerz, als die kühle Flüssigkeit die Kehle hinunter rann, empfand er als angenehm. Sind alle Menschen so, fragte er sich? Dass man sich selber Schmerz zufügt, wenn man etwas nicht wahrhaben will? Hatte er sich nicht auch in Selbstmitleid und Schmerz geflüchtet, nach dem Horror von vor 17 Jahren? War er wirklich ein ständiger Quell der Übellaunigkeit, wie Pete ihm ständig vorhielt? Und wenn es so war, war es schon immer so oder erst seit damals?

Sven machte das Schnapsglas ein zweites Mal voll, trank es in einem Zug leer und war enttäuscht, dass sich der so ersehnte Schmerz in der Kehle nicht erneut einstellen wollte.

»Papa?«

Er hatte Max nicht kommen gehört, aber jetzt stand er hinter ihm.

»Max! Mein Gott, Max! Ich habe mir solche Sorgen gemacht!« Sven kniete sich auf den Küchenboden und drückte Max an sich, fest und immer fester.

»Du tust mir weh«, sagte Max, »und außerdem stinkst du nach Schnaps!«

Sven rückte ein klein wenig aus der Umarmung ab, griff Max jetzt an beiden Schultern und strahlte ihn an. »Mensch Max, wo warst du denn? Die Schule hat angerufen, dass du nicht da bist. Max, wenn da irgendetwas ist, warum du nicht hingehen magst oder mit deinen Klassenkameraden was nicht stimmt oder wenn du...«

»Papa!«

»...Liebeskummer hast oder jemand dich mobbt, dann kannst du jederzeit, ich meine, du weißt doch, dass wir immer reden können, wir zwei, wir sind doch echte Männer, nicht wahr, Max, weil...«

»PAPA! Mama ist weg!«

»...weil wir verstehen uns doch prima oder etwa...« Er hielt plötzlich inne, als hätte er erst jetzt registriert, was Max da eigentlich von sich gegeben hatte. »Was hast du da eben gesagt?«

»Ich sagte: Mama ist weg. Sie hat mich nicht geweckt heute Morgen und ich hab verschlafen und dann war da dieser Mann im Bus, der mich kannte und der ein Gewinner ist und der irgendwas von Mama erzählt...«

»Max! Jetzt beruhige dich erst mal.«

»Jetzt beruhige du dich erst mal, und vor allem: Lass mich erst mal los!« Max löste sich aus dem Griff seines Vaters, der ihn noch immer wie versteinert an den Schultern gehalten hatte, stellte den Schulrucksack auf den Boden und setzte sich an den Küchentisch.

»Mein Handy!«

»Ja«, sagte Sven, »meins liegt auch da. Ich hatte es wohl vergessen und Mama hat es gefunden und hier her gelegt. Also, das nehme ich zumindest mal an.«

»Ich hab dich angerufen heute Morgen, aber vom Festnetz, weil mein Handy auch nicht da war. Und weil niemand da war, dachte ich, ich muss jetzt zur Schule und Mama würde schon wieder auftauchen. Wo ist sie denn jetzt?«

»Ich habe keine Ahnung, Max. Sie geht nicht ans Handy. Ich mach mir echt Sorgen! Und sie war nicht da heute Morgen, sagst du?«

Das Klingeln des Telefons verhinderte eine Antwort. Die beiden schauten sich an.

»Mama!« sagte Max.

»Claudia!« sagte Sven gleichzeitig.

Sie stürzten zum Telefon, Sven war einen Ticken schneller, er nahm ab. »Claudia? Bist du das? Ach so, Sie sind... nein, es hat sich geklärt, Max ist... ääh... krank geworden, die Grippe, Sie wissen schon, und meine Frau hat wohl vergessen Bescheid zu sagen. Bitte entschuldigen Sie, ja, ja, es kommt nicht wieder vor!«

Max sah ihn mit großen Augen an, nachdem er aufgelegt hatte.

»Soso. Die Grippe hab ich also, wie?«

»Na, was hätte ich denn sagen sollen? So haben wir jetzt zumindest mal die Schule von der Backe. Und jetzt lass uns Mama suchen.«

Als Sven die Schlafzimmertür öffnete und hineinblickte, blieb er wie versteinert stehen. Alles begann sich zu drehen. Er musste sich am Türrahmen festhalten, so sehr schwindelte ihn. Er hatte mit dem Schlimmsten gerechnet, mit einem Unfall, mit einem Überfall, mit allem, aber nicht damit: Claudias Kleiderschrank stand offen. Er war leer.

5

Jetzt war Mama schon vier Tage weg. Wie vom Erdboden verschwunden. Kein Lebenszeichen, kein Hinweis, kein Telefonat, nichts. Auch die Polizei hatte die Suche aufgegeben oder gar nicht erst wirklich angefangen. »Wer packt schon so sorgfältig seine Sachen, bevor er entführt wird?« hatte der Polizist gefragt. Und außerdem waren keine fremden Fingerabdrücke in der Wohnung zu finden gewesen, und Einbruchsspuren auch nicht, hatte der Polizist gemeint. Der Polizist. Der Polizist, den Max eigentlich ganz sympathisch fand, als er das erste Mal bei ihnen in der Wohnung war. Der Polizist, der gar keine Uniform trug, als er Papa und ihn gefragt hatte, wann sie Mama zum letzten Mal gesehen hatten. Der Polizist, der sich dann mit den anderen in der Wohnung umgesehen hatte, genau so, wie Max das aus dem Fernsehen kannte. Genau, wie im Krimi war das gewesen, und Max fühlte sich auch so. So, als ob gleich, nach 90 Minuten, alles gut würde und Mama durch die Tür spaziert käme. Irgendwie hatte er nie daran gezweifelt, dass das ganze Spiel am Ende des Krimis gut ausgehen und Mama wieder auftauchen würde.

Jetzt lag er in seinem Zimmer auf der Couch und hörte Musik. Immer wieder versuchte er sich auszumalen, was sich wohl zugetragen haben könnte. Die Krankenhäuser hatten sie alle abgeklappert, und die Vermisstenanzeige lag zwar noch bei der Polizei, aber die hat nicht... na ja, das wissen wir ja bereits. War Mama tatsächlich ausgezogen? Einfach so? Der Gedanke schien so unrealistisch, dass Max es einfach nicht glauben konnte.

Der Regen prasselte ans Fenster, es war ein kalter Tag im April. Normalerweise mochte Max den Regen und das monotone Geräusch, wenn die dicken Tropfen auf das Hausdach fielen und, wenn noch der Wind dazukam, fast waagerecht gegen sein Zimmerfenster trommelten. Es beruhigte ihn, ja, schläferte ihn manchmal sogar ein. So konnte er stundenlang liegen und über die großen Dinge der Welt nachdenken, halb wach, halb schlafend. Philosophieren. Er würde ja schließlich mal Philosoph werden, oder Dichter. Oder Schriftsteller. Oder alles in einem. Doch heute hasste Max den Regen. Genau genommen hasste er nicht den Regen als solches, sondern vielmehr die Tatsache, dass der Regen alle Plakate von den Straßenlaternen abwaschen würde und er morgen wieder losgehen musste, um neue zu kleben. Er hatte sie selbst gemacht, die Plakate, hatte sein Lieblingsfoto von Mama genommen, es aufgeklebt auf das weiße Blatt Papier und von Hand in großen Lettern »VERMISST« drüber geschrieben. »Wer hat meine Mama gesehen«, stand darunter. Und dazu seine Telefonnummer, ganz oft, mit eingeschnittenen Rändern, zum Abreißen, so, wie wenn jemand eine Wohnung sucht. Hundertfach musste sein Papa das Blatt kopieren, und er hatte alle verteilt, in allen Läden im Ort, in allen Straßen und Nebenstraßen und den Straßen neben den Nebenstraßen. An alle Laternen hatte er sie geklebt, ein Streifen Tesa oben, einer unten.

Doch angerufen hatte niemand. Kein Einziger. Moment, doch. Ein Anruf kam, von Frau Scharnagel, von der Metzgerei. Aber die wusste auch nicht wo Mama war, sondern wollte wissen was los ist, und wo denn die Mama abgeblieben wäre, und dass das ja ganz schlimm wäre und dass Papa doch bestimmt nicht alleine auf ihn aufpassen könnte und dass sie sich echte Sorgen machen würde um Max. Dabei machte sie sich bestimmt keine Sorgen, nicht um Max und nicht um Papa und um Mama schon gar nicht. Sie wollte das alles nur wissen, damit sie es ihren Kundinnen und überhaupt allen Menschen erzählen konnte. Das alte Tratschweib, dachte Max. Soll sie doch erzählen, was sie will. Selbst wenn er gewusst hätte, warum Mama nicht mehr da war, ihr hätte er es bestimmt nicht erzählt. Noch immer konnte sich Max keinen Reim darauf machen, was hier eigentlich los war.

Wie oft hatte sich Max gewünscht, dass hier endlich einmal etwas Aufregendes passieren sollte, hier in Oberstaufen, seinem Dorf. Nun ja, eigentlich war es ja schon ein wenig größer als ein normales Dorf, eine »Marktgemeinde«, wie es richtig hieß, aber hier sprach trotzdem jeder vom Dorf. »Ich geh kurz ins Dorf.« oder »...kannst du das und das aus dem Dorf mitbringen?« So war der normale Sprachgebrauch hier, und das Leben war zwar meist normal bis langweilig, aber genaugenommen so schlecht nicht. Max war sich der Tatsache bewusst, dass man ja immer nach dem strebte, was man nicht hatte, und so war es kaum verwunderlich, dass er sich nach etwas Action, nach Abwechslung, nach etwas Außergewöhnlichem sehnte, allerdings ohne genau sagen zu können, was das eigentlich sein sollte. Dass seine Mama verschwindet, war es jedenfalls nicht.

Max wohnte mit Mama und Papa in ihrem kleinen Häuschen, das sie vor Max´ Geburt gekauft hatten. Es war das, was sie sich eben hatten leisten können: Kein Palast, kein Schloss, aber ein ausreichend großes, ansehnliches Haus mit einem schönen Garten, von dem aus man den Kapfwald sah, in dem Opa Grummel früher gejagt hatte, als er noch Berufsjäger war. Opa wohnte auch hier, in seiner eigenen kleinen Wohnung im Erdgeschoss zwar, aber eben auch bei ihnen im Haus, was Max nicht im Geringsten störte, im Gegenteil. Oft war er eine willkommene Bereicherung der abendlichen Unterhaltungen oder der Fernseh- und Spieleabende. Allerdings beileibe nicht immer, denn Opa war in letzter Zeit immer öfters etwas verwirrt, und Max vermochte nicht zu sagen, ob das einfach am Alter lag oder ob er krank war. Das Häuschen stand etwas außerhalb des Dorfes, in Willis, einem ruhigen kleinen Ortsteil, etwa einen Kilometer weg vom Ortseingang. Schön war es hier, zweifellos, eine herrliche Aussicht konnte man von hier aus genießen, die Nagelfluhkette mit dem Hochgrat, dem höchsten Berg der Region, bewachte das Dörfchen und so ging das Leben hier seinen Gang, tagein, tagaus. Das einzig geheimnisvolle an Oberstaufen waren die Geschichten vom »Huize Loh«, einer Schlucht, die hier jedes Kind kannte und deren Einstieg von Willis aus erreichbar war. Jeder wusste um die Existenz dieser Schlucht mit dem seltsamen Namen, hinein trauten sich die allerwenigsten: Der Ort schien verwunschen, Schauergeschichten gab es zuhauf. Es musste nun etwa 12 oder 14 Jahre her sein, als ein Naturforscher die Entstehung der Schlucht erkunden wollte. Er kam nie mehr zurück.

Max ging zur Schule, zum Fußball, zu Freunden oder war zu Hause. Genau genommen ging ihm dabei nichts ab, es fehlte ihm an nichts, und doch wäre eben manchmal ein bisschen mehr schön gewesen. Wenn er erst ein großer Philosoph wäre, dann würde er erst in die Welt hinaus gehen, um später, viel später, nachdem er seine Bücher und Texte veröffentlicht hätte, wieder hierher zurück zu kommen. Denn sein Herz hing durchaus an diesem Örtchen, an Oberstaufen, mit seinem wunderschönen Ortskern, mit den vielen Läden und Cafés, mit dem Kurpark, dem Minigolfplatz und dem Erlebnisbad, in das er so gerne ging. Im Winter waren die Skilifte vor der Haustüre und im Sommer war der Alpsee nicht weit. Oberstaufen war geprägt vom Tourismus, viele viele Menschen kamen Jahr für Jahr hier her, um ihren Urlaub zu verbringen. Das nicht zuletzt war ja auch der Grund dafür, dass eben eine solche Vielzahl an Geschäften und Cafés gab. Max mochte das, die vielen Menschen, die den Ort bevölkerten, die aber gleichzeitig eine entspannte Unaufgeregtheit vermittelten, weil sie ja im Urlaub waren. Ja, genau genommen hatte er sein Oberstaufen furchtbar gern.

So wie er Lania furchtbar gerne hatte. Seit sie in seine Klasse gekommen war, hatte er fast nur noch Augen für sie. Sie war hierhergezogen, nach Oberstaufen, und ging ebenfalls in Immenstadt zur Schule, genau wie er. Und so kam sie zu Beginn des Schuljahres in seine Klasse. Ausgerechnet. In der Parallelklasse waren es viel weniger Schüler, und dennoch, aus welchen Gründen auch immer, hatte der Direktor sie zu ihm in die Klasse gesteckt. Wenn das kein Zeichen war! Schließlich geschah nichts auf dieser Welt ohne Grund, dessen war sich Max, der Philosoph, ja bereits sicher. Er war mit ihr zusammengestoßen, in der Aula, vor der allerersten Schulstunde in diesem Schuljahr und Minuten später saß sie in seiner Klasse. Was für ein Glücksfall! Lania war gleich alt wie er, zwölf, um genau zu sein. Sie hatte blondes Haar, aber nicht so blond, wie all die Mädchen hier in Oberstaufen, nein. Lanias blond war blonder. Nicht etwa heller, keineswegs, es war eben blonder. Sonniger. Weizenfeldiger. Schöner, einfach viel schöner. Noch nie hatte Max eine solche Haarfarbe gesehen, und er tat sich schwer, sie zu beschreiben, daher beschloss er, sie laniablond zu nennen. Später einmal würde dieses Wort die Welt erobern, und wenn jemand von laniablond hörte, würde derjenige wissen, welche Farbe gemeint ist. Vor ein paar Jahren wusste ja auch noch niemand den Unterschied zwischen Pink und Rosa. Oder »lavendel«. Lavendel. Er hatte das immer für eine Pflanze gehalten, aber seit Neuestem war das eine Farbe, eine Trendfarbe sogar, wenn man der Werbung Glauben schenken wollte (was Max aber nur äußerst selten tat; man dürfe da nicht alles glauben, sagte sein Papa, der ja selbst in der Werbung arbeitete). Also würde man auch laniablond einmal kennen und es würde ganz normal sein, wenn jemand laniablond war. Vorerst allerdings war es nur sein Wort, niemand wusste etwas von seiner Wortneuschöpfung, genau so wenig wie jemand von seiner Schwärmerei für die Besitzerin der Haarfarbe wusste.

Auch seine Mama war blond, aber Mamas Haar war richtig blond, engelsblond pflegte Max immer zu sagen, zum einen, weil ihm das Wort so gut gefiel, zum anderen, weil er Mama damit auf eine andere Stufe hob, als alle anderen Blondinen, die einfach nur blond waren. Heidi Klum zum Beispiel war blond. Nicht mehr und nicht weniger. Hübsch, ja, das war auch Frau Klum, aber das konnten viele sein. Blond-hübsch eben. Aber eben nicht engelsblond. Das war nur Mama. Im Übrigen hätte es ihn auch nicht verwundert, wenn Mama tatsächlich ein Engel war, so wie Oma Klara nach Max′ Definition ein Engel gewesen war.

Lania jedenfalls hatte ihm ordentlich den Kopf verdreht, und zwar vom allerersten Zusammentreffen an, als er sie in der Aula am ersten Schultag versehentlich angerempelt hatte und ihr, als er ihre Schulsachen aufhob, das erste Mal tief in die Augen gesehen hatte. Als er sie später in seiner Klasse wiedersah, konnte er sein Glück kaum fassen. Dabei hatte sie gar nichts getan, jedenfalls schien es so. Sie war einfach da. War nicht aufgemotzt mit Schminke und Lippenstift, so wie manch anderes Mädchen aus seiner Klasse. Hatte nicht versucht, sich in alle Gespräche einzumischen, cool zu sein, indem sie irgendwelche Teenie-Stars gut fand, nur weil jemand anders diejenigen mochte. Sie prahlte nicht, sie tönte nicht, sie war einfach da. So normal, so gewöhnlich und so selbstverständlich, dass es schon fast zu schön war, um wahr zu sein. Aus zweierlei Grund: Erstens mochte Max die Lautsprecher nicht, nicht bei den Jungs und schon gar nicht bei den Mädchen. Die, die immer auf Kosten anderer lustig waren und ihre Stärke daraus bezogen, andere lächerlich zu machen. Prolls eben, nach Max Schubladensystem. Zweitens trug Lanias Art dazu bei, dass sie eben nicht sofort von allen Jungs aus der Klasse umgarnt wurde, sondern zwar akzeptiert und gemocht, aber eben nicht umschwärmt. Noch aber hatte er ihr nichts davon erzählt, er war nicht wirklich gut in diesen Dingen. Zumindest glaubte er das, denn zum Beispiel Jürgen, sein Mannschaftskamerad aus dem Fußball, hatte keine Mühe, die Mädchen anzuquatschen und mit ihnen ins Kino zu gehen. Das wiederum gehörte zu den Mysterien, die Max noch zu ergründen suchte. Was bitteschön fanden die Mädchen an Jürgen? Klar, er war groß, er war cool, aber er war eben auch ein Lautsprecher. Ein Großmaul, ja, das musste mal so gesagt sein. Ein Sprücheklopfer. Ein Proll. Und dennoch schienen die Mädchen auf ihn zu fliegen. Dem philosophischen Hintergrund dieser Tatsache wollte Max bei Gelegenheit noch auf den Grund gehen. Er war da anders, was ihn einerseits nicht störte, weil Jürgen kein erstrebenswertes Vorbild war, was andererseits aber auch verhinderte, dass er Lania einfach so ansprechen konnte. Das wollte geplant sein.

»Max? Opa Grummel ist da. Kommst du zum Essen?« Es war Abend geworden, und Papa rief durch die geschlossene Tür, so, wie Max es ihm beigebracht hatte. Dass man nämlich auch die Privatsphäre von Kindern zu respektieren hat, hatte er zu Papa gesagt. Mama hatte immer angeklopft, bevor sie in sein Zimmer kam, nur Papa war immer gleich hereingestürmt. Jetzt hatte er es offenbar gelernt. »Ich komme«, sagte Max, machte die Musik aus, zog sich seine Pantoffel an und ging nach unten.

Opa Grummel schöpfte sich schon, als Max die Küche betrat. Papa begrüßte ihn mit einem Lächeln und Max sah, wie schwer es ihm fiel, die Fassade aufrecht zu erhalten. Papa wollte stark sein vor Max, wollte ihm Hoffnung und Mut geben und merkte dabei gar nicht, dass Max längst verstanden hatte, wie kraftlos er in Wirklichkeit war. Nur Opa Grummel schien das Ganze kalt zu lassen. Bevor sich Max gesetzt hatte, hatte Opa schon die erste Gabel voll Nudeln im Mund.

»Guten Appetit!«, sagte Max.

»Budn Appe´it«, erwiderte Opa mit vollgestopftem Mund.

Max schöpfte sich ebenfalls ein paar Schinkennudeln auf seinen Teller, wenngleich er nicht wirklich viel Hunger hatte.

»Wie war´s in der Schule?«, versuchte Papa, normale Konversation zu betreiben.

»Wie immer. Langweilig.«

»Alf if nof zur Fule ging, war die Fule allef andere alf langweilig!«, beteiligte sich auch Opa Grummel an der Unterhaltung, noch immer mit vollem Mund. Kein Wunder, er schaufelte die Nudeln in sich hinein als wäre es das Letzte, was er jemals zu Essen bekäme.

»Gibt's was Neues von Mama?«, fragte Max.

»Leider nicht. Ich war heute noch mal bei Petra, aber nicht mal die weiß irgendwas. Sie ist wie vom Erdboden verschluckt.« Petra war Mamas beste Freundin, mit der sie immer ins Fitnessstudio ging und sich auch sonst öfter mal »auf eine Latte« im Café »Blaues Haus« traf, wie Mama immer sagte (sie meinte Latte Macchiato, was wohl irgendeine italienische Kaffeespezialität war).

»Petra meinte nur, Mama wäre in letzter Zeit etwas bedrückt gewesen.«

Max legte die Gabel hin, er hatte kaum einen Bissen angerührt. »Und hast du auch den Eindruck gehabt?«, fragte er.

»Nein, also ich meine, sie war doch nicht anders als sonst und schließlich hat jeder Mensch mal seine guten und seine schlechten Tage, nicht wahr? Oder, Opa Grummel? Das meinst du doch auch?«

»Mhmmmm.« Grummel sah erst gar nicht auf, sondern schob sich die nächste Gabel in den Mund. Irgendwann würde er platzen, da war sich Max ganz sicher. Niemand konnte so viel Essen, zumal nicht, wenn man so dünn war wie Opa Grummel.

Papa schenkte sich sein Bier nach. Er trank viel mehr als sonst, und auch sonst trank er schon nicht wenig, fand Max.

»Und was sollen wir jetzt tun?«

»Wir können gar nichts tun außer Warten«, versuchte Papa mit monotoner Stimme zu sagen. Die Antwort kam Max zu schnell, so, als ob Papa sie schon vorbereitet hatte.

»Papa, was ist los? Ist irgendwas mit Mama? Weißt du was von ihr und willst es mir nicht sagen?« Max wurde immer lauter, so aufgebracht war er jetzt. Ein Verdacht keimte in ihm auf: Wollte ihm Papa tatsächlich etwas verheimlichen?

»Nein, Max. Es ist nichts. Ich weiß auch nicht, was mit Mama los ist oder wo sie ist. Aber wir können schlichtweg nichts tun momentan. Das ist alles.« Papa sprach bemüht ruhig und staatstragend. Eine Spur zu affig, fand Max.

»Nichts tun, nichts tun«, blaffte Max seinen Papa an. »Das kann ich nicht, nichts tun. Ich will meine Mama zurück, und wenn ihr sie nicht suchen wollt, dann such ich sie eben alleine!« Max stand so heftig vom Stuhl auf, dass dieser nach hinten kippte und mit einem Knall auf dem Fußboden aufschlug. Die Tränen stiegen ihm in die Augen.

»Ich! Will! Meine! Mama! Zurück!« Max kam sich vor wie ein kleines, trotziges Kind, und dennoch war es ihm ernst. Papa stand auf und nahm ihn in den Arm. »Das wollen wir alle«, flüsterte Papa in sein Ohr. »Glaub mir Max, nichts auf der Welt wünsche ich mir mehr.«

»Außer dass Sechzig Meister wird! Und die Wilderer endlich das Jagen aufhören!«, rief Opa Grummel dazwischen, und grinste mit ketchupverschmiertem Mund. Jetzt wurde Max erst richtig zornig.

»Sag mal, Opa, was erzählst du denn da? Meine Mama ist weg und du...«

»Max, hör auf. Du weißt doch wie er ist. Manchmal ist er eben ein klein wenig verwirrt, unser Opa. Nimm es ihm nicht krumm, vielleicht ist es besser, wenn er erst gar nicht merkt, was hier eigentlich wirklich passiert.«

»Aber was passiert denn hier wirklich? Es muss doch eine Möglichkeit geben, herauszufinden, was hier eigentlich los ist! War was zwischen dir und Mama? Habt ihr gestritten? Das gibt´s doch alles gar nicht!«

»Das wüsste ich auch gern, Max.« Papa setzte sich wieder hin und trank sein Bier in einem Zug leer. Opa Grummel schaute ihn mit leerem Gesicht an. Und Max stand da und fühlte sich machtlos. Traurig. Leer. Genau so leer wie damals im Bus.

IM BUS!

Wie ein Blitz schoss Max der Gedanke in den Kopf! Im Bus! Dieser Schnattermensch mit dem Gewinnerlachen! Hatte der nicht irgendwas von Mama erzählt? Erinnere dich, Max, erinnere dich, zwang er sich, ruhig zu sein und nachzudenken.

»Max, ist irgendwas?« Auch Papa hatte offenbar gemerkt, dass da was in ihm vorging.

»Ist dir nicht gut? Du bist auf einen Schlag bleich wie die Wand!«

»Ja, mir ist ganz plötzlich so schwindelig«, log Max. »Ich glaub, ich geh nach oben.«

»Vielleicht solltest du morgen mal einen Tag von der Schule zu Hause bleiben«, rief ihm Papa nach. »Es ist wohl alles ein klein wenig viel. Für jeden von uns.«

Das war seine Chance, dachte Max. Von der Schule zu Hause bleiben, gerne! Aber nicht, um untätig herumzusitzen, sondern um vielleicht diesem komischen Schnattermenschen auf die Spur zu kommen. Er hatte ihn nicht mehr gesehen, seit der Begegnung im Bus. Aber Max wusste, was er zu tun hatte. In der Schule würde ihn niemand vermissen. Und Papa würde zum Arbeiten gehen. Hoffentlich. Dann hätte er den Vormittag über Zeit... Das war zumindest eine klitzekleine Chance, etwas herauszufinden. Er musste diesen Typen einfach finden, musste ihn zur Rede stellen. Es fühlte sich gut an, einen Plan zu haben und nicht nur untätig zu warten und zu warten und zu warten. Ja. So würde er es machen. Das erste Mal seit vier Tagen schlief Max mit einem guten Gefühl ein.

»Sven, du musst es ihm sagen.« sagte Opa Grummel zu seinem Sohn.
»Das kann ich nicht. Noch nicht.«
»Du musst. Er ist weit älter und reifer als du denkst. Behandle ihn nicht wie ein kleines Kind. Er ist mein Enkel! Du unterschätzt deinen eigenen Sohn!«
»Ich kann nicht«, sagte Sven resigniert. »Ich kann es einfach nicht.«

6

Als Max aufstand, war alles ruhig in der Wohnung. Fast so ruhig, wie vor fünf Tagen, als das ganze Theater begann. Als sich sein Leben auf einen Schlag veränderte. Seitdem war beinahe alles auf den Kopf gestellt, und Max wollte nun endlich herausfinden, wieso. Max schaute auf seinen Wecker, es war schon fast acht. Das erste Mal hatte er wieder richtig gut geschlafen, das erste Mal nicht von seiner Mama geträumt sondern von... ja, von was eigentlich? Er konnte sich nicht mehr daran erinnern, und musste schmunzeln, weil er sich über seine eigenen Gedanken amüsierte: Woher soll ich auch wissen, was ich geträumt habe, ich habe ja geschlafen, dachte er. In der Wohnung war offenbar niemand. Max schaute ins Schlafzimmer, Papas Bett war benutzt, aber leer. Sein Plan schien aufzugehen, denn Papa war offenbar schon zur Arbeit. Überhaupt hatte er sofort wieder zu arbeiten begonnen, um »den Alltag als willkommene Normalität« zu sehen, wie er sich ausdrückte. Willkommene Normalität. Von wegen, dachte Max. Er will es schlicht nicht wahrhaben, dass da was passiert sein musste. Denn nach wie vor glaubte Max nicht daran, dass seine Mama einfach so gegangen war. Da MUSSTE etwas vorgefallen sein. Nichts auf dieser Welt geschieht ohne einen tieferen Sinn, das war eine Erkenntnis, die Max in einem seiner philosophischen Bücher gelesen und die ihm gefallen hatte. Er würde herausfinden, was der tiefere Sinn hinter Mamas Verschwinden war. Und dennoch schlich sich immer wieder der Gedanke in seinen Kopf, dass Mama vielleicht doch irgendetwas zugestoßen sein konnte. Max war schließlich alt genug, um zu wissen, dass nicht alles immer glatt läuft im Leben. Und wenn sie doch einfach ausgezogen war? Wenn Mama Papa verlassen hatte? Aber dann hätte sie doch wenigstens ihm Bescheid sagen können oder mit ihm darüber reden. Schließlich hatte ihn Mama ja immer als ihren großen Denker bezeichnet, wenn sie über das Leben philosophierten oder wenn er mal wieder Fragen stellte, die Mama nicht auf Anhieb beantworten konnte.

Und manchmal hatte sie ihn auch den »Mann im Haus« genannt, wenn Papa wieder einmal abends länger bei der Arbeit war und es galt, eine Spinne zu entsorgen oder den Müll runter zu bringen, was Max liebend gerne erledigte, wenn er Mama damit einen Gefallen tun konnte. Das fühlte sich gut an, und, auch wenn er wusste, dass es keine Heldentat war, es machte ihn schon immer ein klein wenig stolz, wenn Mama das zu ihm sagte.

Er war erstaunlich guter Dinge, obgleich er wusste, dass er sich mit der Schnatter-Idee an einen Strohhalm klammerte. Aber war das nicht immer noch besser, als nichts zu tun? Beim Zähneputzen ging er seinen Plan noch einmal durch: Er würde am Bahnhof auf den Bus warten, mit dem er damals auch gekommen war. Den um 09:20 Uhr. Der eigentlich viel zu spät für die Schule war. Aber es war immerhin der Bus, in dem dieser Schnatter-Fuzzi saß. An den genauen Namen konnte sich Max nicht mehr erinnern, aber das war ihm auch völlig egal. Er würde da sein, dachte Max, er musste einfach da sein. Und dann würde er sich nicht mit irgendwelchen Ausreden abspeisen lassen, dann würde er ihn fragen, woher er seine Mama kannte und wo sie ist und was er weiß und und und.

Max spuckte die Zahnpastasoße aus, spülte kräftig nach, räumte die Zahnbürste auf, zog sich fertig an, nahm sein Handy und ging los. Er würde sogar einen Bus früher an der Haltestelle sein, dachte er unterwegs. Umso besser! Dann könnte er in Ruhe warten und beobachten, wer im Bus sitzt und gleich einsteigen, sollte dieser Typ schon im Bus sein.

Die Wartezeit an der Bushaltestelle am Bahnhof vertrieb er sich mit seinem Schubladenspiel. Da waren viele neue Gesichter dabei, die er nicht oder nur sehr flüchtig kannte. Alles Normalos, nicht ein einziger Gewinner, aber auch eine handvoll Prolls waren dabei. Da zum Beispiel, nur einen Meter links von ihm, waren gleich drei davon. Vielleicht 16 Jahre alt, schätzte er, und er konnte gar nicht anders, als ihre Unterhaltung mitzuhören, selbst wenn er es nicht gewollt hätte. Die drei schrien sich nämlich beinahe an, so dass alle Umstehenden zwangsläufig alles hörten. Viel tiefgreifende Erkenntnisse ergab die Unterhaltung allerdings nicht, außer man kann einem genuschelten »hey Alda, hast Handy neu? Krass, musst App raufmachen, vom Dings hier, weisschon...« etwas philosophisches abgewinnen. Die Prolls stiegen in den ersten Bus ein, den Max genauestens musterte, doch der geheimnisvolle Fremde war nicht darin.

Macht nix, der eigentlich wichtige Bus kam erst in 10 Minuten. Zu blöd, dass er sich nicht mehr daran erinnern konnte, ob der Fremde schon vorher im Bus saß, oder hier in Oberstaufen zugestiegen war, doch sei es drum: Es war eine Chance, ein erster Anhaltspunkt, eine erste Spur. Wie im Krimi, dachte Max. Der Regen hatte in der Nacht aufgehört, trotzdem würde er heute Nachmittag nach den Plakaten sehen, kontrollieren, was noch an den Laternen hing und ob alle Läden auch noch bestückt waren.

Plötzlich kam ihm ein erschreckender Gedanke: Was, wenn der Fremde ihn hier sitzen gesehen hat und deshalb gar nicht erst zur Haltestelle kam? Was, wenn er Max gar nicht begegnen will? Der Gedanke schien realistisch, wägte Max ab, und schlenderte ein paar Meter weg vom Wartehäuschen. Dort, ein paar Meter weg vom Busbahnhof, stand ein schmuckloser Betonbau, ein öffentliches WC, das Max noch nie zuvor aufgesucht hatte. Heute sollte es ihm gute Dienste tun und als Versteck dienen. Das schien der geeignete Platz zu sein, den ankommenden Bus zu beobachten, gleichzeitig den Blick auf die Haltestelle zu haben und selber nicht gesehen zu werden. Er lehnte sich an, an der der Haltestelle abgewandten Seite, und ließ die Haltestelle nicht mehr aus den Augen. So langsam füllte sich der Bereich um das Wartehäuschen wieder, klar, jeden Moment musste der 9:20er eintreffen. Bislang war niemand dabei, der dem Gewinner von damals auch nur annähernd ähnlich sah. Da kam der Bus. Er fuhr um die Kurve, jetzt konnte Max zum ersten Mal die Personen darin sehen, wenn auch noch nicht ganz exakt, dafür war der Bus noch zu weit weg. Ein leises Plätschern gepaart mit einer plötzlichen Feuchtigkeit an seinem rechten Hosenbein und einem widerlichen Geruch holte Max sehr abrupt aus seiner Beobachtungshaltung.

»Verdammt noch mal, blöder Köter! Kannst du denn nicht... Das gibt's ja gar nicht!«

Die alte Oma, der der Hund offenbar gehörte, war noch einen Kopf kleiner als Max. Sie kam gebückt und auf ihren Stock gestützt, langsam schlurfenden Schrittes auf Max zu. Jetzt erst holte sie die Leine ein klein wenig ein, um sich ihrem Hund zuzuwenden.

»Na, na, na, junger Mann«, krächzte die Oma, »lassen Sie gefälligst meinen Hund in Ruhe! Nicht wahr, Fridolin«, sprach sie jetzt direkt diesen verzogenen Mischling aus Straßenköter und Feldhase an, »so eine Unverschämtheit, dich so zu erschrecken!«

»Aber, sehen Sie denn nicht, was er...«, stammelte Max, »ihr Hund hat mich... ich meine, er hat sein Geschäft, also... ER HAT MICH ANGEPISST!«

Er schüttelte sein Bein und hielt dabei die Jeans am Oberschenkel fest, weg von der Haut, gerade so, als könnte er die Flüssigkeit aus dem Stoff dadurch wieder loswerden. An der Wade war seine Hose dunkel verfärbt.

Die Dame schien ungerührt davon, versuchte lediglich ihren Fridolin zu beruhigen, der wiederum nichts Besseres zu tun hatte, als an seinem Geschäft und damit an Max′ rechtem Hosenbein zu schnüffeln. Die Dame zog an der Leine und spazierte in aller Seelenruhe weiter.

»Bleiben Sie gefälligst hier, Sie... Sie...«

Mit einem lauten Brummen fuhr der Bus an Max vorbei. Das konnte doch alles gar nicht wirklich wahr sein! »Was, zum Henker, was habe ich denn getan, dass alles, aber auch wirklich alles schief geht!«, ging es Max durch den Kopf. Er holte ein Taschentuch aus der Hosentasche und versuchte, so gut es eben ging, die Hose vom Hundeurin zu säubern. Der Bus war längst weg, natürlich ohne dass Max auch nur einen der Insassen gesehen hätte.

»Oh, Hundepisse? Na, du scheinst mir ja ein echter Glückspilz zu sein«, tönte plötzlich eine Stimme hinter Max, der noch immer in der Hocke vor dem Bahnhofsklo mit dem Taschentuch über seine Hose rieb.

Die Stimme... War das nicht... Doch, durchfuhr es Max, das war eindeutig die Stimme!

»Schnattermensch!« entfuhr es Max. Er sprang auf und drehte sich um. Da stand er, genau so gekleidet wie beim letzten Mal, genau so strahlend, genau so gut aussehend. Und er lachte. Er lachte lauthals und immer noch lauter, er lachte so heftig, dass er sich mit einem Arm am Gebäude abstützen musste und die andere auf den Bauch legte.

»Schnattermensch!«, sagte der Fremde und rang nach Luft. »Das hab ich jetzt wirklich noch nie gehört. Aus meinem Namen hat man ja schon alle Verunstaltungen gemacht, aber Schnattermensch, das ist sogar mir neu!«

Er atmete tief, einmal, zweimal, dreimal, und versuchte sich zu beruhigen. Mit einer übertriebenen Verbeugung, und nachdem er sich die Lachtränen aus dem Auge gewischt hat, stellte er sich ein weiteres Mal vor.

»Schnattermast. Jophiel Schnattermast ist mein Name. Nenn mich Jo!«

Diesmal schlug Max die angebotene Hand nicht ab. »Max Grünlinger«, war allerdings alles, was der völlig perplexe Junge hervorbrachte.

»Ich weiß«, entgegnete Schnattermast vielsagend. »Ich weiß.«

7

Die Tastatur war stumm geblieben, die Finger gehorchten nicht, schrieben nichts auf. Wem sollten sie auch gehorchen, die Ideen, die Befehle aus dem Kopf blieben aus. Keinen klaren Gedanken konnte Sven fassen, er starrte abwechselnd auf den Bildschirm und seine Finger auf der Tastatur, die sich einfach nicht bewegen wollten. Pete, sein Kollege am Schreibtisch gegenüber, schien dagegen heute vor Kreativität nur so zu sprühen. Das gleichmäßige, ständige, penetrante Klappern von Petes Finger auf der Tastatur dröhnte beinahe in Svens Kopf. Er sollte einen einfachen PR-Text für einen langjährigen Kunden zu Papier oder vielleicht besser in den Rechner bringen, das war weiß Gott nicht zu viel verlangt, aber es ging nicht. Und je länger, je intensiver Pete schrieb, desto weniger wollte Sven einfallen. Immer wieder kreisten seine Gedanken darum, was wohl schief gegangen war in seinem Leben, dass er jetzt auch noch ohne seine Frau da stand.

Um es vorweg zu nehmen: Sven wusste ebenfalls nicht, wo Claudia war. Und: Ja, er machte sich Sorgen. Ernsthafte Sorgen. Das, was ihn bislang immer ausgezeichnet hatte, seine Fähigkeit, klar strukturiert Dinge anzugehen, voranzutreiben und zu Ende zu bringen, schien von jetzt auf gleich wie weggeblasen. Die Gedanken kamen und gingen, keinen einzigen davon konnte er festhalten. Je mehr er sich versuchte, auf sein Projekt zu konzentrieren, desto mehr dachte er an Claudia. Und wenn er versuchte, an Claudia zu denken, sich einen Reim auf die ganzen Vorkommnisse zu machen, schoss ihm seine Arbeit in den Kopf. Und dann der Zeitdruck. Schließlich musste er heute seinen Text abliefern. Normalerweise konnte er so lange bleiben, bis er eben fertig war, weil zu Hause alles in geregelten Bahnen verlief, weil alle versorgt waren, weil Claudia bei Max war und Opa Grummel sein Abendessen hatte. Doch jetzt war alles anders. Er wollte spätestens mittags wieder bei Max sein, so, wie er es die vergangenen Tage auch getan hatte. Sein Chef hatte Verständnis gezeigt dafür, dass er jetzt nur halbtags da war. »Nehmen Sie sich die Zeit, die Sie brauchen, Herr Grünlinger«, hatte er gesagt, nicht allerdings, ohne noch anzumerken, dass die Arbeit dennoch getan werden musste, egal ob von zu Hause aus oder im Büro.

Klar, er und Claudia hatten ihre Probleme. Ihre Beziehung war nie wieder so geworden, wie sie es einmal war, vor diesem ganzen Horror vor 17 Jahren. Sie hatten alles versucht dafür, hatten alles getan, den Schmerz von damals vergessen zu machen, die Krise zu überstehen. Claudia war immer so voller Verständnis gewesen, so voller Liebe. Sie hatte bedingungslos gegeben. Und er? Er hatte sich zurückgezogen, war verbittert geworden, ungerecht. Hatte sie für alles verantwortlich gemacht und sich in Ausreden geflüchtet. Und in die Arbeit. Das war bis zum heutigen Tage so geblieben. Die Arbeit war seine Zuflucht. Sein Rückzugsgebiet vom Schmerz, der ihn jedes Mal aufs Neue durchzog, wenn er an damals dachte. Und er musste an damals denken, jede Woche, jeden Tag und jede Nacht. Wie oft war er schweißgebadet aufgewacht, wie oft hatte er die Bilder von damals noch in seinem Kopf gesehen, wie oft hatten sie ihn in seine Träume verfolgt, unzählige Male, bis zum heutigen Tag.

»Ich schlage vor, du gehst nach Hause und ich schreib dir deinen Text«, hörte er plötzlich eine Stimme hinter ihm. Pete war um den Schreibtisch herumgekommen und hatte gesehen, dass Sven nach wie vor kein einziges Wort auf seinem Monitor stehen hatte.

»Äh, sorry, was sagst du?«, war Sven zum einen nicht sicher, ob er, frisch aus seinen Gedanken gerissen, richtig verstanden hatte und zum anderen perplex, weil sich Pete und er bislang noch nicht gerade durch innige Freundschaft und Kollegialität aneinander gebunden hatten.

»Ich sagte: geh nach Hause, ich schreib dir deinen Text. Den Kunden kenn´ ich schließlich auch schon lange genug, und du scheinst es momentan wirklich nicht gerade leicht zu haben. Aber glaub bloß nicht, dass das bedeutet, dass ich dich von nun an mag«, entgegnete Pete und schmunzelte.

»Das würdest du tun?«, fragte Sven.

»Du bist zwar meistens ein ziemlich selbstgerechter Unsympath, der die ganze Welt für seine Probleme verantwortlich macht, aber erstens glaube ich ja immer noch an das Gute im Menschen. Und zweitens mag ich Max gut leiden. Jetzt hau schon ab, ich maile dir später den Text.«

Sven stand auf und nahm seine Jacke.

»Danke, Pete, weißt du, es ist momentan...«

»Lass gut sein, Sven. Ich merke, es ist ernst und mehr brauche ich nicht zu wissen. Jetzt hau ab und kümmere dich um Max.«

Sven lenkte seinen Wagen vor der Unterführung, die zu ihrem Haus führte, nach rechts. Er war einem inneren Zwang gefolgt, auch wenn er wusste, dass Max noch eine Stunde allein sein würde, ehe er nach Hause käme, wenn er diesen Weg einschlug. Bislang hatte er mit niemandem wirklich über Claudias Verschwinden gesprochen, schließlich war es seine Art, Probleme mit sich selber auszutragen. Doch jetzt lag der Fall anders, er musste reden, er brauchte Unterstützung, Antworten, und es gab nur einen Menschen, der ihm vielleicht auf die Sprünge helfen konnte.

Sein Herz klopfte und seine Hände waren feucht, als er die Klingel drückte.

»Ja bitte?« hörte er über die Gegensprechanlage.

»Ich bin´s, Sven«, antwortete er hastig. Hektisch sah er sich nach allen Seiten um, als würde er verfolgt. Er konnte es nicht leugnen: Ja, es fühlte sich falsch an, hier zu sein.

»Ich habe dich früher erwartet«, sagte die Stimme eiskalt, und gleichzeitig ertönte das Summen des Türöffners. Sven trat sofort ein.

Die Wohnung hatte sich verändert seit er das letzte Mal hier war. Sie war neu gestrichen, das helle Gelb an den Wänden stand dem Flur gut zu Gesicht. Er zog die Schuhe aus und ging ins Wohnzimmer, wo Petra auf dem Sofa saß und keinerlei Anstalten machte, aufzustehen, um ihn zu begrüßen. Demonstrativ blätterte sie in ihrer Illustrierten.

»Ich muss mit dir reden.« Es war der Versuch, das Gespräch so normal wie möglich zu beginnen.

»Das kann ich mir vorstellen«, entgegnete Petra kalt.

»Petra, ich will nicht lange diskutieren. Ich bitte dich nur, mir die Wahrheit zu sagen. Weißt du, wo Claudia ist? Du bist nun mal ihre beste Freundin.« Nervös drehte Sven seinen Schlüsselbund in den Händen hin und her. Es fiel ihm nicht leicht, und Petra wusste das.

»Vermisst du sie denn? Oder vermisst du nur die Bequemlichkeit, die sie dir bietet? Die Sicherheit, dass du dich um nichts kümmern musst? Das warme Abendessen?« Petra sah ihn jetzt direkt an.

»Petra, bitte. Hör auf. Ich weiß, dass ich nicht alles richtig gemacht habe, aber...«

»Nicht alles richtig gemacht? Nicht alles richtig gemacht?« Sie knallte ihre Zeitung auf die Couch. »Das ist ungefähr die unverschämteste Untertreibung, die ich in meinem Leben gehört habe!« Sie zog die Beine an die Brust und schlang die Hände darum.

Sven zwang sich dazu, zumindest einigermaßen ruhig zu bleiben. »Kannst du vielleicht - gütigerweise - nur für einen Moment - aufhören, die Richterin über mein Leben zu spielen und dich der Sache zuwenden? Meine Frau ist verschwunden und ich weiß nicht warum. Petra, ich bitte dich. Hilf mir. Nur dieses eine Mal.«

»Pah! Nur dieses eine Mal. Den Satz kenne ich nur allzu gut«, giftete ihn Petra an. Sven war, kaum dass er den Satz ausgesprochen hatte, selber sofort bewusst geworden, dass er Petra damit eine echte Steilvorlage geliefert hatte.

»Sven, ich habe für dich gelogen, verdammt noch mal! Ich habe meine beste Freundin angelogen, nur um dir ein Alibi zu liefern! Für deine fadenscheinigen Eskapaden! Und jetzt ist sie weg!« Petra vergrub ihr Gesicht in ihren Händen.

Sven hatte noch immer mitten im Raum gestanden, jetzt ging er auf Petra zu. Er setzte sich neben sie auf die Couch und versuchte, sie in den Arm zu nehmen.

»Lass mich in Ruhe!«, schrie Petra ihn an und stand auf.

»Petra, ich bitte dich. Sag mir, was du weißt«, sagte Sven bemüht ruhig. »Ich will Claudia zurück.«

»Das fällt dir reichlich spät ein, findest du nicht? Du hättest ihr vielleicht mal zeigen sollen, dass du noch immer etwas für sie empfindest, findest du nicht? Ihr vielleicht mal sagen, dass du sie noch immer liebst, findest du nicht?« Sie hatte ihm inzwischen den Rücken zugewandt und stand am Fenster. Draußen trieb der Wind eine Plastikflasche über den Asphalt.

Sven konnte sich nicht mehr zurückhalten. »Ja, ja. Ich hab schon verstanden. DU hast ja noch nie einen Fehler gemacht, nicht wahr? DU bist ja immer die Kluge, die Aufgeräumte, die Souveräne. Aber ich sag dir eins: Es steht dir nicht zu, über mich zu urteilen, verstehst du? Das steht dir nicht zu! Dir nicht! Du hast sie ebenso angelogen wie ich, meine Liebe!«

Rumms, das hatte gesessen. Es war ihm herausgerutscht, er wollte Petra nicht beleidigen, er hatte ja auf ihre Hilfe gehofft und wollte sich so demütig wie eben nötig zeigen. Vorbei. Mit ihrer Hilfe konnte er jetzt wohl kaum mehr rechnen, das war ihm klar, und das war umso bitterer, als er Petra tatsächlich zutraute zu wissen, wo Claudia war.

Petra und Claudia hatten sich schon gekannt, bevor er Claudia kennenlernte. Beste Freundinnen waren sie, gingen gemeinsam durch dick und dünn, von Kindesbeinen an. Er hatte die beiden immer um diese Freundschaft beneidet, zwischen ihnen schien es keine Geheimnisse zu geben. Als er und Claudia ein Paar wurden, waren alle in ihrem Umfeld gespannt, wie sich das wohl auf diese Mädchenfreundschaft auswirken würde. Allen Unkenrufen zum trotz hatte es funktioniert, nein, mehr noch: Es war perfekt! Sie hatten viel zu dritt unternommen, damals, und sie verstanden sich prächtig, was keinesfalls selbstverständlich war. Keine Eifersucht, dass er ihr ihre beste Freundin wegnehmen würde, dass sie fortan keine Zeit mehr hätte für Unternehmungen, nichts dergleichen. Sie waren ein tolles Team. Claudia liebte seinen Humor und seine Spontaneität. Wenn es ihm einfiel, packte er einfach ein paar Klamotten ins Auto, ein paar belegte Brötchen und einen Schlafsack dazu und entführte Claudia an den Gumpen nahe der »Roten Heide«, den kleinen, unscheinbaren Bach, die winzige, geheime Waldlichtung, wo sie dann das ganze Wochenende blieben und die Welt um sich vergaßen. Manchmal war Petra mit dabei und auch dann gab es keinerlei Spannungen, im Gegenteil. Sie waren wie beste Freunde eben sind. Unbeschwert, leicht und frei.

Als er und Claudia heirateten, war Petra die Trauzeugin gewesen. Selbst in den folgenden Jahren, als sie älter wurden, als alle ihren Jobs nachgingen, hatte die Freundschaft gehalten. Klar, dass sie sich nicht mehr ganz so oft sahen, klar, dass jeder andere Dinge im Kopf hatte, als an den Gumpen zu liegen, klar auch, dass jeder mehr und mehr sein eigenes Leben führte, aber nichts desto trotz: Die Freundschaft hielt. Sven wurde jedes Mal wehmütig, wenn er an damals dachte.

Und dann kam der Unfall.

Seither war alles anders. Ja, er hatte sich verändert, das musste er sich eingestehen. Seine Ehe mit Claudia hatte gelitten und Petra war zu seiner größten Kritikerin geworden. Claudia war sogar kurzzeitig von zu Hause ausgezogen, war zu Petra geflohen, nur um nicht bei Sven sein zu müssen. Sven war sich bis heute nicht sicher, ob Petra nicht schon seit geraumer Zeit versucht hatte, Claudia zu einer Trennung von ihm zu überreden. Vielleicht, diesen Gedanken musste er zumindest zulassen, steckte sie hinter Claudias Verschwinden. Es war ihm bewusst gewesen, dass er sich verändert hatte seit dem Unfall. Er hatte es nicht akzeptieren können, bis heute nicht. Und er hatte Claudia dafür verantwortlich gemacht. Unterbewusst zuerst. Doch schon bald ließ er sie spüren, dass er ihr die Schuld an allem gab. Dass sein Leben nur deswegen einen so furchtbaren Verlauf genommen hat, weil sie nicht aufgepasst hatte. Dass sie sein Leben zerstört hatte. Dass sie verantwortlich war für seine Verbitterung. Das war allemal bequemer, als sich den Dingen zu stellen.

Sven hatte sein Leiden längst kultiviert. Das eigentlich Schlimme daran war, dass er es wusste. Dass er sich selbst betrog und damit sein Umfeld gleich mit. Dass er sich sogar wohl fühlte in seinem Selbstmitleid. Dass er jemand anderen dafür leiden lassen wollte, dass es ihm so schlecht ging. Dass es ein Vorwand war, um nicht selber Verantwortung zu übernehmen. Alles war mit diesem Unfall entschuldbar: Warum ich so mies drauf bin? Weißt du eigentlich, was mir passiert ist? Warum ich so viel trinke? Du hast ja keine Ahnung, was ich hinter mir habe! Warum ich so viel arbeite? Wenn du wüsstest, wie schwer ich gezeichnet bin!

Selbst seinen Seitensprung hatte er vor sich selber damit gerechtfertigt. Das steht mir doch wohl zu, bei alle dem, was ich mitgemacht habe, hatte er gedacht damals. Er konnte ja wohl nicht ahnen, dass ausgerechnet Petra davon erfuhr und damit drohte, ihn vor Claudia auffliegen zu lassen. Das wäre zweifellos das Ende seiner Ehe gewesen, und das wiederum hätte er dann doch nicht verkraften können, zumal er dann niemanden mehr gehabt hätte, den er hätte verantwortlich machen können.

»Hilf mir, nur dieses eine Mal«, hatte er Petra damals angefleht. »Sag Claudia nichts davon. Es wird nicht wieder vorkommen.« Und Petra hatte geschwiegen, sie hatte Claudia sogar angelogen, um ihn zu schützen, obwohl sie der Meinung war, er habe es nicht verdient, obwohl sie zweifelte, dass dies die Ehe würde retten können, obwohl sie daran dachte, es Claudia doch zu sagen, um ihr die Augen zu öffnen, wie sehr sich ihr Sven doch verändert hat und wie sehr dieser Sven, der früher die Fröhlichkeit in Person war, Claudia leiden ließ.

Sie hatte es nicht getan und dafür hasste sie sich jetzt. Und noch mehr hasste sie Sven dafür, dass er ihr das genau so ins Gesicht sagte. Dass er ihr jetzt aus ihrer Hilfe damals einen Strick drehte. Er hatte es damit einmal mehr geschafft, jemanden anderen als sich selbst für seine Taten verantwortlich zu machen.

Petra blieb noch am Fenster stehen, als er die Wohnung verließ und mit quietschenden Reifen aus der Einfahrt fuhr. Ihr Kopf war leer.

8

Max war völlig außer Atem, als er zu Hause ankam. Er war, so schnell es ging, mit seinem Rad den steilen Schlossberg hinauf gestrampelt, vorbei an der großen Krebsklinik, hatte nicht angehalten, um zu verschnaufen, obwohl ihm die Lungen schmerzten. Zuhause angekommen blieb er noch kurz vor der Türe stehen, bevor er in die Wohnung ging. Den ganzen Rückweg vom Bahnhof über hatte er sich überlegt, was er Papa wohl sagen würde, warum er nicht zu Hause war. Sein Gespräch mit Schnattermast hatte eine ganze Weile gedauert, und Papa würde ihn sicher sofort ausfragen, wo er denn gewesen ist, zumal er ja dachte, dass Max krank im Bett lag. Er hatte sich also seine Ausrede parat gelegt, als er festen Schrittes in die Wohnung ging. Doch Papa war nicht da.

Gerade, als Max die Jacke und die Schuhe ausgezogen hatte, hörte er Papas Auto auf den Parkplatz fahren. Max setzte sich aufs Sofa und kuschelte sich in die Wolldecke, um den Kranken zu mimen. Was für ein Glück, dachte Max, Papa kam wohl erst jetzt von der Arbeit und hatte ihn, wenn alles gut ging, noch gar nicht vermisst.

Als Papa die Wohnungstür aufsperrte und hereinkam, hörte Max schon an der Art, wie er den Schlüsselbund auf das Beistelltischchen im Flur donnerte, dass schlechte Laune angesagt war. Wieder einmal.

»Hallo Max!«, rief er noch aus dem Flur.

»Hallo Papa!«, säuselte Max mit dünner Stimme zurück.

»Hast du Hunger? Ich hab uns Pizza mitgebracht, deswegen hat es auch ein bisschen länger gedauert. Hoffentlich bist du noch nicht verhungert!«, versuchte Papa auf gute Laune zu machen. Dass das mit der Pizza nur der halbe Grund seiner Verspätung war, musste Max ja nicht wissen, dachte sich Sven. Schließlich hatte sein Besuch bei Petra nichts Neues gebracht, dann musste er Max auch nichts davon erzählen.

»Ich sterbe vor Hunger!« Max machte das Gute-Laune-Spiel mit. »Hast du Opa Bescheid gesagt?«

»Ja, er ist gleich oben.« Papa war schon in der Küche, um die Pizzen aufzuschneiden. Opa Grummel wohnte im unteren Stock, und, so oft es ging, aßen sie zusammen.

Max mochte seinen Opa furchtbar gern, auch wenn der manchmal den Anschein machte, »nicht alle Latten am Zaun zu haben«, wie sein Papa zu sagen pflegte (natürlich nur, wenn Opa nicht dabei war). Überhaupt, durfte Opa so manches nicht wissen, zum Beispiel, dass er von allen Familienmitgliedern eigentlich immer nur Grummel genannt wurde. Eigentlich war das ja nur liebevoll gemeint, doch ob Opa das auch so verstehen würde, war nicht ganz klar. Überhaupt war es nicht ganz klar, was Opa so alles verstand und was nicht. Manchmal konnte man sich richtig gut mit ihm unterhalten, und wenn er seine Geschichte von früher erzählte, von seinen Erlebnissen im Wald (er war früher Berufsjäger gewesen), von seinen Erlebnissen, als er die Wilderer jagte, Geschichten, Witze, Anekdoten, dann konnte man leicht einmal in Tränen ausbrechen vor Lachen. Aber genau so gut konnte es sein, dass er völlig unbeteiligt am Tisch saß, wirre Bemerkungen von sich gab und den Anschein machte, er wäre komplett bescheuert. Max war sich zum Beispiel noch immer nicht sicher, ob er verstanden hatte, dass seine Schwiegertochter verschwunden war.

Verschwunden.

Max benutzte bewusst dieses Wort. Er wollte nicht »ausgezogen« oder gar »weggegangen« sagen. Denn nach wie vor war er der Meinung, dass Mama nicht freiwillig gegangen sein konnte, sondern dass da etwas anderes vorgefallen sein musste. Daran konnte auch sein Gespräch mit Schnattermast heute an der Bushaltestelle nichts ändern, im Gegenteil.

Jetzt saßen sie am Tisch und aßen Pizza. Es war eine eigenartige Stimmung: Papa wollte – wie übrigens seit Tagen – nicht über Mamas Verschwinden sprechen und versuchte, so gut es ihm gelang, normal zu sein. Max merkte, dass es Papa nicht gut ging, er aber nicht an ihn herankam. Denn immer, wenn Max über Mamas Verschwinden sprechen wollte, hatte Papa bislang abgeblockt und gesagt, es gäbe nichts Neues, und deswegen müsse man auch nicht darüber reden. Und Opa Grummel? Tja, der saß da und stopfte Pizza in sich hinein.

So sehr es Max in den letzten Tagen belastet hatte, dass er mit Papa nicht darüber reden konnte, so sehr war er jetzt bereit, Papas Spiel mitzuspielen. Wenn er es schaffte, Papa vorzugaukeln, dass er sich mit der Situation abgefunden hat, könnte er vielleicht in Ruhe seine Untersuchungen weiterführen.

»Wie war es beim Arbeiten?« Max glaubte, einen Ticken zu freundlich gefragt zu haben, doch es schien niemand aufgefallen zu sein.

»Gut, ich habe einen tollen Artikel geschrieben über einen sehr interessanten Kunden. Das glaubst du nicht, der hat es geschafft, in seiner Branche die Nummer eins deutschlandweit zu werden! Mit einer einzigen guten Idee. Stell dir vor, die machen nichts anderes als...«

Max hörte gar nicht wirklich zu, er war in Gedanken ganz woanders, aber Papa schien dankbar zu sein, nicht über Mama reden zu müssen, und so wollte sein Wortschwall gar nicht mehr enden. Dass es diesen Artikel, von dem Papa sprach, noch gar nicht gab, sondern er hoffte, den von seinem Kollegen Pete zu bekommen, ließ er in seinem Vortrag unerwähnt. Max aß seine Pizza und überlegte, wie er schnellstmöglich in sein Zimmer kommen konnte, um seine weitere Strategie zu überlegen und über das nachzudenken, was Schnattermast ihm gesagt hatte.

»Max? Mahax? Hörst du mir überhaupt zu?« Papa hatte wohl gemerkt, dass Max gedanklich nicht mehr bei der Sache war.

»Klar, Papa!«, log Max. »Hört sich echt spannend an!«

»Leider muss ich gleich noch an den Rechner und den Artikel ein klein wenig verfeinern. Aber wenn du magst, kannst du ja Opa zum Spazieren begleiten?«

Max blieb beinahe die Pizza im Hals stecken. Das ging nun gar nicht. Heute nicht. Er war so voller Gedanken, so voller Input, dass er nur eines wollte: In sein Zimmer verschwinden und überlegen, was das alles zu bedeuten hatte.

»Ich weiß nicht, ob das so eine gute Idee ist, ich fühle mich noch nicht so wohl. Ich würde lieber nach oben gehen.«

»Ich will heute gar nicht spazieren gehen!«, mischte sich jetzt auch Opa Grummel ins Gespräch ein. »Ich war heute schon genug draußen. Im Wald. Im ‚Huize Loh', um genau zu sein.« Papa und Max horchten auf. Das ‚Huize Loh' war ein verwunschener Ort, eine tiefe, felsige Schlucht, von einem winzigen Bach durchzogen. Die verschiedensten Schauergeschichten rankten sich um diesen Ort, der, bei Tageslicht betrachtet, eigentlich gar nichts Erschreckendes hatte, sondern ein echtes Naturschauspiel war. Schroffe steinzeitlich anmutende Felsen, die vom jahrhundertelang bohrenden Wasser teils bizarr geformt worden waren, prägten das Bild. Bei Dunkelheit aber gab es nicht wenige, die schwören konnten, dort schon Gespenster und Geister gesehen zu haben. Spätestens seit vor vielen Jahren dort ein junger Naturforscher vermisst gemeldet wurde und bis heute nicht gefunden worden war, mied man das Huize Loh wie der Teufel das Weihwasser. Jedes Kind in Oberstaufen wusste um die Magie dieses Ortes und nur selten verirrte man sich dorthin, weil, bei aller natürlichen Schönheit, eine eigenartige Schwingung von diesem Ort ausging.

»Was bitteschön machst du im Huize Loh?« war Papa dementsprechend erstaunt.

»Franz und ich haben dort einen Bock vermutet. Du weißt schon, den Bock, den der Franz schon lang auf der Liste hat. Der hat sich vom Kapfwald abgesetzt, runter Richtung Tal. Eben ins Huize Loh. Und da haben wir den Wanderer gefunden.«

»Ihr habt - was?« Papa traute seinen Ohren nicht und auch Max hörte prompt auf zu essen.

»Ja hast du´s auf den Ohren, oder was? Den Wanderer haben wir gefunden! Den Forscher! Oder besser das, was noch von ihm übrig war!«

»Du meinst... den Forscher von damals?«

»Jep«, bestätigte Opa beiläufig und schob sich das nächste Stück Pizza in den Mund, so beiläufig, als habe er eben übers Wetter gesprochen.

»Das... das gibt's ja gar nicht! Du veräppelst uns, richtig?« Sven konnte das nicht glauben, schließlich hatten damals Rettungsdienste, Polizei und Hundestaffeln das ganze Gebiet durchkämmt und keine Spur von dem Mann gefunden.

»Wirst es morgen in der Zeitung lesen!«, war Opas einziger Kommentar auf Svens Skepsis. Max hatte von dem Vermissten nur aus Erzählungen erfahren, er war damals noch nicht auf der Welt. Aber es gab niemanden in ganz Oberstaufen, der diese Geschichte nicht kannte. Schließlich soll es ja auch der Geist des Forschers gewesen sein, der in dieser unheimlichen Schlucht seither sein Unwesen treibt.

»Da bin ich ja mal gespannt. Wenn du uns hier auf den Arm nimmst, mach dich auf was gefasst«, drohte Sven halb im Spaß, halb im Ernst. Damit war die Geschichte erst einmal gegessen, denn weder Max noch Sven wollten weiter nachfragen, um nicht zu viel Interesse zu bekunden, falls es eben doch nur einer von Grummels Scherzen gewesen sein sollte. Diese Blöße wollten sie sich nicht geben und schon gar nicht wollten sie Grummel den Triumph gönnen, sie richtig hinters Licht geführt zu haben.

Max drehte die Musik auf, schaltete das Laptop an und begann zu schreiben. Er hatte gespürt, dass das kein normales Gespräch war zwischen ihm und Jo, und so wollte er schnellstmöglich alles niederschreiben, damit er nichts vergessen konnte. Auch wenn viele Dinge für ihn noch keinerlei Sinn ergaben, vielleicht, hoffentlich, würde sich später alles zusammenreimen. Dass das Gespräch mehr Fragen aufwarf als Antworten gab, versuchte Max zunächst zu verdrängen. Deswegen wollte er alles, so gut es nur ging, notiert haben.

Dass er plötzlich da war, genau wie beim letzten Mal, wie aus dem Nichts, notierte er. Und dass er genau das gleiche trug wie letztes Mal, das gleiche Outfit, und dass er das gleiche Lächeln hatte.

Dass er »ich weiß« antwortete, als Max ihm seinen Namen nannte.

»Und du suchst deine Mama«, war Schnattermast gleich mit der Tür ins Haus gefallen.

»Wo ist sie?«, hatte Max gefragt. »Bitte, sagen Sie mir wo sie ist? Geht es ihr gut?«

»Das kann ich dir leider nicht so genau sagen, Max. Aber ich weiß, dass sie dich vermisst.«

»Wo ist sie? Woher wissen Sie das denn, wenn Sie nicht wissen wo sie ist?«

»Das ist ebenfalls schwer zu sagen, Max. Ich möchte, dass du mir jetzt genau zuhörst, denn ich habe nicht viel Zeit. Es gibt Spielregeln zwischen uns. Und die heißen: Ich erzähle, du hörst zu. Nachfragen werden nicht beantwortet, nicht heute. Alles, was du wissen musst, weißt du oder findest es heraus. Du bist derjenige, der alles zum Guten wenden kann. Aber das musst du dir auch zutrauen.«

»Ich versteh kein Wort, von dem, was Sie da erzählen«, hatte Max resigniert entgegnet. »Ich dachte, Sie würden mir helfen.«

»Das werde ich, Max. Versprochen. Aber jetzt hör zu.« Schnattermast hatte sich an dieser Stelle nach links und rechts umgesehen, geheimnisvoll, so, als hätte er Angst, belauscht zu werden. Er ging in die Knie und beugte sich vor zu Max, ganz nah heran, was seine Ansprache noch geheimnisvoller machte.

»Deine Mama lebt. Das ist momentan das Wichtigste. Aber es gibt Gründe, die sie davon abhalten, nach Hause zu kommen, so, wie es einen Grund gab, der sie von zu Hause weggeführt hat. Deine Familie hat ein Geheimnis. Es liegt an dir, das herauszufinden und in Ordnung zu bringen, dann gibt es vielleicht eine Chance. Aber beeil dich. Es bleibt nicht viel Zeit!«

»Was soll ich denn tun? Was sind das für Gründe? Und was soll das für ein Geheimnis sein? Ich verstehe kein...«

»Keine Nachfragen, Max. So lauten die Regeln. Und jetzt los, verlier keine Zeit.«

Mit diesem Worten hatte sich Schnattermast umgedreht und war davongelaufen, schnellen Schrittes zwar, aber nicht rennend. Er wusste wohl, dass Max viel zu perplex war, um ihm zu folgen.

»Wie kann ich Sie wieder treffen?« hatte Max ihm noch hinterher gerufen, doch keine Antwort mehr erhalten. Schnattermast hatte nur die Hand gehoben und den ausgestreckten Zeigefinger hin- und hergewunken, ohne sich noch einmal umzusehen. Keine Nachfragen, sollte das wohl bedeuten, und dennoch bestand für Max kein Zweifel: Der wusste mehr, als er sagte.

Jetzt lag es also an ihm. Nur: Was das genau war, das da an ihm lag, davon hatte Max nicht die leiseste Ahnung. Er klappte sein Laptop zu und überlegte. Was, was in aller Welt konnte der Grund gewesen sein, dass Mama verschwunden war?

Sie war entführt worden.

Nein, die Polizei schloss diese Variante aus, und auch Max musste sich eingestehen, dass das äußerst unwahrscheinlich war. Es war keine Lösegeldforderung eingegangen. Warum sollte auch jemand ausgerechnet seine Mutter entführen? Und warum sollte der Entführer ihre Sachen mitnehmen?

Sie hatte einen Unfall gehabt. Oder sich etwas angetan.

Nein, auch das war unmöglich. Man hätte sie längst gefunden, wenn sie irgendwo verunglückt wäre. Und warum hätte sie ihre Kleider mitnehmen sollen, wenn sie plant, sich umzubringen?

Sie hatte sich aus dem Staub gemacht und war ausgezogen.

Auch, wenn er es nicht wirklich wahrhaben wollte, so musste Max einsehen, dass das die wahrscheinlichste Variante war. Aber warum? Vielleicht am Ende wegen ihm? Hatte Jo Schnattermast deswegen gesagt, es läge an ihm, den Grund für Mamas Verschwinden herauszufinden? Weil er schuld daran war?

Er kramte angestrengt in Gedanken, was er sich hatte zuschulden kommen lassen, was Mama zum Auszug bewegt haben könnte. Gut, er war sicher kein Engel, aber bei aller Anstrengung fiel im nichts ein, was eine so schwerwiegende Entscheidung auch nur annähernd rechtfertigen konnte. Oder lag es doch nicht an ihm? Aber woran dann?

Papa. Vielleicht war er der Grund. Hatten sie sich gestritten? Wusste er doch mehr, als er ihm gegenüber zugeben wollte? Wie auch immer:

Max sollte es herausfinden, hatte Jo gesagt, und er war gewillt, das auch zu tun. Was auch immer dafür zu tun war.

9

»Foul! Das war Foul!«

»Quatsch, das war nix. Steh auf, du Memme, los, weiter geht's!«

»Aber du hast mich erwischt, hier, am Knöchel, Mann!«

Jürgen und Tobi bekam sich fast in die Haare, Tobi lag am Boden und zeigte der ganzen Welt durch Festhalten seines Knöchels, wo er getreten wurde, während Jürgen triumphierend weiter lief Richtung Tor. Max sah ihn auf sich zukommen, es war an ihm, den Ball zu halten. Jürgen war schon am Sechzehner, als Max sich abdrehte, die Torwarthandschuhe auszog und vor sich hin murmelte: »Ich hab kein´n Bock mehr.«

Er trottete Richtung Umkleidekabine.

»Max, was fällt dir ein, bleib hier! Wir sind noch nicht fertig mit dem Training!«, rief ihm Herr Becker hinterher. Sein Trainer, den alle nur Becks nannten, und zwar nicht etwa, weil er kicken konnte wie Beckham, sondern vielmehr, weil er hie und da von gleichnamigem Getränk etwas zu viel vertilgte, konnte sauer werden, wenn es nicht nach seiner Pfeife ging.

Max ließ das unbeeindruckt. Er hatte noch nie ein Training abgebrochen, Fußball war schließlich sein Sport, war das, was ihm Spaß machte, war seine Entspannung. Aber nicht heute. Nicht die letzten Tage. Genaugenommen hatte er keine Lust zu gar nichts und das durften ruhig alle wissen.

»Was ist denn mit dem los?«, murmelte Tobi vor sich hin, der noch immer am Boden lag und sich den Knöchel rieb.

»Seine Mutter ist weg«, gab Jürgen trocken zurück. In Richtung Max gewandt ergänzte er demonstrativ: »Abgehauen. Hat wahrscheinlich nen Jüngeren gefunden.«

Max knallte die Torwarthandschuhe mit voller Wucht auf den Boden, drehte sich um, rannte los, und begann, so laut zu schreien, dass auch die anderen Spieler nebenan auf dem kleinen Soccerplatz, die zeitgleich trainierten, ihr Training unterbrachen und gebannt auf den Platz starrten.

Es war, als ob alles in Zeitlupe liefe: Alle waren wie erstarrt, keiner konnte sich bewegen, alle hatten den Mund offen stehen, manche schüttelten ganz leicht, fast unmerklich, den Kopf, nur Max war in vollem Lauf. Er ballte die Fäuste noch während er auf Jürgen zulief. Der hatte noch immer den Ball am Fuß und konnte sich vor Schreck ebenso wenig rühren, wie alle umstehenden Mannschaftskameraden inklusive Trainer Becks. Max rannte Jürgen mit voller Wucht um. Der Junge, der gut einen Kopf größer war als Max, knallte nach hinten auf den Rasen, und ehe er richtig wusste, was hier geschah, saß Max auf ihm und drückte ihm den Hals zu.

»Sag das noch einmal! Sag noch einmal, was du über meine Mutter gesagt hast! Du mieser kleiner Proll, du hast doch keine Ahnung! Keine Ahnung hast du!«

Becks war der erste, der die Kontrolle wieder fand und zu den beiden Streithähnen eilte. Er zog Max von dem noch immer völlig perplexen Jürgen herunter und hielt ihn fest.

»Ich glaube, es ist besser du gehst dich umziehen, Max. Ich werde das mit deinem Vater klären.«

»Klar, mit seiner Mutter kannst du es ja nicht klären, die ist ja nicht da!«, blaffte Jürgen, der noch immer am Boden lag und sich den Hals rieb, zurück, was Max dazu veranlasste, sich wieder losreißen und aufs Neue auf das Mannschaftsgroßmaul losgehen zu wollen. Becks hatte ihn aber zu fest im Griff, so sehr sich Max dagegen wehrte, er kam nicht aus der Umklammerung des Trainers weg.

»Und du, Sportsfreund, sitzt am Samstag auf der Bank. So geht man nicht mit einem Mannschaftskameraden um!«, strafte Becks auch Jürgen ab. »Jetzt gebt ihr euch die Hand und ich will nichts mehr hören davon. Ist das klar?«

Jürgen war aufgestanden. Widerwillig und ohne sich in die Augen zu sehen, gaben sich die beiden die Hand.

»Was glotzt ihr so? Habt ihr schon Feierabend?« schrie Becks in Richtung der anderen Trainingsplätze. »So, Männer. Zwei Leute zusammen, ein Ball. Das Training geht weiter!«

Max schlurfte mit gesenktem Kopf Richtung Kabine. Für ihn war das Training beendet.

Sven stand am Rande des Sportplatzes, bei dem kleinen Stadl, in dem bei den Heimspielen der ersten Mannschaft Getränke und Grillwürste verkauft werden, der heute aber verschlossen und trist dastand, im Schatten, da, wo es dunkel war. Er hatte Max versprochen, ihn vom Training abzuholen. Nun stand er schon eine ganze Weile da und hatte die Szene beobachtet. So hatte er seinen Sohn noch nie erlebt. Dieses Verhalten sah Max überhaupt nicht ähnlich, nicht im Geringsten und im tiefsten Innersten wusste Sven in diesem Moment, dass es an der Zeit war, mit ihm zu reden. Ihm die Wahrheit zu sagen über damals. Ihm zu erklären, warum manche Dinge so waren wie sie waren. Doch mit ebenso großer Wucht traf ihn die Erkenntnis, dass er es nicht tun würde. Vielleicht war es falsch, vielleicht wäre es an der Zeit, vielleicht wäre es sogar wichtig, aber er konnte nicht. Jetzt erst recht nicht, nachdem Claudia nicht mehr da war.

Claudia hatte schon lange darauf gedrängt, Max reinen Wein über den Unfall einzuschenken, doch Sven hatte das immer verhindert. Das betrifft Max nicht im Geringsten, hatte er immer argumentiert und irgendwie stimmte das ja auch. Bisher zumindest. Doch jetzt hatten sich die Dinge gewandelt. Auch wenn Sven es nicht mit Gewissheit zu sagen vermochte, so lag die Vermutung doch zumindest nahe, dass Claudias Verschwinden etwas mit damals zu tun hatte. Wenn er es aber jetzt erzählen würde, wäre das nicht ein später Sieg für Claudia? Diesen Gefallen wollte er ihr keinesfalls tun, schließlich würde er ihr und ihrer Einstellung damit nachträglich Recht geben und, was noch wesentlich schwerer wog, einen seiner Gründe für sein abgrundtiefes Selbstmitleid verlieren - was er sich so nicht eingestand und doch tief in sich drin genau so spürte. Lieber sollten alle anderen ebenso leiden wie er. Er war ja noch da - Claudia war gegangen!

Als Max Minuten später aus der Kabine kam, mit hängendem Kopf und gesenktem Blick, mit schlurfenden Schritten, die Tasche geschultert, hatte Sven seinen Kampf ausgefochten: Er würde Max nichts erzählen von damals. Noch nicht.

10

Am nächsten Tag ging Max schon früh aus dem Haus. Kaum war sein Vater zur Arbeit gefahren, zog er sich an und machte sich auf den Weg, um nach den Plakaten zu sehen. Der Regen und der Wind in den letzten Tagen hatten ganze Arbeit geleistet, das konnte Max bereits am Anfang der ersten Straße sehen. Fast alle Plakate waren entweder zerfetzt oder schon so ausgewaschen, dass nichts mehr zu erkennen war. Bei keinem der Plakate fehlte auch nur ein einziger Abrisszettel mit der Telefonnummer.

Das Wetter war endlich wieder besser geworden, so langsam schien es nun wohl doch Frühling werden zu wollen. In Oberstaufen gab es nur noch ein Gesprächsthema: Den Fund des Skelettes des Forschers im Huize Loh. Sein Opa Grummel war über Nacht zu einer Berühmtheit geworden, schließlich war er es, der zusammen mit seinem Jägerkollegen Franz auf das Skelett gestoßen war. Jetzt waren Heerscharen von Polizisten und Ermittlern zugange, um die Umstände des Todes genauer zu erforschen. Max aber hatte dafür weder Augen noch Ohren. Er zog das erste Plakat aus der Umhängetasche und klebte es an, ein Streifen Tesa oben, einer unten. So ging er die ganze Straße ab und erneuerte ein Plakat nach dem anderen. Immer wieder musste er dabei auf das Foto sehen, sein Lieblingsbild von seiner Mutter. Sie sieht so glücklich aus, dachte Max. Mit ihren langen, blonden Haaren erinnerte sie Max jedes Mal an einen Engel. Wenn es überhaupt Engel gab auf dieser Welt, dann musste Mama einer sein, so wie Oma Klara einer gewesen sein musste, darüber war sich Max sicher.

An jedem Geschäft, das in der Hauptstraße lag, gab Max ebenfalls ein Plakat ab und erntete nichts als mitleidiges Kopfschütteln der Verkäufer oder Ladenbesitzer, wenn er nach seiner Mutter fragte.

»Immer noch nix?«, fragte Faruk, der Besitzer des türkischen Cafes an der Ecke, der gerade dabei war, die Gartentische abzuwischen, ein sehr optimistisches Unterfangen bei der Kälte.

»Immer noch nix.«, entgegnete Max resigniert.

»Wird Mama schon kommen, wirst sehen!«, lächelte Faruk. »Magst was trinken?«

»Nein, keine Zeit. Muss weiter.« So oder so ähnlich lief das in der ganzen Straße ab, von der Einkaufspromenade gegenüber des türkischen Cafés über die Sportgeschäfte an der Hauptstraße, den Käseladen, das Schmuckgeschäft: Niemand hatte auch nur die kleinste Spur von Claudia gesehen. Das letzte Plakat war geklebt, Max beeilte sich, wieder nach Hause zu kommen, damit er rechtzeitig da war, bevor sein Papa von der Arbeit kommt. Das neueröffnete kleine Café ein Stück weiter hinten hatte Max übersehen.

Als Claudia zum ersten Mal das Plakat sah, blieb sie stehen. Fast wäre sie daran vorbei gelaufen. Sie hatte es sich bereits zur Gewohnheit gemacht, mit tief gesenktem Kopf durch die Straßen zu gehen, den Mantelkragen bis ins Gesicht hochgezogen. Das Risiko, erkannt zu werden, war noch immer zu groß. Sie wollte kein Risiko eingehen. Im letzten Moment erst hatte sie aufgeblickt, warum, konnte sie nicht sagen. Aus dem Augenwinkel heraus hatte sie das Plakat gesehen, es erst gar nicht wirklich wahrgenommen, als sie plötzlich stehen blieb. Ihre Finger strichen über das Papier, ihre Augen klebten an dem Foto. War das wirklich sie?

Rein die Fakten betrachtet gab es natürlich gar keinen Zweifel daran, dass sie das war. Die Person auf dem Foto war niemand anderes als Claudia Grünlinger. Aber war das auch wirklich sie? Es kam ihr vor, als betrachtete sie ein uraltes Album, ein Bild aus längst vergangener Zeit, aus einem früheren Leben. Dabei war dieses Leben gerade mal eine Woche her.

Und trotzdem war jetzt alles anders. Alles. Es war kein Stein mehr auf dem anderen geblieben, seit sie Sven verlassen hatte. Sie wollte sich nicht beklagen, schließlich war es ihre Entscheidung gewesen. Aber es war keine Entscheidung gegen irgendetwas. Sondern FÜR. Immer wieder musste sie es sich selber einsagen: FÜR ihre Familie. Es gab keinen Tag, nein, keine Stunde, in der sie sich nicht mit Selbstvorwürfen das Hirn zermarterte. In der sie sich nicht fragte, ob das alles richtig war. Und in der sie nicht ihre Familie vermisste. Vor allem Max. Ihren Max, ihr ein und alles. Sicher war er es auch gewesen, der dieses Plakat gestaltet und verteilt hatte. Er war einfach ein echter Goldschatz, ihr Sohn. Und er hatte sein Lieblingsbild von ihr ausgesucht.

So stand sie da, minutenlang, schweigend, sich nicht bewegend, die Menschen um sie herum nahm sie nicht mehr wahr. Die Geräusche der Straße: weg. Die Musik aus dem türkischen Cafe hinter ihr: weg. Der Regen: weg. Die Kälte, der Wind, die Wolken, die Welt: weg. Erst, als einer der vorbeigehenden Passanten sie versehentlich anrempelte, kehrte sie in die Realität zurück. »Tschuldigung!« hatte er genuschelt, und weg war er. Sie musste vorsichtig sein, das wurde ihr in diesem Moment wieder bewusst. Schließlich war sie es, die hier auf dem Plakat gesucht wurde. Und noch nie in den vergangenen Tagen war sie ihrer ehemals vertrauten Umgebung, ihrem Wirkungskreis, ihrem früheren Leben so nahe gekommen wie heute. Nur ein Kilometer trennte sie von ihrem Zuhause, jeder hier in der Straße konnte sie jeden Moment ansprechen. Oder etwa nicht?

Gut, sie sah jetzt völlig anders aus, und im Grunde genommen bezweifelte sie, dass jemand, der sie nicht näher kannte, sie anhand dieses Fotos würde wiedererkennen können. Zu wuchtig hatte die Krankheit zugeschlagen, zu gewaltig hatte die Behandlung sie gezeichnet. Ihre Haut war fahl geworden, die Adern schienen durch als würden sie jeden Moment durch die papierige Haut nach draußen springen und dass sie keine Haare mehr hatte, war nur das äußere Zeichen der Krankheit. Das Kopftuch, das sie seither immer trug, um ihre Glatze vor allzu neugierigen Blicken zu schützen, hatte Max ihr geschenkt. Sie wagte nicht, ihre Glatze mit Stolz zu tragen, so wie sie das eigentlich geplant hatte. Eine Glatze zu haben, kann als Frau nur zwei Gründe haben: Man hat gerade den Mann verlassen und braucht eine Radikalveränderung. Oder man hat Krebs.

Claudia hatte beides.

Mit Glatze fällt man auf. Das ist nun mal so, da kann man noch so oft davon reden, dass in heutiger Zeit alles erlaubt ist. Natürlich, wir haben uns an alles gewöhnt. An Verkaufssendungen im Fernsehen. An Handys, denen man Texte diktieren kann. An knutschende Männer. Alles war normal in unserer Zeit. Aber eine Frau mit Glatze fiel eben doch auf. Claudia durfte nicht auffallen. Wollte sie diesen Plan zu Ende bringen - und das wollte sie! - so durfte sie nicht auffallen. Sie musste unsichtbar sein, musste mitschwimmen. Und sie durfte sich nicht zu sicher fühlen. Heute aber ging es nicht anders, sie musste zurück in ihr altes Leben, nur für eine halbe Stunde. Und jetzt stand sie da und betrachtete ihr Foto auf dem Plakat an einer Straßenlaterne.

»Schönes Foto! Sind Sie das?« hörte sie eine Stimme unmittelbar hinter sich.

Claudia zuckte zusammen. »Bitte, lass das nicht wahr sein!«, dachte sie, und schickte ein Stoßgebet nach dem anderen zum Himmel. »Bitte mach, dass er mich nicht kennt und ich ihn nicht kenne und dass ich das irgendwie erklären kann und...«. Die Stimme zumindest kam ihr nicht bekannt vor.

»War nur Spaß, sehe ich schon, dass Sie nix sind. Aber falls Sie kennen Frau auf Bild, bitte helfen, kleiner Mann ist sehr, sehr traurig!«, sagte Faruk, der beobachtet hatte, wie die Frau mit dem Kopftuch bei dem Plakat vor seinem Cafe stehen geblieben war. Claudia hatte noch immer nicht gewagt sich umzudrehen, fühlte sich ertappt, wie ein Verbrecher.

Da war es wieder, das Gefühl, ein Verbrecher zu sein. Sie wollte es nicht zulassen, dass sie so über sich dachte. Ihre Zweifel sollten doch keinen Platz mehr haben, hatte sie sich vorgenommen. Sie wollte so sehr daran glauben, dass sie alles richtig gemacht hat, dass es keinen anderen Weg gab. Und dass alle anderen irgendwann verstehen würden. Aus. Vorbei. Schon waren alle guten Vorsätze wieder dahin. Sie fühlte sich tatsächlich wie ein Verbrecher.

Wer war der Mann, der sie da angesprochen hatte? In Gedanken versuchte sie, die Stimme mit allen Bekannten abzugleichen, und aber da kam kein Treffer. Angestrengt, fast panisch kramte sie in ihrem Kopf, doch so sehr sie sich auch bemühte, die Stimme schien fremd. Offenbar, und das war der Hoffnungsschimmer, hatte der Besitzer der Stimme sie zumindest nicht mit der Frau auf dem Bild in Verbindung gebracht. Noch immer drehte sie ihm den Rücken zu.

»Nein, ich kenne die Frau leider auch nicht«, log sie, ohne sich umzudrehen und der Stimme ins Gesicht zu sehen. »Ich dachte erst, ich würde sie kennen... Und sie sagen, ein Junge hängt die Plakate auf?« Nach wie vor versuchte sie, die Stimme einem Gesicht zuzuordnen. Irgendwie war da schon eine gewisse Vertrautheit. Die Stimme...der Akzent...

»Ja, ist kleine Junge aus Nachbarschaft, kommt fast jeden Tag. Scheint Mama sehr zu vermissen! Ist grade zehn Minuten weg.«

Jetzt fiel es Claudia ein. Klar! Der Besitzer des türkischen Cafés, vor dem sie stand! Wie hieß er gleich noch... Egal. Jetzt nur keinen Fehler machen, Claudia, gib dich nicht zu erkennen. Er hat dich nicht erkannt, er hat dich nicht erkannt. Zu selten war sie in diesem Café, kannte es genaugenommen nur von einem einzigen Besuch vor vielen Monaten, als sie mit Petra hier einen Mokka getrunken hatte, und das auch nur, weil ihr das Blaue Haus, ihr Stammcafé an diesem Tag wegen eines Krankheitsfalles geschlossen war.

Aber: Hatte er gesagt, Max war erst zehn Minuten weg? Wieso war er nicht in der Schule? Sie hatte ihren Termin hier doch extra auf Vormittag gelegt, damit sie weder Max noch Sven begegnen würde. Ihr Herz klopfte immer schneller. Würde ihre Reise hier schon zu Ende gehen? War Max vielleicht immer noch in der Nähe? Claudia starrte noch immer auf das Plakat und drehte Faruk den Rücken zu. Wenn er ihr nicht direkt ins Gesicht sehen konnte, könnte sie vielleicht ihr Geheimnis wahren. Jetzt musste sie zuerst ihn loswerden, ehe sie sich darum kümmern konnte, ob Max noch in der Straße war. Was würde sie darum geben, ihn einfach in die Arme schließen zu können und ihm zu sagen, wie sehr sie ihn vermisst?

»Was es nicht alles gibt«, versuchte sie, belanglos zu wirken. Ohne sich umzudrehen, machte sie Anstalten, weiterzugehen, um Faruk nicht doch noch ansehen zu müssen, wenngleich sie nicht sicher war, ob er sie überhaupt erkennen würde. Sie ging ein paar Schritte, ohne sich noch mal umzusehen und mit jedem Schritt spürte sie mehr, wie ihre Beine zitterten. Beinahe drohte sie, das Gleichgewicht zu verlieren, und doch wähnte sie sich schon fast in Sicherheit. Da vorne, an der Ecke, gleich hinter dem Feuerwehrhaus, würde sie abbiegen und aus dem Blickfeld verschwunden sein. Nur ein paar Schritte noch...

»Hallo! Warten Sie! Hallo, schene Frau, Momenterl!« Momenterl. Es war das Markenzeichen von Faruk, sein »Momenterl« mit türkischem Akzent war im ganzen Ort bekannt. Claudia blieb stehen. Aus. Vorbei. Erkannt. Ertappt. Deine Flucht ist zu Ende, Claudia. In Gedanken ging sie schon ihre Erklärung durch, wie sie Faruk beibringen wollte, warum sie gegangen war, warum sie sich versteckt vor ihrer eigenen Familie, vor ihrem eigenen Sohn, warum sie flüchtet vor einer Welt, die ihr so viel bedeutet hatte und in der sie früher einmal glücklich gewesen war. Verstehen würde er es ohnehin nicht, und zwar nicht etwa wegen Sprachbarrieren (Faruk sprach schließlich ausgezeichnet Deutsch!), sondern vielmehr, weil es wohl niemand verstehen konnte. Auch jetzt drehte sie sich nicht um, als sie die Schritte hinter sich hörte.

»Momenterl, Frau!« Jetzt war er schon ganz nahe. Es half nichts, jetzt kam sie nicht mehr raus aus dieser Nummer. Langsam, ganz langsam hob sie das Kinn und drehte sich um. Faruk stand direkt vor ihr.

»Hier, hast Handtasche vergessen! Nicht, dass böse Türke kommt und klaut! Hahahahahaaa!«

Auch dafür war Faruk bekannt: Dass er mit sämtlichen Vorurteilen über sich und seine Landsleute so herrlich unverkrampft umging und ständig irgendwelche Türkenwitze riss. Er hielt ihr ihre Handtasche direkt vor die Nase.

»Danke. Vielen Dank!«, stammelte Claudia, deren Herz raste. Mit zittrigen Fingern nahm sie die Tasche entgegen und lächelte Faruk gequält an.

Zwei Dinge hatte dieser Vormittag bereits zweifelsfrei gezeigt. Erstens: Sie konnte nicht vorsichtig genug sein. Und zweitens: Sie vermisste Max viel stärker, als sie sich das jemals vorgestellt hatte. Claudia war sich nicht sicher, wie lange sie die Kraft haben würde, dieses grausame Spiel zu spielen. Die Krankheit – oder vielmehr die Behandlung - hatte sie schon so viel Kraft gekostet, viel mehr, als sie ursprünglich geglaubt hatte. Sie war nicht nur körperlich geschwächt, sie war zudem noch viel näher am Wasser gebaut als je zuvor. Jede Kleinigkeit brachte sie zum Weinen und nicht selten stand sie kurz vor einem Kollaps. Das ständige Schwanken zwischen Kampf und Aufgabe, zwischen Sieg und Niederlage, zwischen sich seinem Schicksal ergeben und dagegen ankämpfen hatte sie mürbe gemacht. Schon nach wenigen Tagen. Und es gab nur einen, der entscheiden konnte, wie - und nicht zuletzt: wann - dieses Spiel enden würde: Den Herrgott höchstselbst.

Der Arzt hatte ihr keinerlei Hoffnung gemacht: Mit einer nicht anzuzweifelnden Deutlichkeit und der Wucht eines Düsenjets hatte er ihr unmissverständlich ins Gesicht gesagt: Sechs Monate. Sechs Monate habe sie noch zu leben. Außer es geschähe ein Wunder, aber an Wunder, Engel und Vodoozauber-Heilungen glaube er als Naturwissenschaftler nun mal nicht. Es hatte ihr den Boden unter den Füßen weggezogen. Ihr den Atem geraubt. »Kein Zweifel möglich?« war die einzige Nachfrage, die sie herausbrachte. »Leider nein«, schaffte ihr Arzt Fakten, die sie nicht akzeptieren wollte. Auch jetzt noch nicht akzeptieren wollte, denn im Gegensatz zu ihm glaubte sie sehr wohl an Wunder, an Sachen, die nicht erklärbar sind. An Übernatürliches. Und warum sollte nicht auch sie Teil eines medizinischen Wunders werden? Nein, die Hoffnung aufgeben kam für sie nicht in Frage, das stand für Claudia fest. Dafür hatte sie in ihrem Leben weiß Gott schon zu viel mitgemacht.

Und jetzt saß sie hier, in dem kleinen Café in der kleinen Seitenstraße, etwas versteckt vom Einkaufstrubel im Ort. Es hatte erst vor einer Woche eröffnet und daher konnte sie sich hier sicher sein, zumindest nicht von den Angestellten erkannt zu werden. Außer ihr waren keine Gäste da, und das war gut so. Sie behielt die Sonnenbrille auf und das Kopftuch ebenso, bestellte einen Latte Macchiato und wartete. Das Blättern in der

Illustrierten diente lediglich der Ablenkung, sie merkte selbst, dass sie nicht eine einzige Seite las, nicht ein einziges Bild ansah und nicht ein einziger Satz den Weg in ihr Gehirn fand. Unruhig rutschte sie auf ihrem Stuhl hin und her, es war ihr unwohl. Jeden Moment konnte ein Bekannter durch die Türe kommen, jeden Moment konnte sie ertappt werden. Jeden Moment konnte sogar Max hier stehen und dann würde sie... Nein, sie durfte nicht daran denken. Es war ein Fehler, hierher zu kommen. Sie hätte sich nicht darauf einlassen dürfen und war nahe daran, alles abzubrechen, einfach aufzustehen und davon zu laufen.

Aber sie hatte keine andere Wahl. Sie brauchte diese eine Kontaktperson in ihr altes Leben. Vor allem, weil sie so blöd war, ihre Krankenkassenkarte zu Hause zu vergessen. An alles hatte sie gedacht, bei ihrem Verschwinden, nur nicht an die Karte. Ohne Karte keine weitere Behandlung, so war das nun mal in Deutschland. Bislang hatte sie die Dame von der Klinikverwaltung vertrösten können, aber das war jetzt vorbei. Sie musste ihre Karte bekommen und noch war nicht klar, ob ihr Kontakt sie hatte besorgen können. Vielleicht würde sie so auch noch etwas Geld mitnehmen können und gleichzeitig erfahren, wie es Max und Sven ging, und alleine dafür würde es sich lohnen, das Risiko einzugehen, beruhigte sie sich. Die Eingangstür zum Café wollte und wollte sich nicht öffnen, immer wieder hob Claudia den Blick und spähte erwartungsvoll Richtung Straße. Draußen drückte gerade ein Mädchen seine Nase an die Scheibe des Cafes, wohl um zu sehen, wie es drinnen aussieht. Claudia konnte sie nicht genau sehen, aber sie glaubte, dass die Kleine hübsch sein musste. Nicht auffallend schön, sondern auf ihre ganz eigene Art hübsch. Mit weizenblondem langem Haar, vielleicht 12 oder 13 Jahre alt. Claudia wusste nicht, ob das Mädchen sie sehen konnte, oder ob die Spiegelung der Scheibe sie in ihrer hinteren Ecke unsichtbar machen würde. Egal, Claudia jedenfalls kannte das Mädchen nicht, und so richtete sie ihren Blick wieder zur Tür. Noch war allerdings nichts zu sehen von ihrem Kontakt in ihr altes Leben. Und so blätterte sie weiter in der Illustrierten und trank ihren Latte Macchiato.

Als die Tür aufging und ihre Brücke ins Früher das Café betrat, standen ihr schon wieder die Tränen in den Augen. Alles schien sich zu drehen. Sie konnte nicht einmal aufstehen, um Hallo zu sagen. Die Sonnenbrille verdeckte ihre Tränen nur notdürftig, aber genaugenommen war es nicht notwendig, die Tränen zu verstecken: Ihr Gegenüber weinte ebenso hemmungslos, als sie sich in die Arme fielen und sich minutenlang drückten, so, als gäbe es kein Morgen mehr. Nur Claudia wusste zu diesem Zeitpunkt, dass das Morgen für sie tatsächlich nicht mehr selbstverständlich war. Dass ihre Zukunft eher im Jenseits lag als unter den Lebenden und das Heute nur noch eine Erinnerung sein würde. Doch jetzt musste der Verstand wieder einsetzen, mahnte sie sich. Sie durfte nicht zu lange bleiben, um das Risiko, gesehen zu werden, so gering wie möglich zu halten. Und so beschränkte sich das Gespräch auf das Nötigste, auch wenn es beiden schwer fiel. Am Ende hatte sie ihre Karte bekommen, einige Informationen, etwas Geld und das Versprechen, dass ihre Kontaktperson ihr Geheimnis wahren würde. Dieses Risiko musste Claudia eingehen.

11

Die Tage vergingen und nach wie vor gab es keine Spur von Mama. Das Fußballspiel am Wochenende war verloren gegangen. Erwartungsgemäß. Marcel, der Max im Tor ersetzte, griff gleich zwei Mal daneben und Jürgen fehlte im Sturm an allen Ecken und Enden. Aber Becks, ihr Trainer, war eiskalt, was das anging. Lieber verlor er ein Spiel als seine Konsequenz einzubüßen. Vier zu eins stand es am Ende, und Max war es leid, die ganzen Fragen der Mütter und Väter, die nicht wussten warum er und Jürgen nicht spielten, zu beantworten. So war er beinahe froh, als das Spiel vorbei war und er mit Papa im Auto saß, und das wiederum hätte er gestern noch selbst nicht geglaubt, dass er das so sehen würde.

Vom Fußballspiel mal abgesehen lief alles mehr oder minder seinen gewohnten Gang, und das machte ihn beinahe wahnsinnig, es ärgerte ihn maßlos, dass nichts vorwärtsging. Alle schienen sich irgendwie mit der Situation arrangiert zu haben, Papa, Opa, alle. Zumindest sprach niemand mehr so wirklich darüber. In der Schule hatte man ihn so gut es ging in Ruhe gelassen, schließlich wussten ja zwischenzeitlich alle Bescheid. Klar, so ein Verschwinden macht natürlich die Runde und schon kurz nachdem Mama weg war, hatte der ganze Ort darüber gerätselt. Die wildesten Spekulationen waren im Gange, denn einige Verschwörungstheoretiker brachten den Fall Claudia mit dem des Forschers von damals in Verbindung, der inzwischen zweifelsfrei identifiziert war. Er war damals wohl über einen Felsen abgestürzt und zu Tode gekommen, ein Verbrechen war ausgeschlossen worden. Noch in derselben Nacht muss sich wohl ein großer Felsbrocken gelöst haben, der wiederum den Leichnam so unter sich begrub, dass niemand auch nur die geringste Spur von ihm fand. Über die Jahre hatte sich das Wasser einen Weg unter diesem Felsen durch gegraben und dadurch nun die Reste des Skelettes freigelegt. Es könne doch kein Zufall sein, dass jemand genau dann verschwindet, wenn der lange vermisste Forscher gefunden wird, meinten die ganz Schlauen. In wie weit aber ein Zusammenhang bestehen sollte, das konnte niemand so genau sagen. Dass sich die grausame Schlucht das nächste Opfer geholt habe, weil sie eines freigeben musste, war zu hören, und dass Claudia doch ohnehin schon lange so esoterische Sachen trug und Räucherstäbchen einkaufte. Obwohl niemand so wirklich daran glaubte, suchte die Polizei ein weiteres Mal das Huize Loh ab, zunächst unter dem Vorwand, weitere Spuren des Forschers finden zu wollen, insgeheim aber sehr wohl, um eventuell auch Claudia dort zu finden. Erfolglos. Max hielt von diesen Spekulationen nichts. In seiner Klasse dagegen war das Thema irgendwie totgeschwiegen worden, aber das war Max nicht ganz unrecht. Er schob es schlichtweg darauf, dass seine Freunde und Klassenkameraden einfach nicht wussten, wie sie damit umgehen sollten. Da war es immer noch einfacher, nichts zu sagen und Max konnte und wollte es seinen Freunden und Klassenkameraden nicht einmal verdenken. Nur Lania hatte nachgefragt.

Max hatte auch von Schnattermast nichts mehr gehört und so war er nach wie vor völlig im Unklaren, was der eigentlich gemeint hatte mit seinen Andeutungen. Alles plätscherte so dahin: Papa war wieder länger beim Arbeiten. In den ersten Tagen hatte er immer mittags schon aufgehört, um nach Hause zu kommen und sich um Max zu kümmern. Max allerdings hatte ihm ziemlich deutlich zu verstehen gegeben, dass er kein kleines Kind mehr sei und durchaus in der Lage wäre, auf sich selbst aufzupassen. So beschränkte sich das gemeinsame Familienleben - wenn man davon überhaupt sprechen konnte - derzeit auf die gemeinsamen Abendessen, an denen meist auch Opa Grummel teilnahm. Der einzige Lichtblick war die Tatsache, dass nur noch eine Woche Schule war und dann endlich die Osterferien beginnen würden. Max vermochte nicht zu sagen, warum; aber irgendwie fieberte er auf diese Ferien hin, wie schon lange nicht mehr. Nicht nur, weil jedes Kind dieser Erde Ferien der Schule vorzieht, nicht nur des Ausschlafens wegen, nein, vielmehr, weil er im Gefühl hatte, dass sich dann etwas tun würde, dass irgendetwas geschehen würde, was ihn in der Sache weiter brachte. Aber erst noch musste er diese eine, letzte Woche hinter sich bringen. Gottlob waren alle Schulaufgaben bereits geschrieben und so war diese Woche vor den Ferien nicht allzu stressig. Viel lernen musste Max ohnehin nicht, sein Aufwand, den er für ordentliche Noten zu betreiben hatte, hielt sich allgemein in sehr überschaubaren Grenzen. Tat er gar nichts (außer im Unterricht aufzupassen), war er ein solider Dreier-Schüler, aber schon mit ein klein wenig Lernaufwand waren ihm Zweier so gut wie sicher. Dies wiederum ermöglichte ihm den Luxus, sich seinen philosophischen Büchern und dem Fußball zu widmen (und er war sich der Tatsache durchaus bewusst, dass die Kombination dieser beiden Hobbies als ziemlich ungewöhnlich erschien), ohne dass dadurch die Schule gelitten hätte.

Der erste Schultag der Woche war also soeben geschafft. Max war auf dem Heimweg von der Schule und hing, wie immer, seinen Gedanken nach. Ein eigenartiger Tag, dachte Max, denn das Erlebnis in der Pause hatte sein Leben einerseits noch weiter durcheinander, andererseits aber auch mehr Klarheit in sein weiteres Handeln gebracht.

Er war auf der Bank im Pausenhof gesessen, genauer gesagt auf der Lehne der Bank, mit den Füßen auf der Sitzfläche, als er Lania auf sich zukommen sah. Aus dem Augenwinkel und mit nach wie vor gesenktem Blick versuchte er ihren Weg zu verfolgen, je näher sie kam, desto schwerer fiel es ihm, so zu tun, als ob er sie nicht sehen würde, denn sie kam direkt auf ihn zu. Er hatte innerlich zu zittern begonnen, als sie sich neben ihn auf die Lehne setzte und so herrlich unkompliziert fragte: »Na, wie geht's dir denn? Gibt's was Neues von deiner Mama?«

»Nein, leider nicht«, hatte Max geantwortet, und dabei verlegen zu Boden gesehen, als ob er sich für das Verschwinden seiner Mama schämen musste.

»Ganz schön blöde Sache«, entgegnete Lania und rutschte von der Lehne hinunter, um sich auf die Bank zu setzen. Max folgte ihr und setzte sich neben sie. Er war in letzter Zeit immer allein geblieben in den Pausen, bewusst, um sich nicht mit anderen darüber unterhalten zu müssen. Und für andere Dinge hatte er ohnehin keinen Nerv momentan, er hatte also auch kein gesteigertes Interesse daran, in den Pausen mit den anderen Poker zu spielen, wie sie es sonst immer getan hatten.

»Und wie geht's dir dabei?« wiederholte sie. Ihr Ton war sanft und interessiert. Sie fragte nicht um des Fragens willen, sondern weil sie ehrlich an der Antwort interessiert war, das konnte Max spüren.

»Naja, ziemlich mies, um ganz ehrlich zu sein«, nahm Max kein Blatt vor den Mund. Er sah noch immer zu Boden. »Weißt du, das Schlimmste dabei ist, dass sich so gar nichts tut. Ich wache jeden Morgen auf und nichts hat sich geändert. Und wenn ich abends ins Bett gehe, ist immer noch alles wie es war. Niemand scheint das zu kümmern.« Irgendwie wunderte er sich selbst über seine Offenheit. Schließlich kannte er Lania ja noch nicht besonders gut, sie hatten noch nicht wirklich viel miteinander gesprochen bisher und dennoch erzählte er freimütig über seine Gefühle.

»Das kann ich verstehen. Als mein Opa starb, hatten alle eine Woche lang getrauert. Und dann war das irgendwann vorbei. Ich konnte das überhaupt nicht verstehen, dass ich plötzlich weniger traurig sein sollte, als am ersten Tag nach seinem Tod. Ich meine, warum auch? Er war sechs Wochen später noch genau so tot wie an den Tag, an dem er gestorben ist, oder nicht?«

»Da ist was dran«, entgegnete Max und war erstaunt über diese frappierend einfache und so tiefgehend wahre Logik. Sie hatte ja so recht. Lania erzählte einfach weiter.

»Das hat mich auch genervt, und zwar richtig. Alles ging wieder seinen normalen Gang, nur dass eben Opa nicht mehr da war. Sein Teller fehlte am Tisch, sein Sessel blieb leer. Er war weg. Irgendwann kümmerte das niemand mehr. Aber weißt du was?«

»Was denn?«, war Max gespannt auf die Antwort, die er bestimmt auch bekommen hätte, wenn er nicht nachgefragt hätte.

»Ich hab mich einfach nicht daran gehalten. Habe nicht mitgemacht beim großen Vergessen. Habe immer wieder mit Opa geredet, sein Foto steht bei mir am Bett. Ich rede auch heute noch mit ihm, so, als ob er da wäre. Und ganz oft habe ich das Gefühl, er ist wirklich noch da.«

Max war völlig perplex. Auch er sprach ja immer mal wieder mit Oma Klara, wenn er nicht mehr weiter wusste.

»Meine Eltern dachten erst, dass ich komplett durchdrehe und wollten mich dazu bringen, endlich zu akzeptieren, dass Opa nicht mehr da ist. Das Ende vom Lied ist jetzt aber, dass alle mit Opa reden, also auch Mama und Papa, dass sein Bild jetzt auch im Wohnzimmer steht und es ganz normal ist, dass wir ihn um Rat fragen. So kann er nie vergessen werden.«

Max verstand sofort, was Lania ihm damit sagen wollte: Dass sie nicht aufgehört hat, quer zu denken und ihre Beharrlichkeit schließlich doch eine Veränderung bewirken konnte. Er konnte gar nicht beschreiben, was er in diesem Moment empfand, wie sehr er das aufsaugte, was Lania ihm erzählte, wie sehr das sein tiefstes Innerstes berührte und wie sehr sie ihm damit aus der Seele sprach. Seelenverwandt, würden vielleicht seine philosophischen Vorbilder sagen. Vielleicht war es das, vielleicht hatte er in Lania eine Seelenverwandte getroffen. Vielleicht war er es aber auch viel weniger kompliziert, sondern viel banaler und einfacher. Vielleicht war Max einfach ein kleines bisschen verliebt.

Sie saßen nach wie vor nebeneinander auf dieser Bank, der Schulhof um sie herum schien gar nicht mehr zu existieren. Dass dieser Moment niemals enden würde, das wünschte sich Max, dass er ewig so sitzen könnte und Lania erzählte. Dass er nichts sagen müsste, sondern sich nur ihrer entwaffnenden Logik hingeben könnte.

»Manchmal muss man Dinge einfach so nehmen, wie sie sind«, unterbrach Lania die Stille, und Max befürchtete schon, sie würde das eben Gesagte versuchen, wieder klein zu machen, zu widerlegen, vielleicht, weil Max nicht laut zugestimmt hatte. Er war schon dabei, Luft zu holen, um ihr zu sagen, dass er das ganz wunderbar fand, was sie eben gesagt hatte und dass sie es nicht relativieren müsse und dass er genau so empfand und...

»...aber manchmal muss man sich eben auch dagegen wehren.«, ergänze Lania, lächelte ihn jetzt direkt an, stand auf und schlenderte in

Richtung Schulhaus. Erst jetzt registrierte Max, dass es längst geläutet hatte und alle schon auf dem Weg zurück in die Klasse waren. Er hatte eine Erkenntnis gewonnen, genau genommen sogar zwei. Erstens: Er würde nicht aufhören, nach Mama zu fragen, sie zu suchen, jeden mit seinen Fragen zu nerven, so lange, bis sie entweder wieder zurück war oder er zumindest Gewissheit hatte, was geschehen war. Und zweitens: Er hatte sich soeben verliebt.

Jetzt gab es also zwei Frauen in seinem Leben: Mama und Lania. Wobei eine davon nicht mehr da war, aber die andere vielleicht dabei unterstützen konnte, sie zu finden, dachte sich Max, und sei es nur dadurch, ihn mit ihren Erzählungen zu begeistern.

So in Gedanken versunken war Max nun also auf dem Heimweg von der Schule in Immenstadt zum Bahnhof, um dann mit dem Zug zurück nach Oberstaufen zu fahren. Fast wäre er vorbei gelaufen. Eigentlich war er schon vorbeigelaufen, als ihn plötzlich der Blitz traf. War... das... nicht... eben... Er blieb stehen. »Jetzt drehst du komplett durch, Max, bleib ganz ruhig und atme.« Seine innere Stimme sprach zu ihm, die anderen Passanten bekamen davon nichts mit, sondern sahen lediglich einen mitten auf dem Gehsteig stehenden Jungen, der gerade eben noch am Immenstädter Marienplatz an einem Großflächenplakat vorbei gelaufen war.

»Das. Kann. Nicht. Sein!«, redete er sich ein. »Das war nicht Schnattermast, da auf dem Plakat, Max. Oder doch?« Hatte nicht Max schon bei ihrer ersten Begegnung Schnattermast die Optik für einen Job in der Werbung zugesprochen? Es half nichts, er musste nachsehen.

Langsam, ganz langsam drehte Max sich um und ging ein paar Schritte zurück. Fast verstohlen spitzelte er um das riesige Plakat herum und wäre beinahe in Ohnmacht gefallen:

Das riesige Plakat zeigte tatsächlich Schnattermast, überlebensgroß, im grauen Anzug, mit T-Shirt drunter, an einer Bushaltestelle stehend und mit einem Lächeln, das ihm die Luft nahm. Max ging drei Schritte zurück, um das Bild als Ganzes erfassen zu können. Jo Schnattermast war also doch einer aus der Werbung, ein Schauspieler, ein Model, was auch immer, so, wie Max das schon vermutet hatte. Wofür dieses Plakat allerdings werben sollte, das blieb ihm zunächst verborgen. Max musterte das Bild genauer. Irgendetwas schien ihm bekannt vorzukommen. Denk nach, Max, zwang er sich zur Ruhe. Denk nach. Max ging noch einmal zwei Schritte zurück und versuchte, die Augen ein klein wenig zusammenzukneifen. Er sah angestrengt hin. Da stand also ein braungebrannter, gutaussehender Mann im Anzug. Aber der Hintergrund, Jo stand an einer Straße... Moment, war das nicht... Na klar! Das war die Bushaltestelle, an der Schnattermast letztes Mal ausgestiegen war, in Knechtenhofen, riesengroß und glasklar! Kein Zweifel möglich! Das war sie!

Erst jetzt nahm Max den Text wahr, der - ziemlich klein geschrieben, relativ unauffällig rechts unten auf dem Plakat - eine eindeutige Botschaft beinhaltete: »M.: Donnerstag, 17 Uhr, du weißt schon wo!«, stand da zu lesen. Niemand sonst schien von dem Plakat auch nur Notiz zu nehmen. Warum auch: Die Botschaft war eindeutig an ihn gerichtet.

Er hatte eine Verabredung.

12

Leider hatte sich in den nächsten Tagen keine Gelegenheit ergeben, Lania noch mal zu sprechen, was Max zutiefst bedauerte. Im Unterricht bemühte er sich nach Kräften, sie nicht ständig anzusehen und den Vorträgen seiner Lehrer zu folgen, was ihm mehr schlecht als recht gelang. Immer wieder musste er hinüber sehen. Immer wieder gingen ihm ihre Worte durch den Kopf. »Ich hab mich einfach nicht daran gehalten«, hatte sie gesagt, und das hatte er sich zu Herzen genommen. Jeden Abend hatte er seitdem seinen Papa gefragt, was er denn nun zu tun gedenke. Ob er sich schon damit abgefunden habe, dass Mama nicht mehr kommt. Ob er nicht zumindest eine Idee hätte, wo Mama sein könnte. Nichts. Nein. Nein. Das waren die Standardantworten, die er von seinem Papa bekam. Bis gestern Abend. Jetzt war er komplett in Gedanken versunken und versuchte sich noch einmal die Geschehnisse beim Abendessen in Erinnerung zu rufen.

»Papa?« hatte Max begonnen.

»Ja, Max?« Sven sah nicht vom Teller auf, sondern stocherte lustlos in seinem Tomaten-Mozzarella-Salat. Seine schlechte Laune war deutlich zu spüren, und Papa versuchte erst gar nicht, sie zu verbergen.

»Papa, ich mein, irgendwas muss doch passieren, wir können doch nicht...«

»Max, ich glaube, das Thema haben wir doch bereits ausführlich diskutiert. Ich möchte nicht darüber sprechen. Nicht heute.«

»Aber Papa, was sollen wir denn...«

»Max. Sei jetzt still. Iss deinen Salat.«

Nicht heute. Nicht heute. Seit Tagen hörte Max nichts anderes als nicht heute. Nein, so konnte es nicht weitergehen. Max hatte die Untätigkeit satt. Machtlos zu sein ist ja das Eine, aber sich dieser Machtlosigkeit auch zu ergeben, das war noch einmal eine ganz andere Dimension.

»Papa, ich habe eine Entscheidung getroffen.« Max versuchte, seinen Worten großes Gewicht zu geben, indem er sehr langsam und gewählt artikulierte. »Ich werde...«

»So so. Der Herr hat eine Entscheidung getroffen«, unterbrach ihn Papa sofort. Er überbetonte das Wort Entscheidung so, dass sich Max plötzlich ganz klein und unbedeutend vorkam. »Eine Entscheidung. Und was hat der Herr entschieden, wenn er die Gnade hätte, mir das untertänigst mitzuteilen? Jetzt, da der Herr ja offenbar die Weisheit mit Löffeln gefressen hat und der Torwächter aller Problemlösungsstrategien zu sein scheint?«

Max schossen die Tränen in die Augen. Er holte tief Luft, dann platzte es förmlich aus ihm heraus: »ICH habe Mama nicht vertrieben. Aber ich bemüh´ mich wenigstens, sie wiederzufinden, während du nur rum sitzt und nicht sprichst!«

Rumms.

Max war aufgestanden und in sein Zimmer gelaufen. Er knallte die Tür zu, legte sich aufs Bett, drückte das Gesicht ins Kissen und weinte. Er war doch nur ein Junge, der seine Mama vermisste, da war doch das Mindeste, dass er nachfragte! Das war er schließlich seiner Mama schuldig. Und Lania. Er hätte es als stillen Verrat an ihr empfunden, wenn er es nicht getan hätte. Drum fühlte er sich auch im Recht.

Auch jetzt noch, da er in der Schule saß und darüber nachdachte. Jawohl! Er hatte Recht und er hatte das Recht, nachzufragen, und das würde er sich auch nicht von seinem griesgrämigen Vater abspenstig machen lassen. »Ich habe Recht!«, sagte er plötzlich laut vor sich hin, und hob den Kopf. Frau Vollpert, seine Deutschlehrerin, stand direkt vor ihm, mit hochrotem Kopf und ganz offenbar auf hundertachtzig. Sie hatte die Hände in die Hüfte gestemmt, beugte sich leicht nach unten zu Max und ätzte: »Wie bitte? Sag das noch mal, junger Mann!« Die ganze Klasse kicherte, manche hielten sich die Hand vor den Mund, um nicht laut loszulachen. Offenbar war ihm da etwas in Sachen Unterricht entgangen, er war vollkommen in seinen Tagträumen versunken gewesen.

»Ich... ich meine... ich habe...«, versuchte er irgendwie, eine Situation zu retten, von der er noch nicht einmal ansatzweise wusste, worum es geht.

»Du hast einzig und allein meinem Unterricht zu folgen, das hast du! Vielleicht wärst du so gütig, uns an deinen Träumen teilhaben zu lassen?«

Max war jetzt völlig konsterniert. Alle Augen waren auf ihn gerichtet, er starrte auf sein aufgeschlagenes Buch vor ihm und schwieg.

»Nun?«, hakte Frau Vollpert nach und verschränkte demonstrativ die Arme zum Zeichen, dass sie hier so lange stehen würde, bis Max ihr eine Antwort gab.

»Jetzt hören Sie schon auf, Sie sehen doch, dass es ihm nicht gut geht!« Max glaubte, schon wieder zu träumen, als er Lanias Stimme aus der ersten Bank hörte. Er blickte auf. Tatsächlich, sie war es. Sie hatte es gewagt, der strengsten Lehrerin des Gymnasiums zu widersprechen.

Jetzt war es totenstill in der Klasse. Keiner wagte mehr zu kichern, manche empfanden schon ihr Atmen als zu laut. Langsam, sehr langsam drehte sich Frau Vollpert um zu Lania.

»Was hast du gesagt, junge Dame?«, giftete sie Lania an, in einem Ton, der keinen Zweifel daran ließ, dass sie nicht gewillt war, diesen Zwischenruf durchgehen zu lassen.

»Ich sagte: Hören Sie schon auf, Sie sehen doch, dass es ihm nicht gut geht!«, wiederholte Lania ihren Satz so seelenruhig, als ob sie tatsächlich glaubte, Frau Vollpert habe sie nicht verstanden.

»Das habe ich sehr wohl verstanden!«, schrie Frau Vollpert sie an, offenbar ohne zu bemerken, dass sie sich damit selber widersprach.

»Was glaubst du eigentlich, wer du bist?«, stellte Frau Vollpert gleich die nächste rhetorische Frage. Lania überlegte kurz, ob sie den Ball auffangen und sich bei Frau Vollpert vorstellen sollte, empfand es aber dann doch als wenig ratsam, da sie den Bogen nicht überspannen wollte und die Atmosphäre ohnehin zum Platzen angespannt war. Das wäre des Guten wohl doch etwas zu viel gewesen.

»Frau Vollpert«, versuchte es Lania stattdessen mit Vernunft. »Ich meine, Sie wissen doch auch, was mit Max los ist. Lassen Sie ihn doch einfach in Ruhe.«

War es Mut? War es Dummheit? Was auch immer es war, Max konnte nicht anders, als mit offenem Mund zuzuhören. Noch nie hatte es jemand gewagt, Frau Vollpert auf diese Art Paroli zu bieten. Dass es dabei um ihn ging, machte die Sache nur noch spezieller. Lania hatte für ihn Partei ergriffen. Vorbehaltlos. Ohne an die Konsequenzen zu denken. Ohne Eigensinn und ohne Hintergedanken. Ehrlich und aufrichtig. Max war fasziniert.

Auch Frau Vollpert schien einen Moment lang sprachlos, schließlich war sie es nicht gewohnt, auf Widerrede zu treffen oder gar sich auf Diskussionen einzulassen, was ihr als Deutschlehrerin nicht gut zu Gesicht stand und nicht wenig dazu beitrug, dass sie vorsichtig ausgedrückt nicht unbedingt die beliebteste Lehrerin hier an der Schule war. Als sie sich wieder gefangen hatte, ging sie nach vorne zu Lania. Sie baute sich vor ihrem Tisch auf, atmete tief durch, und sagte dann in völlig ruhigem Ton: »Madame hat aber einen ausgeprägten Gerechtigkeitssinn, wie? Das ist aber eine schöne Eigenschaft! Da wird uns Madame sicherlich nach den Ferien einen tollen Vortrag halten können über die Gleichberechtigungsbewegung der Schwarzen in Südafrika, natürlich mit historischen Herleitungen, zehn Minuten in freier Rede, powerpointunterstützt, bitte aber natürlich mit ausgearbeitetem Skript, das verteilt und selbstverständlich benotet wird. Da freuen wir uns schon jetzt alle darauf, nicht wahr?«. Sie stellte die Frage in die Klasse, wo niemand den Blick erwiderte. Alle schauten bedröppelt in ihre Hefte. Frau Vollpert allerdings war noch nicht fertig. Sie beugte sich jetzt herunter zu Lania, bis sie mit ihrem Gesicht ganz nah bei ihr war.

»Vielleicht will dir ja dein kleiner Freund da hinten helfen! Denn der...« Sie deutete mit dem Kopf auf Max, der noch immer nicht aus der Rolle des Beobachters herausgekommen war.

»...wird uns nach den Ferien auf zehn Seiten ausformuliert haben, warum es sich lohnt, im Unterricht aufzupassen, nicht wahr, Max?«

Der Gong zum Schulschluss rettete ihn davor, eine Antwort geben oder sich weiter erklären zu müssen. Er hatte ein unendlich schlechtes

Gewissen. Als er seine Sachen zusammenpackte, langsamer als sonst, um den anderen zu ermöglichen, vor ihm das Klassenzimmer zu verlassen, sah er verstohlen nach vorne zu Lania. Auch sie packte langsam und gemächlich. Und dann sah sie zu ihm her. Er wollte den Blick erst senken, wollte zur Seite sehen, so sehr schämte er sich vor ihr, doch dann geschah etwas, mit dem Max zuallerletzt gerechnet hätte: Sie lächelte. Sie lächelte ihn an. Das konnte doch nun wirklich nicht sein! Ja! Sie lächelte.

Max packte jetzt in aller Eile seine Sachen, nahm seinen Ranzen, stürzte beinahe nach vorne zu Lania und begann schon im Gang, sich zu entschuldigen:

»Lania, bitte, es tut...«

»Pssst.«, unterbrach sie ihn lächelnd. »DU kannst beileibe nichts dafür. Wenn die alte, verrunzelte Zimtzicke sich nur mit Strafarbeiten durchsetzen kann, ist das doch ihr Problem, nicht deins. Und Südafrika soll ein wunderbares Land sein, warum also nicht ein Referat darüber halten?«

Wieder einmal war Max sprachlos. Wieder einmal hatte sie es geschafft, ihm den Wind komplett aus den Segeln zu nehmen. Wie blöd es wohl aussehen mag, dachte er noch, wenn ich einfach hier stehe, den Mund offen habe vor Staunen, nichts sagen kann und sie nur ansehe, während sie ihre Schulsachen packt. Es war ihm egal.

»Du... bist...«. Es war kaum hörbar, was Max da zusammenstotterte.

»Wie bitte?«, fragte Lania, ohne aufzuhören, die Hefte in ihre Tasche zu stopfen.

»Du... bist... du... bist... ein Engel.«

Du bist ein Engel. Du bist ein Engel. Wie blöd kann man eigentlich sein? Max zermarterte sich das Hirn mit Selbstvorwürfen, als er auf dem Weg nach Hause war. Du bist ein Engel. Wie kitschig! Da hatte sich ein Mädchen vor ihn gestellt, schützend, alles in Kauf nehmend, voller Güte und Selbstlosigkeit, hatte sein Versagen versucht zu rechtfertigen, hatte sich mit der Strafenkönigin der Schule angelegt, hatte klaglos ihre Strafarbeit akzeptiert, die sie seinetwegen bekommen hatte, hatte ihn auch noch angelächelt und ihm das schlechte Gewissen genommen. Und alles was ihm einfiel war 'Du bist ein Engel'. In den Allerwertesten wollte er sich beißen! Was hätte er ihr nicht alles sagen können. Sie fragen, ob er sie nach Hause begleiten, ihren Schulranzen tragen oder sie zum Bus bringen darf. Sogar schweigen wäre besser gewesen. Und dann das. 'Du bist ein Engel'. Du musst noch viel lernen, Max, schimpfte er sich selbst. Ausgerechnet heute musste das alles passieren, ausgerechnet heute. In ein paar Stunden sollte er Schnattermast treffen, und da konnte er alles gebrauchen, aber sicher keine Nebenkriegsschauplätze. Er musste den Kopf frei bekommen für das Treffen mit Jo. Auch wenn es ihm schwer fiel: Er musste Lania vergessen. Nur für ein paar Stunden.

Es wollte alles sorgfältig geplant sein. Dieses Mal durfte sich Max nicht wieder so überraschen lassen, wie bei den ersten beiden Treffen mit Jo. Beide Male war Max bislang jeweils so abgelenkt gewesen, dass er keine Ahnung hatte, wo Schnattermast hergekommen war. Weil sich Max aber sicher war, dass der Schlüssel, um seine Mama wieder zu finden, bei Schnattermast lag, musste er mehr über den geheimnisvollen Strahlemann herausfinden. Nicht einmal Google wusste irgendetwas über einen Mann dieses Namens, nicht einen einzigen Treffer gab das Internet her. Also musste er selbst ran, es lag an Max, diesem Geheimnis auf die Spur zu kommen. Offenbar wollte ja auch Jo ihm etwas mitteilen, wozu hätte er sonst die Plakatbotschaft an ihn richten sollen?

Jetzt war es kurz vor vier, eine Stunde blieb Max noch, ehe Jo auftauchen würde. Wie ein Detektiv durchsuchte Max die Umgebung der winzigen Bushaltestelle in Knechtenhofen, an der er sich mit Jo treffen wollte. Das Bushäuschen, ein hölzernes Konstrukt, wie es hier im Allgäu üblich war, stand direkt an der Straße, nur etwa 50 Meter weiter führte die Queralpenstraße vorbei, eine vielbefahrene Bundesstraße, die beinahe parallel zu dem kleinen Sträßchen verlief, auf der der erwartete Bus Richtung Immenstadt ging. Hinter dem Bushäuschen stieg bereits der Bahndamm an, erhöht oberhalb führte die Bahnlinie Oberstaufen-Immenstadt vorbei. Mist, hier konnte er seine Kamera keinesfalls installieren, dabei hatte er diesen Platz in seiner Erinnerung als perfekt empfunden. Von hier konnte man das Bushäuschen sehen, die kleine Eisenbahnunterführung, aus der der Bus kommen musste, aber auch die Abzweigung der Bundesstraße, die zum Bushäuschen führte. Allerdings konnte das Objektiv seiner kleinen Videokamera nicht den ganzen Bereich erfassen, so dass er entweder nach links oder nach rechts das Bild abschneiden und damit jeweils eine mögliche Strecke, die Schnattermast gehen konnte, aussparen musste. Dabei hatte er es sich so schön ausgedacht: Egal, ob er mit der Nase gegen irgendetwas laufen, von einem Hund angepinkelt oder von irgendetwas anderem abgelenkt werden würde, seine Kamera würde eindeutig festhalten, von wo Schnattermast kommt. Vielleicht wären das erste Erkenntnisse, um ihn verfolgen und mehr über ihn herausfinden zu können.

Max sah sich weiter um. Er überquerte die Straße, und lief in die Wiese, um sich den Blick von dort drüben auf die Bushaltestelle zu ermöglichen. Aber auch hier, so stellte er schnell fest, gab es keine Möglichkeit, alle Wege zu beobachten. Also doch ins Gebüsch, gegenüber der Haltestelle. Dort, etwa 70 Meter vom Bushäuschen entfernt, war ein großes Betonsilo aufgebaut, das von einigen Büschen und Sträuchern geschützt war. Einen Tod musste er sterben, und selbst wenn Max dann auf dem Film sehen sollte, dass er eben nichts sah, so wusste er zumindest, dass Jo aus der Richtung gekommen sein musste, die seine Kamera nicht erfassen konnte. Besser als nichts, dachte er und befestigte die Kamera an einem kleinen Strauch. Gut, dass er die Fahrradgummis mitgenommen hatte, er wickelte einen davon um den Stamm des Strauchs, so, dass er ganz fest am Stamm anlag. Jetzt löste er die Trageschlaufe von seiner Kamera, in der er beim Filmen seine Hand steckte, er band die Schlaufe um den Gummi am Baum und fixierte ihn. Die Kamera saß jetzt bombenfest. Auf dem kleinen ausklappbaren Display kontrollierte Max das Bild. Bis auf zwei kleine Äste, die ins Bild hingen, war er zufrieden: Der Bildausschnitt zeigte die Haltestelle und die zwei Straßen, die zur Haltestelle führten. Nur die kleine Seitenstraße von rechts war nicht im Bild, aber das musste er nun in Kauf nehmen. Max brach die beiden Äste, die noch vor der Linse waren, ab, schaltete die Kamera an, blickte noch einmal von vorne ins Objektiv und setzte sich an die Haltestelle. Es war halb fünf, noch eine halbe Stunde Zeit.

Zeit, um die ganze Geschichte noch einmal im Kopf durchzugehen. So sehr sich Max das Hirn zermartert hatte, er hatte nach wie vor noch keine Erklärung für das Verschwinden seiner Mama gefunden. Jetzt konnte er noch einmal darüber nachdenken. Welche Rolle spielte Jo in dieser ganzen Angelegenheit? Irgendetwas war unheimlich an ihm, gleichzeitig wirkte er schon fast so sympathisch wie ein guter Freund. Er wusste etwas, so viel war klar. Aber woher? Und vor allem wie viel? Und was? Und warum machte er es so geheimnisvoll? War er vielleicht sogar noch tiefer in allem verstrickt, als Max bisher annahm? Was, wenn Jo der neue Freund seiner Mama war?

Nein, das würde Mama ihm nie antun, korrigierte Max sich in Gedanken. Ehen gehen zu Bruch, so viel Lebensweisheit hatte selbst Max schon angesammelt, und selbst wenn - nur mal ganz theoretisch angenommen - auch die Ehe seiner Eltern auseinander gegangen sein sollte, dann hätte Mama zumindest mit ihm darüber reden können. Oder Papa. Er war ja kein kleines Kind mehr und schließlich gehören immer zwei dazu: Einer, der verlässt und einer der verlassen wird. Aber wenn der Verlassene nichts davon weiß, dass er verlassen wurde, stimmt etwas nicht, auch das war klar. Zumindest machte Papa den Eindruck, dass er tatsächlich nicht wusste, was mit Mama war und das bedeutete entweder, dass er wirklich ahnungslos war oder Max etwas vorspielte, was er seinem Papa schlichtweg nicht zutraute.

Das Klopfen seines Handys signalisierte eine angekommene SMS und riss ihn aus seinen Gedanken. Die Nummer kannte Max nicht, sie war in seinem Handy keinem Namen zugeordnet. Die SMS lautete: *Hallo Max, steig in den nächsten Bus. Gruß, Jo.*

»Wie bitte?«, murmelte er. Was zum Teufel hatte das nun schon wieder zu bedeuten? Viel Zeit zum Überlegen blieb nicht, denn im selben Moment bog der Bus aus der Einsenbahnunterführung um die Ecke. Als der Bus näher kam, sah er bereits das bekannte Gesicht hinter der Scheibe, Jo saß in der letzten Bankreihe. Die Türen öffneten sich und Max stieg mit zitternden Knien ein.

»Hallo Max, schön, dass du gekommen bist.«. Jo schien bestens gelaunt und war so unaufgeregt, als säßen sie jeden Tag zusammen hier im Bus.

»Hallo Herr Jo«, gab Max schüchtern zurück, nachdem er sich neben Jo gesetzt hatte. »Haben Sie nichts anderes anzuziehen?« Jo trug wieder den Anzug und das T-Shirt drunter.

»Jetzt sei nicht so nervös, und vor allem: Sag endlich Jo und ´du` zu mir. Wie geht es dir?«

»Naja, es geht so. Ich bin ehrlich gesagt ziemlich durch den Wind, weil ich noch immer keine Ahnung hab, was mit meiner Mama los ist. Und weil ich...« Max stockte.

»Ja?«, forderte Jo ihn auf, weiter zu sprechen.

»...weil ich nicht weiß wer oder was Sie sind...ääh ich meine du bist.« Jo sah aus dem Fenster. Ein ganz sanftes Lächeln umspielte seinen Mund.

»Wer oder was ich bin, willst du wissen? Das klingt aber ganz schon geschwollen, findest du nicht?«

»Na ja, aber ich...«

»Du hast ja recht. Ich kann mir durchaus vorstellen, dass dich die ganze Geschichte ganz schön verwirrt. Also: Dann mal Licht ins Dunkel. Zumindest soweit es eben geht.«

Max platzte vor Spannung. Würde Jo jetzt erklären können, was es mit den ganzen offenen Fragen auf sich hat?

»Hör zu. Ich bin nicht für oder gegen irgendjemanden. Ich steh auf keiner Seite, wenn du verstehst was ich meine. Mein Job ist es nur, zu versuchen, das Schlimmste zu verhindern und die Dinge vielleicht wieder zum Guten zu wenden. Ich kann dir nicht sagen, warum deine Mama gegangen ist. Das ist deine Aufgabe, das herauszufinden.«

Max wagte kaum zu atmen, so angestrengt hörte er Schnattermast zu.

»Ich kann dir lediglich einen Hinweis auf etwas geben, was zwischen deinem Vater und deiner Mutter steht. Was tiefe Wunden in ihren Seelen hinterlassen hat und was bis heute noch nicht aufgelöst ist. Das ist das Geheimnis, das du herausfinden musst. Und wenn du es weißt, musst du - und das ist jetzt wichtig, Max - dann musst du es beseitigen und zum Guten wenden. Nur dann haben wir eine Chance, deine Mama zurück zu bekommen.«

»Wir?«, fragte Max dazwischen?

»Wir«, bestätigte Jo. »Ich helfe dir so gut es geht. Auch wenn das eben im Grunde genommen eine unerlaubte Nachfrage war«, lächelte er wieder so unverschämt ansteckend, dass Max den Blick abwendete, weil er für nicht angemessen hielt, in dieser Situation ebenfalls zu lächeln.

»Noch etwas, Max: Du darfst jetzt keine Zeit mehr verlieren. Deine Mama ist krank. Schwer krank. Uns bleibt nicht mehr viel Zeit.«

»Krank?« Max schaute Schnattermast an. »Krank, sagen Sie? Aber... Wieso... Was hat sie denn?« Er fühlte sich plötzlich kraftlos und schwach.

»Keine Nachfragen, Max. Ich sage es noch mal: Du kannst sie retten und du kannst alles zum Guten wenden, glaub mir.«

»Aber warum unternehmen Sie dann nichts? Sie scheinen doch alles zu wissen, was zu tun ist und wo sie ist und wie es ihr geht!« Die Dame zwei Sitzreihen vor ihnen drehte sich um, weil Max plötzlich laut geworden war. Jetzt erschrak er selber und fügte fast flüsternd hinzu: »Ist sie verletzt?«

»Keine Nachfragen. Hör jetzt auf, das Schlimmste zu denken und fang endlich an, stark zu sein. Du hast es in der Hand, Max. Wir steigen beide an der nächsten Haltestelle aus. Ich gehe nach links, du nach rechts. Umdrehen verboten.«

»Aber ich kann...«

»Wir sind gleich da. Ich gebe dir noch einen letzten Tipp mit auf den Weg. Fang im Dachboden an. Dort wirst du auf das Geheimnis stoßen, von dem ich dir erzählt habe. Finde es heraus und löse es auf.«

Schnattermast stand auf, der Bus fuhr bereits sehr langsam, weil die nächste Haltestelle in Wiedemannsdorf schon in Sichtweite war. »Und eines noch, Max...« Max saß noch immer in seinem Sitz, den Kopf gesenkt. Er war gespannt, was jetzt noch kommen würde. »Du kannst auch gerne weiter `Sie` zu mir sagen, wenn es dir leichter fällt.« Es war ihm gar nicht aufgefallen, dass er Jo Schnattermast wieder gesiezt hatte. Der Bus hielt an, Max und Jo stiegen aus. Jo drehte grußlos nach links und lief dem großen, grün geschindelten Gebäude einer alten Handweberei entgegen, Max drehte sich langsam nach rechts. Der Drang danach, sich umzudrehen, war riesig, und dennoch tat er es nicht. Zu viel stand auf dem Spiel. Zu wichtig war die Sache. Zu entscheidend die Rolle Schnattermasts.

Max lief ganz langsam los, ohne sich auch nur ein einziges Mal umzudrehen. So konnte er auch nicht sehen, dass im selben Moment jemand im Bus aus seinem Versteck unter dem Sitz hervorkam, den Kopf zwischen den Sitzen herausstreckte, sich kurz umsah, ob die Luft rein war und dann zur letzten Bankreihe eilte, um aus dem hinteren Fenster des fahrenden Busses Max hinterher zusehen, wie der mit hängendem Kopf und schlurfenden Schritten den Rückweg zu seiner Ausgangshaltestelle antrat.

13

»Hey Max, wie geht´s dir? Wie war der letzte Schultag?«

Papa schien ausnahmsweise gut gelaunt. Als Max nach Hause kam, war er gerade dabei, das Abendessen vorzubereiten.

»Blöd. Ich muss ne Strafarbeit machen.«

»Wieso das denn?« Max schaute in den Topf, wo Papa gerade Grießbrei anrührte.

»Weil Frau Vollpert ne blöde Gans ist«, polterte Max los. Papa musste schmunzeln und versuchte sofort wieder, ein ernstes Gesicht aufzusetzen.

»Und mal abgesehen davon, dass Frau Vollpert ne dumme Gans ist – wieso gibt sie dir eine Strafarbeit auf?«

»Naja, weil ich geträumt habe im Unterricht. Sie hat mich irgendetwas gefragt und ich war nicht bei der Sache. Ich musste an Mama denken.« Papa drehte sich um und nahm Max in den Arm.

»Na, wenn das alles ist«, lachte er. »Dann bist du hiermit offiziell freigesprochen. Die Strafarbeit musst du aber natürlich trotzdem machen.«

»Tolle Hilfe«, entgegnete Max schmunzelnd und steckte einen Finger in den Topf, um ihn dann genüsslich abzulecken. Papa war gut gelaunt, kein Zweifel. Die Gelegenheit war günstig.

»Du Papa...«, begann Max scheinheilig, »wo ist denn eigentlich der Schlüssel zum Dachboden? Mama hat da oben alte Schulhefte von mir, und eines davon bräuchte ich dringend. Wegen der Strafarbeit...«.

»Der hängt im Schlüsselkasten. Da wo er hingehört.« Papa rührte weiter im Grießbrei und schien nicht im Geringsten überrascht, dass Max plötzlich freiwillig in den Dachboden wollte, den Ort, vor dem er sich doch so abgrundtief fürchtete. Das lief also schon mal prima, dachte sich Max. Jetzt musste er nur noch einen Moment abwarten, in dem er ungestört sein würde. Und der kam schneller als gedacht.

»Ich fahr eben noch zum Wertstoffhof und danach zum Einkaufen. Kann ein Weilchen dauern – ich muss auch noch kurz im Büro vorbei, nach dem Rechten sehen, du weißt schon. Fang schon an mit dem Grießbrei, so lange er warm ist!« Papa hatte schon den Autoschlüssel in der Hand und war schon fast zur Tür. »Jaha, ist guhut!«, trompetete Max zurück und hoffte, dass er nichts Verräterisches in seiner gutgelaunten Antwort vermuten ließ. Er stand am Fenster und versicherte sich mit eigenen Augen, dass Papas Auto definitiv vom Hof gefahren war, als er den Schlüssel zum Dachboden aus dem Schlüsselkasten und die Taschenlampe aus seinem Zimmer holte und langsam die Treppe nach oben stieg. Je näher die Tür zum Speicher kam, desto langsamer wurden Max´ Schritte. Er konnte es nicht wirklich erklären, es gab auch keinen vernünftigen Grund dafür, und dennoch, ihm war dieser Ort unheimlich. Er war immer verschlossen gewesen, und wenn er genau überlegte, hatten Papa und Mama auch immer genauestens darauf geachtet, dass die Tür zu war. Der Schlüssel schlüpfte wie von selbst ins Schloss und die Tür öffnete sich butterweich. Passender wäre es gewesen, sie hätte geknarrzt und geklemmt wie in einem schlechten Gespensterfilm, dachte Max, als er die Tür öffnete und das Licht anschaltete, das den großen Raum nur notdürftig erhellte. Ein leicht modriger Geruch kam ihm entgegen.

Wo sollte er anfangen? Und wonach suchte er eigentlich? Max hatte keine Ahnung, was genau Schnattermast wohl gemeint haben könnte, aber sei es drum: Er wollte, nein: er MUSSTE seine Mama wiederfinden, und wenn der Weg dazu über den unheimlichen Dachboden führte, dann sollte das eben so sein. Max schaltete die Taschenlampe an und sah sich um. Der Raum war groß, viel größer, als Max ihn in Erinnerung hatte. Das Deckenlicht tat seinen Dienst nur genau in der Mitte des großen Speichers, die Seiten dagegen blieben fast komplett dunkel. Schränke und Kisten standen scheinbar wirr durcheinander, das uralte Fahrrad von Oma Klara lag am Boden und die Schallplattensammlung, auf die Papa doch immer so stolz war, stand, notdürftig mit Folie umwickelt, auf einem halbhohen Schrank, den Max noch aus Opa Grummels Wohnung kannte. Komisch, dachte Max. Er hatte den Ort viel gruseliger in Erinnerung. Heute schien er beinahe eine friedliche Vertrautheit auszustrahlen. Sein Problem, wo er mit der Suche beginnen sollte, hatte sich damit allerdings noch keineswegs gelöst.

Max ging nach links, zum Ende des Raums. Die Tür war genau in der Mitte an der Längsseite des Speichers, so dass sich der Raum von der Tür aus zu gleichen Teilen nach links und nach rechts erstreckte. Irgendwo musste er ja anfangen, und so wagte er sich in das Dunkel, das vor ihm lag. Langsam, Schritt für Schritt und fest an die Taschenlampe geklammert, ging er auf einen Kleiderschrank zu, der an der Rückwand des Dachbodens stand und der der Ausgangspunkt für Max´ Suche sein sollte. Kiste für Kiste, Truhe für Truhe und Schrank für Schrank würde er durchsuchen, so hatte Max es nun beschlossen. Seine Augen hatten sich schon ein wenig an die Dunkelheit gewöhnt und so konnte er auch außerhalb des Kegels seiner Taschenlampe zumindest silhouettenhaft Gegenstände erkennen. Als er den Schrank öffnete, kam ihm ein weiterer Schwall modriger Luft entgegen. Es hätte ihn nicht gewundert, wenn dieser Schrank zum letzten Mal geöffnet worden war, als Max noch nicht einmal in Planung gewesen war. Vorsichtig leuchtete er mit der Taschenlampe hinein: Alte Anzüge hingen in einer Reihe an einer langen Stange, eine alte Uniform war darunter, ein Hut, der schon vom puren Ansehen zu zerbröseln drohte, und das war´s. Wäre ja auch zu schön gewesen, dachte Max und machte sich gerade an den nächsten Schrank als er plötzlich ein Geräusch hörte. Hektisch drehte er sich um und leuchtete in die Richtung, wo er das Geräusch vermutete. Nichts. Nichts zu sehen und nichts zu hören. Dabei hätte er schwören können, etwas gehört zu haben.

Max war mulmig zumute. So unspektakulär dieser Dachbodenaufenthalt begonnen hat, so unheimlich war er nun. Max stand einen Moment lang völlig still und lauschte. Nicht das leiseste Geräusch war zu vernehmen. Er leuchtete in Richtung Decke, der offene Dachstuhl war hoch, aber außer einigen Balken und jeder Menge Spinnweben war nichts zu sehen. »Du musst dich wohl getäuscht haben«, sagte Max laut vor sich hin, wie um sich selbst Mut zu machen, und wandte sich der Truhe zu, die direkt neben dem schon durchsuchten Schrank stand. Es war eine schwere Holztruhe, mit viel Fantasie hätte man sie wohl auch als Schatztruhe durchgehen lassen können, bei realistischer Betrachtung allerdings war es ein viereckiger Holzkasten mit zwei Eisenschnallen. Die Kiste war unverschlossen, Max musste lediglich die beiden eisernen Verschlüsse aus den Angeln lösen und konnte den Deckel nach oben abheben. Jede Menge Bücher und Fotoalben kamen zum Vorschein.

Er setzte sich auf den Boden und begann, die ersten Bücher zu durchblättern. Die Seiten waren schon ein klein wenig vergilbt, die Schrift klein und mit vielen Schnörkeln. Keine Notizen, lediglich irgendwelche unbedeutenden Romane, war Max′ Schluss, und gerade, als er die Bücher zur Seite legte und das erste Fotoalbum in die Hand nahm, hörte er wieder das Geräusch. Eindeutig, da war ein Geräusch! Es kam direkt von der Tür, und Max schlich zurück auf das flackernde Licht zu, lauschte von außen an der Tür und hörte: Nichts. Er ging hinunter in die Wohnung, um sich zu versichern, dass er tatsächlich alleine war, und als er sich dessen gewiss sein konnte, eilte er zurück auf den Speicher, zurück zu der Truhe und öffnete das Fotoalbum.

Die erste Seite war mit einem großen Herz bemalt, das von einem Pfeil durchbohrt wurde. An den beiden Pfeilenden standen die Buchstaben C&S. Max schlug die Seite um und sah das erste Foto, das fast die ganze Seite ausfüllte: Ein junger Mann stand vor einem alten Golf, in fürchterlichen kurzen Jeans, mit einem fürchterlichen Hemd, das fürchterlich weit aufgeknöpft war. Er hatte ein wunderschönes Mädchen im Arm, das die langen blonden Haare zu einer unfassbar wuchtigen Dauerwelle geformt hatte. Mama und Papa! Wie jung die beiden waren! Zärtlich fuhr Max mit der Fingerspitze über Mamas Gesicht. Sein Herz pochte wie wild, langsam blätterte er um: Da waren Fotos von Papa mit langen Haaren und Schnurrbart, Fotos von Mama mit einem unverschämt kurzen Minirock, von Papa auf einer Motorradtour, von Mama bei einem Rockkonzert und mit ihren Freundinnen beim Zelten. Papa war immer mit dabei. Ja, jetzt fiel es ihm so richtig auf: Auf allen Fotos von Mama ist irgendwo auch Papa mit drauf und umgekehrt. Die beiden müssen wirklich unzertrennlich gewesen sein, dachte Max.

Und fast gleichzeitig kam ihm ein Gedanke, der ihm für einen kleinen Moment einen Stich in der Magengrube versetzte: Warum eigentlich hatte er bis heute keine alten Fotos von Mama und Papa gesehen? Es war das erste Mal, dass er mit der Vergangenheit seiner Eltern konfrontiert wurde, das wurde ihm in dieser Sekunde bewusst. Kinderbilder hatte er mal gesehen, von Mama bei der Einschulung, und, wenn er sich richtig erinnerte, auch von Papa bei der Firmung. Aber von den beiden gemeinsam? Fehlanzeige. Sie scheinen ihre gesamte gemeinsame Vergangenheit in dieser Kiste aufzubewahren und ihm war es nie aufgefallen. Er setzte sich im Schneidersitz auf den Boden und klemmte die Taschenlampe so zwischen Deckel und Korpus der Truhe, dass der Lichtstrahl genau auf seinen Schoß fiel, wo er weiter im Album blätterte. Die gespenstische Umgebung im schummrigen Dachboden hatte er völlig vergessen.

Wie hübsch Mama war! Kein Wunder, dass Papa sich in sie verliebte, lächelte Max, sie war schon auf Fotos absolut unwiderstehlich. Ihre langen Haare hatten fast dieselbe Farbe wie Lanias Haare, ja, jetzt, wo er es genau betrachtete, gab es keinen Zweifel: Mama war laniablond gewesen. Max musste lächeln, obwohl ihm in dieser Sekunde wieder bewusst wurde, warum er eigentlich hier oben war: Er musste Hinweise auf ein Familiengeheimnis finden. War er vielleicht schon auf dem richtigen Weg? Waren diese bislang nicht existenten Familienalben vielleicht der Schlüssel zu Schnattermasts Geheimnis und der Anfang der Suche nach seiner Mama?

Er blätterte weiter, Seite für Seite, jedes einzelne Bild musterte er bis ins Detail. So versonnen war er in die Fotos, dass er Papas Auto nicht hörte, als es zurück auf den Hof fuhr.

Sven stieg aus und Opa Grummel kam ihm bereits auf der Einfahrt entgegen. »Sven, Max ist im Dachboden. Er stöbert in Eurer Truhe!«

»Bitte?« entgegnete Sven entsetzt. »Das kann nicht sein...«

»Ich habe ihn gesehen, Sven. Er hätte mich fast erwischt, als ich ihm nach geschlichen bin.«

»Klar, er hat mich vorhin nach dem Schlüssel gefragt. Und ich Idiot hab nicht eine Sekunde daran gedacht, was er da oben alles finden kann.« Jetzt fiel es Sven siedend heiß wieder ein.

Mit seinen letzten Worten war er bereits auf dem Weg ins Haus, Opa Grummel hatte Mühe, ihm zu folgen. Bewusst lautstark betrat Sven das Haus und begann sofort zu rufen: »Mahax! Ich bin zurühück! Wo bist du?«

Max zuckte zusammen, gerade so, als hätte er etwas zutiefst verbotenes getan. Hatte er das vielleicht auch? War es verboten, Papas und Mamas Vergangenheit zu erfahren? Schnell klappte er das Album zu, steckte es unter seinen Pulli, schnappte die Taschenlampe, schloss die Truhe und eilte zum Ausgang. Flugs war er bei der Tür, zog sie zu, rannte die Treppe hinunter, warf das Album in seinem Zimmer unter das Bett und setzte sich an den Schreibtisch, bevor er antwortete: »Hier oben! In meinem Zimmer! Ich mach meine Strafarbeit!«

Als es draußen bereits dunkel und Max im Bett war, klopfte es an der Wohnungstür. Sven öffnete und Opa Grummel trat ein, ohne etwas zu sagen. Er setzte sich an den Küchentisch und starrte mit verschränkten Armen und gesenktem Kopf auf die Tischplatte. Sven kam hinter ihm in die Küche, ging zum Kühlschrank, öffnete zwei Bier und setzte sich dazu.

»Du musst es ihm sagen, Sven. Er ist kein kleines Kind mehr!«

»Was glaubst du, hat er was gesehen?«

»Das kann ich nicht sagen. Ich konnte nur den Kopf durch den Türspalt stecken, da knarrte die Tür und ich musste verschwinden. Ich habe nur gesehen, dass er vor der Truhe saß und in ein Album sah.«

»Claudia hat auch immer gesagt, wir sollen es ihm sagen. Und jetzt ist sie weg.«

»Vielleicht ist sie genau deswegen weg. Hast du darüber mal nachgedacht?« Opa Grummel bemühte sich erst gar nicht, den vorwurfsvollen Unterton in seinem Satz zu verbergen und sah Sven jetzt direkt an.

»Zum Teufel noch mal«, entgegnete Sven wütend und schlug mit der flachen Hand auf den Tisch, »ich denke jeden Tag und jede Nacht an nichts anderes! Ich bin sowas von durch den Wind wie man nur durch den Wind sein kann, falls es dir noch nicht aufgefallen sein sollte! Ich weiß nicht mehr was ich denken soll!« Er stand auf und drehte Opa Grummel den Rücken zu. Der saß indes schweigend am Küchentisch.

»Entschuldige bitte«, sagte Sven kleinlaut. »Ich wollte nicht mit dir schimpfen, aber...«

»Du musst nichts erklären. Ich kann mir vorstellen, wie es dir geht. Aber anstatt in Selbstmitleid zu versinken, solltest du endlich den Hintern hoch bekommen und mit deinem Sohn reden. Er kann am wenigsten dafür, was geschehen ist.«

Sven biss sich auf die Lippen. »Das weiß ich auch, dass er nichts dafür kann. Aber das heißt noch lange nicht, dass er darüber Bescheid wissen muss. Vor allem nicht, so lange wir nicht wissen, ob Claudias Verschwinden etwas damit zu tun hat.«

»Das ist jetzt nicht dein Ernst, oder?« Opa Grummel stand auf. »Sag mir bitte, dass das nicht dein Ernst ist. Seit 17 Jahren hat alles, alles aber auch alles was du tust etwas mit damals zu tun. Du hast es nicht nur geschafft, dich selber von einem durchweg positiven Menschen in einen alten Griesgram zu verwandeln, du hast es nebenbei auch noch fertig gebracht, deine wunderbare Frau solange zu zermürben bis sie das einzig richtige getan hat! Sie hat dich verlassen! Und ich kann es ihr noch nicht mal verübeln!«

»Sag mal, auf wessen Seite stehst Du eigentlich?« Sven wurde jetzt laut und dennoch war seine Frage alles andere als überzeugend. Mit erstickter Stimme wiederholte er noch einmal: »Auf wessen Seite stehst du?« Als er sich umdrehte, sah Opa Grummel, dass Sven feuchte Augen hatte.

»Ich steh auf keiner Seite. Ich sehe nur, dass du dabei bist, neben deiner Frau auch noch deinen Sohn und dich selber zu verlieren.« Opa Grummel ging auf Sven zu und legte seinem Sohn die Hand auf die Schulter. »Und das kann ich nicht zulassen. Sag es ihm. Sag ihm die

Wahrheit, Sven. Ob es dir Claudia zurückbringt weiß ich nicht. Aber es wird dir zumindest eines zurückgeben: Deinen letzten Funken Selbstachtung, falls du noch einen besitzt.« Opa Grummel wartete nicht auf eine Antwort, sondern ließ Sven einfach stehen und verließ die Wohnung.

»Du hast ja Recht. Ich weiß ja dass du Recht hast«, murmelte Sven vor sich hin, als er alleine am Küchentisch saß. Plötzlich stand er auf, wischte mit dem Handrücken die sieben oder acht leeren Bierflaschen vom Tisch. Opa Grummel war schon vor Stunden gegangen.

Max dagegen war noch wach. Er hörte das Poltern der Bierflaschen aus der Küche und überlegte kurz, hinunterzugehen und nachzusehen, blieb dann aber doch in seinem Zimmer. Er sank förmlich hinein in das Fotoalbum, das erste Album, die ersten alten Fotos, die er von seinen Eltern fand. Dass ihm das nie aufgefallen war, kam ihm jetzt doch sehr verwunderlich vor. Er war schon auf den letzten Seiten des Albums angekommen, als er das Hochzeitsbild sah. Mama trug ein sehr schlichtes, aber unfassbar elegantes Brautkleid, ganz in weiß, mit einem angedeuteten Schleier. Ihre Haare – wieder laniablond auf diesem Bild, ganz eindeutig diesmal! - waren zusammengebunden und hochgesteckt, nicht so übertrieben, wie er das von anderen Hochzeiten kannte, sondern ganz einfach und stilvoll. Und Papa trug eine Art Frack mit einem Zylinder, ganz in dunkelgrau gehalten. Auch er sah so strahlend und schön aus, wie er ihn seither nie gesehen hatte. Es war der zweite September 1992, so stand es auf dem Bild. Ziemlich genau acht Jahre vor seiner Geburt, rechnete Max. Acht Jahre? Warum sie sich nur so viel Zeit gelassen hatten mit dem Kinderkriegen?

Als er umblätterte, blieb ihm die Luft weg. Das letzte Foto im Album zeigte Mama im Bett mit einem neugeborenen Baby auf dem Arm, Papa saß daneben und strahlte in die Kamera. Das Bild war datiert auf den 20. Juli 1993, darunter stand, von Hand geschrieben: »Unsere Tochter Anna-Marie.«

Zweiter Teil: Lania
Prolog

Die Schmerzen waren beinahe unerträglich. Seit Stunden schon ging nichts voran und der Arzt, der alle halbe Stunde ins Zimmer kam, legte bei jeder Untersuchung die Stirn noch tiefer in Falten. »Wir sollten über eine Operation nachdenken«, sagte er ruhig.

»Kommt nicht in Frage. Noch nicht.« Es kostete sie alle Kraft, so standhaft zu bleiben, aber sie wollte es so lange es nur irgendwie ging hinauszögern. Ihr Atem ging schnell und stoßweise, und mit jeder anrollenden Wehe krampfte sich ihr ganzer Körper zusammen. Das Fruchtwasser war schon vor Stunden abgegangen, so dass die Zeit gegen sie lief.

»OK. Wir warten noch. Maximal noch zwei Stunden, dann kann ich das Risiko nicht mehr tragen. Sie spielen mit dem Leben ihres Kindes, das ist ihnen klar?«

»Besteht eine akute Gefährdung?«, gab sie giftig zurück.

Der Arzt schaute zum Monitor, der die Herztöne des Ungeborenen wiedergab.

»Nein. Noch ist alles in Ordnung. Das heißt aber noch nicht, dass...«

»Na bitte. Noch nicht.«

Der Arzt verließ kopfschüttelnd das Zimmer und die Hebamme befeuchtete sofort wieder den Waschlappen und drückte ihn auf ihre Stirn, um sie zu kühlen. Sie hatte selten eine so tapfere Frau gesehen, obwohl sie schon hunderte von Geburten begleitet hatte.

Für Nastassia selber war dieser Kampf mehr als die Durchsetzung ihres Willens. Es war für sie eine innere Verpflichtung, ihrem Kind zumindest den Start in sein Leben so positiv wie nur möglich zu gestalten. Und dazu war es ihre Pflicht, ihm eine natürliche Geburt zu schenken. Ein Kaiserschnitt sollte nur im äußersten Notfall ins Kalkül gezogen werden. Ihr

Kind sollte entscheiden, wann es bereit war, auf die Welt zu kommen und nicht durch eine aufgeschnittene Bauchdecke der Geborgenheit des Mutterleibs entrissen werden. Nastassia wusste, dass sie darüber hinaus nichts für ihr Kind tun konnte, umso wichtiger war ihr dieser eine Dienst. Je mehr sie leiden musste, je stärker die Schmerzen wurden, je intensiver sie den Druck der Wehen spürte, desto mehr ertrug sie, desto mehr akzeptierte, ja desto mehr wollte sie diese Qualen, die sie als vorgezogene Strafe für ihre Entscheidung empfand. Ja, sie verdiente diese Strafe, sie nahm sie an, auch wenn es mit jeder Minute schwerer fiel. Sie war eine starke Frau, doch die letzten beiden Wehen drohten ihr das Bewusstsein zu nehmen, so heftig brachen sie über sie herein. Sie war gewillt, notfalls mit dem Tod für diese Geburt zu bezahlen, wenn sie nur ihrem Kind dadurch das Leben schenken konnte. Vielleicht wäre der Tod sogar eine Erlösung für sie, die finale, die endgültige Konsequenz ihrer Entscheidung. Sie schreckte den Tod nicht, denn das Leben nach der Geburt würde ein schlimmeres Leiden bedeuten, dessen war sie sich selbst in diesem Moment bewusst.

Die Hebamme versuchte, sie zu beruhigen, als die nächste Wehe im Anmarsch war. Sie kamen jetzt in immer kürzerer Abständen, was Nastassia einerseits als gutes Zeichen einer unmittelbar bevorstehenden Geburt wertete, was andererseits aber jeden noch so starken Willen, die Schmerzen zu ertragen, mit riesigem Nachdruck torpedierte. Kaum hatte sie diesen Schmerz überstanden, kam eine weitere Woge herangerollt, diesmal um ein vielfaches heftiger als zuvor, und zum ersten Mal schrie Nastassia einen herzzerreißenden Schrei, der selbst der Hebamme das Blut in den Adern gefrieren ließ. Sie drohte, das Bewusstsein zu verlieren und in ihrem Zustand, halb dämmernd, halb wachend, schweißgebadet und schreiend vor Schmerzen bekam sie mit, wie die Hebamme den Arzt rief. »Es geht los«, hatte sie vernommen, und die folgenden Minuten erlebte sie wie in Trance. Sie konnte nicht sagen, ob es Minuten oder Tage dauerte, sie war ein lebloses Bündel Mensch, nur noch getragen von ihrem unbändigen Willen und von einer tiefen Liebe zu ihrem Kind, das sie nur so kurz bei sich haben würde. Jetzt, ja, jetzt wünschte sie sich nichts sehnlicher, als den Tod. Den gerechten, den stimmigen, den gütigen Tod, der sie abholen, sie hinüber führen sollte. Nicht, weil sie die Schmerzen nicht ertragen konnte, nicht, weil sie dem Wunder der Geburt entfliehen wollte, nein, vielmehr, weil sie sich als die größte aller Sünderinnen fühlte, weil sie eine Entscheidung getroffen hatte, die sie für alle Zeit brandmarken würde, die sie für den Rest ihres Lebens nicht verwinden würde, mit der zu leben sie als größte aller Strafen betrachten würde, nur deswegen sehnte sie den Tod herbei. Und gleichzeitig wollte sie leben, leben, um ihr Kind zu sehen, es in den Armen zu halten, es an ihre Brust zu drücken, es zu lieben, wie nur eine Mutter ihr Kind zu lieben im Stande ist, zumindest so lange, bis sie es weggeben würde, freigeben für jemanden anders, jemanden, den sie nicht kennen würde und auch hoffentlich nie kennen lernen würde, jemanden, von dem sie sich nur vorstellte, dass es jemand war, der ihrem Kind eine Zukunft bieten würde, eine Zukunft mit Liebe, aber eben auch mit Chancen und Möglichkeiten, die sie selber nicht zu bieten imstande war. Was war sie glücklich gewesen in der kurzen Zeit, die sie mit ihrem Freund hatte. Wie hatte er sich gefreut, als sie schwanger wurde. Sie hatten sogar die Hochzeit geplant, für irgendwann nach der Geburt. Jetzt aber, nachdem er verschollen war, von einer seiner Forschungsreisen nicht zurückkam, und sie nichts in der Hand hatte, keine Absicherung, keine Zukunft, keine Wohnung, kein zuhause, kein Geld, nur diesen unsagbar großen Berg an Schulden, jetzt blieb ihr nichts weiter, als diesem Kind das Leben zu schenken und es gleich wieder loszulassen. Andernfalls, so war sie sich sicher, würden sie beide daran zugrunde gehen. War das nicht eine Ironie des Schicksals? Sie stand nur so kurz vor einer glücklichen Zukunft. Hatte er nicht die abenteuerlichsten Reisen unbeschadet überstanden? War er nicht von Dschungelexpeditionen und Bergtouren heil wieder gekommen? Und ausgerechnet von dieser vermeintlich harmlosen Forschungsreise nach Bayern kehrt er nicht zurück...

Die Stimmen des Arztes und der Hebamme rückten in weite Ferne, sie hörte sie, neben einem lauten Rauschen, das sich mit dem unerträglichen Klopfen in ihrem Ohr vermischte. Alles drehte sich, und als ihr schwarz vor Augen wurde, ertönte gleichzeitig ein Schrei, ein Schrei, so zärtlich und doch intensiv, der reinste, der unschuldigste aller Laute, der Schrei eines neugeborenen Kindes.

»Es ist ein Mädchen«, war das letzte, was sie aus weiter Ferne vernahm, bevor sie das Bewusstsein verlor.

1

»Wir müssen Dir was sagen, Lania.« Sie ahnte, was kommen würde. Schon zwei Mal in den vergangenen beiden Jahren hatte Papa ein Gespräch mit diesen Worten begonnen, beide Male mussten sie danach ihre Sachen packen, sich von ihren Freundinnen verabschieden, beide Male zogen sie anschließend um. Lania war traurig. Immer, wenn sie sich irgendwo eingelebt hatte, musste sie wieder gehen. Immer, wenn sie neue Freundinnen gefunden hatte, musste sie die wieder verlassen. Sie wagte schon kaum mehr, sich mit jemandem tiefgehend einzulassen, Freundinnen zu sich einzuladen, eine echte Freundschaft aufzubauen, weil sie immer im Hinterkopf die Angst spürte, sich schon bald wieder verabschieden zu müssen.

»Wir ziehen um«, bestätigte Papa ihre Befürchtungen. »Aber diesmal ist es für länger.«

»Das hast du letztes Mal auch gesagt. Wir sind noch nicht einmal ein Jahr hier.« Sie senkte den Kopf.

»Ich weiß, Lania. Es tut mir leid. Glaub mir, ich will das auch nicht, aber es nützt nichts. Es konnte niemand ahnen, dass auch diese Firma pleitegeht. Ich muss da hin, wo Arbeit ist.«

Mama schwieg. Sie war auch traurig, das konnte Lania spüren, aber die Vernunft verbot es ihr, das zu zeigen oder gar die Entscheidung anzuzweifeln. Sie wusste, dass Papa Recht hatte. Was nützte eine tolle Wohnung und eine tolle Umgebung, wenn Papa arbeitslos war? So blieb nur die Hoffnung, dass es zumindest dieses Mal für länger sein würde.

»Wann?« Lania gab sich keine Mühe, ihre schlechte Laune zu verbergen.

»Nächsten Monat. Zwei Wochen noch. Das wird toll, glaub mir. Wir haben uns schon deine neue Schule angesehen, ein tolles Gymnasium! Und der Ort ist echt schnuckelig und...«

»Jaja. Wie immer halt«, gab Lania fast flüsternd zurück. In Gedanken sah sie sich schon wieder in einer neuen Klasse stehen, wieder diese musternden Blicke spürend, die so bohrend sein können, wenn sie vor versammelter Klasse vorgestellt wird, das Getuschle der Mitschüler, denen vielleicht ihre Schuhe nicht passen oder die Ohrringe oder die Tasche. Sie war es leid, es jedem Recht machen zu wollen, nur um akzeptiert zu werden, nur um Anschluss zu finden, nur um neue Freundschaften zu schließen, die sie dann doch wieder in kürzester Zeit kappen musste. Seit ihrer Einschulung hatte sie bereits vier Mal eine neue Schule gesehen, davon zwei in den letzten zwei Jahren. Wenn sie allerdings ehrlich zu sich selber war, musste sie sich eingestehen, dass sie hier, in Freudenburg, sich nie wirklich wohl gefühlt hatte. Zu geschniegelt war hier alles, zu heile Welt, zu steril, zu manierlich. Es war eine vorgegaukelte Idylle, dessen war sie sich sicher, sie wollte gar nicht wissen, wer hinter welcher Fassade welchen Leichen im Keller hatte. Sie hatte bislang auch keinen wirklichen Anschluss gefunden, weder in ihrer Klasse noch im Bekanntenkreis ihrer Eltern. So wollte sie zumindest versuchen, den erneuten Umzug so positiv zu nehmen, wie es eben ging. Natürlich war sie nicht glücklich darüber. Natürlich wäre es schön, irgendwo einmal wirklich anzukommen. Aber das letzte Mal war es schlimmer, das musste sie eingestehen.

»Jetzt sei nicht sauer, Lania. Die neue Firma bietet mir einen tollen Job und diesmal ist es wirklich perfekt. Glaub mir.«

Irgendwie bewunderte sie Papas Optimismus. Er und Mama waren so voller Liebe und voller Lebensmut, dass ihnen nicht einmal diese Nackenschläge etwas anhaben konnten, zumindest ließen sie es sich vor ihr nicht anmerken. Wahrscheinlich kostete es sie extrem viel Kraft, diese positive Energie zu versprühen und Lania fühlte sich beinahe ein wenig ungerecht, dass sie so sehr an sich dachte und ihren Schmerz in den Vordergrund stellte. Sicher war es für Papa und Mama auch nicht gerade leicht, und dennoch gingen sie so zuversichtlich an die Sache heran, dass Lania zumindest geneigt war zu glauben, was Papa sagte: Dass diesmal alles gut würde und für länger wäre. Dass sie endlich ein echtes Zuhause finden würde mit echten Freunden, mit einem echten Leben, mit einem Gefühl von Ankommen.

»Und wo ziehen wir diesmal hin?« wollte sie wissen.

»Nach Oberstaufen. Das liegt im Allgäu, in Bayern, ganz nah an den Bergen. Es wird dir gefallen, glaub mir.«

2

Der Abschied war beinahe Routine gewesen, sie hatte gemerkt, dass ihr nicht wirklich viel an ihrer letzten Heimat lag, und jetzt, da sie das erste Mal in ihrem neuen Zimmer saß, hatte sie Zeit, darüber nachzudenken, was sie zurückgelassen hatte und was sie erwarten würde. Die künftige Firma ihres Papas hatte sie sich auf deren Website bereits angesehen und die sah wirklich gut aus, das musste sie zugeben. Es war ein großes Unternehmen für einen so kleinen Ort, mit gewachsenen Strukturen und einer echten Geschichte, kein neumodisches Gebilde, wie es so viele gab, sondern ein aus einem Familienbetrieb entstandenes Unternehmen, das heute an die 200 Mitarbeiter beschäftigte. Papa sollte hier mit einer eigens gegründeten Abteilung die Auslandsmärkte betreuen, die in den vergangenen Jahren immer größeres Gewicht bekamen. Von ihrer neuen Schule war im Internet allerdings nur wenig zu erfahren, die Internetseite war völlig veraltet und sie hoffte, dass sich an den Gebäuden im Vergleich zu den Fotos in der Zwischenzeit etwas getan hatte.

Die Wohnung war schön, sehr schön sogar. Vielleicht würde sie sogar als Designerwohnung durchgehen, dachte Lania, richtig groß, und mit einem fantastischen Schnitt, sie bekam ein riesiges Zimmer, wenn sie sich nicht täuschte war es sogar das größte Zimmer in der ganzen Wohnung, zumindest wenn man die nur durch einen Raumteiler getrennte Wohn-Essküche als zwei Räume betrachtete. Sie lag in einem Mehrfamilienhaus im Erdgeschoss. Um genau zu sein war ihre gesamte Wohnung das Erdgeschoss, mit einem kleinen Garten und viel Grün drum herum. Die Wohnung selbst hatte viele kleine Annehmlichkeiten, zum Beispiel war der Backofen nicht wie sie das bislang gewohnt war in die Küchenzeile eingelassen, sondern auf Augenhöhe angebracht, was Lania faszinierte. Dadurch musste man sich nicht ständig bücken, wenn was aus dem Ofen nehmen oder hinein geben wollte. Solche Kleinigkeiten konnten sie in den Bann ziehen: Es musste schließlich Menschen geben, die sich so etwas einfallen lassen und die somit auch die vermeintlich einfachsten Dinge immer wieder hinterfragten. Die nicht einfach nur alles immer hinnahmen, weil das eben immer schon so war. Lania machte sich einen Spaß daraus, an den Menschen zu denken (in ihrer Vorstellung war es eine Frau), der zum aller ersten Mal zu seinem Chef gegangen war und gesagt hatte: Wir hängen den Ofen auf Augenhöhe und bauen ihn nicht neben die Spülmaschine. Wahrscheinlich war Kopfschütteln noch die harmloseste Reaktion gewesen, die diese Frau geerntet hatte. Und doch hatte sie nicht lockergelassen und heute hat sie, Lania, in ihrer Wohnung einen solchen Ofen, der das Leben ein klein wenig leichter macht. Unvermittelt kam ihr ihr Lieblingsspruch in den Sinn: »Alle sagten, das geht nicht. Da kam einer, der wusste das nicht, und hat es einfach gemacht.« Das sollte ihr Motto werden, auch sie wollte den Dingen auf den Grund gehen, wollte immer wieder hinterfragen, wollte einfache Wahrheiten finden, abseits von allen »das-haben-wir-aber-schon-immer-so-gemacht-Einstellungen«. Vielleicht würde sie Erfinderin werden, nicht Erfinderin im eigentlichen Sinne, sondern so etwas wie eine »Einfachheit-Erfinderin«. Ja, das würde zu ihr passen. Dinge, die wir schon tausend Mal benutzt haben, die so in unseren Alltag eingegangen sind, dass wir sie schon gar nicht mehr wahrnehmen, zu hinterfragen und einfacher zu machen. So wie den Ofen.

Die Wohnung hatte außerdem einen offenen Kamin, der allerdings weder offen noch echt war. Er wurde mit Gas beheizt, das Feuer darin war zwar echtes Feuer, die Holzstücke aber waren Attrappen. Wohl deswegen hatte der Architekt ihn auch hinter eine Glasplatte verbannt, so dass man zwar das Feuer sehen, aber weder das Knistern des Holzes hören noch dessen Geruch riechen konnte, was Lania wiederum für einen Blödsinn hielt. Entweder wollte man einen offenen Kamin oder man wollte ihn nicht. Aber einen Kamin, der keiner war, nur um die Fassade eines offenen Kamins aufrecht zu erhalten, war aus Lanias Sicht etwa so sinnvoll wie in der Stadt Rasenflächen anzulegen, die dann mit »Betreten-verboten-Schildern« gesperrt werden. Auch wenn sie noch so sauer sein wollte, sie musste sich eingestehen: So schlimm war es hier offenbar gar nicht. Direkt nachdem die Möbelpacker ihre Sachen gebracht hatten, begann sie, ihr Zimmer einzurichten. Drei, viermal stellte sie das Bett um, verrückte den Schrank, zog die Couch von links nach rechts und wieder zurück, bevor sie ganz zufrieden war: Dort, wo das Bett jetzt stand, würde sie, wenn sie ihre Kenntnisse der Himmelsrichtungen nicht völlig verlassen hatten, morgens die Sonne im Gesicht haben. Sie war gespannt, ob das wirklich so wäre, denn sie liebte die Sonne, und morgens von ihr geweckt zu werden, stellte sie sich herrlich vor.

Am zweiten Tag machte sie sich auf, den Ort zu erkunden. Sie wohnten am Ortsrand, in einem kleinen Neubaugebiet, das die Gemeinde offenbar erst vor einem Jahr ausgewiesen hatte, um junge Familien anzulocken. Von Kindern war in der Nachbarschaft allerdings nicht viel zu sehen, ob das aber daran lag, dass dort keine Kinder wohnten oder alle noch in den Sommerferien verreist waren, vermochte Lania nicht zu erkennen. Nur vor dem kleinen, blauen Haus schräg gegenüber sah sie einen Sandkasten im Garten und verschiedene Spielzeuge, die auf Kinder, allerdings jüngeren Jahrgangs schließen ließen. Die Straße, die an das Wohngebiet angrenzte, führte in der einen Richtung zum Sportplatz, in der anderen in den Ortskern, sie musste nur etwas mehr als fünf Minuten gehen, ehe sie ein verhältnismäßig belebtes Zentrum erreichte. Naja, Zentrum war vielleicht etwas viel gesagt, aber doch zumindest so etwas wie eine Ortsmitte. Dabei fiel ihr auf, dass sie gar nicht wusste, ob Oberstaufen nun ein Dorf oder eine Stadt war, aber das würde sie bei Gelegenheit noch zu erfragen bringen. Hier, im Ortskern (ja, sie hatte beschlossen, für sich erst einmal beim Begriff 'Ort' zu bleiben), gab es einen schönen Brunnen, der von einem kleinen Park eingerahmt war, einige Geschäfte, Cafés, was ein Ortszentrum eben so braucht. Sie beschloss, sich erst einmal auf eine Bank neben dem Brunnen zu setzen und zu beobachten. Das Treiben hier war sehr überschaubar, alles schien einen sehr geregelten Gang zu gehen. Keiner schien in Eile, Menschen gingen in die Geschäfte und kamen wieder heraus, Autos parkten und fuhren wieder weg, alles absolut gewöhnlich und normal. Beruhigend normal, dachte Lania, denn tief in ihrem Inneren sehnte sie sich nach dieser Normalität, nach diesen geregelten Abläufen, nach einem Ort, der so normal und so durchschnittlich war, dass es keinen Grund geben würde, ihn zu gut oder zu schlecht, zu groß oder zu klein, zu aufregend oder zu langweilig zu finden. Es sollte einfach ein Ort sein, den man mögen können sollte, mit dem man sich arrangieren konnte, der aber keine Extreme aufwies, damit man es möglichst lang hier aushielt. Oberstaufen schien auf den ersten Blick ein solcher Ort zu sein. Aufregung hatte sie weiß Gott genug gehabt in den letzten Jahren, denn immer, wenn sie sich gerade freute, irgendwo angekommen zu sein, kam die Nachricht, dass sie wieder umziehen mussten. Sie ließ schon niemanden mehr wirklich an sich heran, blockierte innerlich, wenn Bekanntschaften drohten, zu Freundschaften zu werden, weil sie den Schmerz der Trennung so fürchtete. Dabei waren ihre Eltern alles andere als geborene Vagabunden. Sie sehnten sich mindestens ebenso wie sie nach einer Heimat auf Dauer. Doch vor allem Mama hatte bislang immer das Gefühl gehabt, noch nicht angekommen zu sein. Mama hatte extrem feine Antennen, was Dinge anging, die sonst niemand wahrnehmen konnte. Sie spürte Schwingungen und Stimmungen, konnte einen Ort oder einen Raum sofort positiv oder negativ finden, kräftezehrend oder kraftspendend, wie sie zu sagen pflegte. Es war nicht so, dass Mama mit ihren Fähigkeiten angab, keineswegs, sie war eher sehr zurückhaltend, und doch hatte sie etwas in sich, was manche vielleicht als Übernatürlich bezeichnen würden. Wollte man es weniger esoterisch betrachten, würde man ihr vielleicht eine erhöhte Sensibilität bescheinigen, Lania aber wusste, dass Mama mehr konnte und mehr spürte und mehr sah, als alle Menschen um sie herum. Genau deswegen war Mama die Harmonie des Umfeldes so wichtig, und auf den ersten Eindruck schienen Oberstaufen und ihre neue Wohnung auch Mamas Ansprüchen zu genügen, was Lania doppelt freute. Manchmal sah Mama auch irgendwelche Dinge, die sie selbst nicht zuordnen konnte, wie sie Lania erst vor wenigen Tagen erzählt hatte. Kleine, kurze Gedankenfetzen, wie Bilder, Filme, die vor ihren Augen abliefen, aber ohne echten Zusammenhang, nur Sekunden, vielleicht nur Bruchteile von Sekunden schossen diese Bilder in ihren Kopf wie Blitze, dann wurde ihr schwindelig und sie musste sich setzen oder zumindest festhalten. Bislang hatte sie noch nicht herausgefunden, was ihr diese Bilder sagen wollten und Lania war durchaus beunruhigt, weil sie dasselbe Phänomen auch schon einmal erlebt hatte. Vertrauensvoll hatte sie es Mama erzählt, worauf Mama ihr von ihren Gedankenbildern erzählt hatte.

Lania wusste es noch genau. Es war nur wenige Tage vor ihrer Abreise nach Oberstaufen gewesen. Sie war gerade dabei, ihren Kleiderschrank auszuräumen und ihre Sachen in die großen Umzugskartons zu verpacken, wie sie das schon mehrere Male zuvor getan hatte. Plötzlich sah sie auf der Rückwand des nun leeren Schrankes etwas, ein Bild, wie eine Projektion. Sie kniff die Augen fest zusammen, weil sie glaubte, ihre Wahrnehmung spiele ihr einen Streich. Als sie die Augen wieder öffnete, schossen Bilder vor ihre Augen und in ihren Kopf, mit einer Wucht, die ihr das Gleichgewicht nahm und ihr die Beine schwammig werden ließ. Sie schwankte, hielt sich an der Kleiderstange im Schrank fest, um nicht vornüber hinein zu kippen, schwankte wieder, riss die Stange heraus, verlor den Halt und sackte zusammen. Es dauerte nur eine Sekunde, vielleicht zwei, bis sie wieder klar sehen konnte und sich vor dem Schrank sitzend mit der Kleiderstange in der Hand wiederfand und nicht wusste, was eben eigentlich geschehen war. Die Bilder, die sie gesehen hatte, waren ihr aber klar im Kopf geblieben: Es waren Bilder von einem Wald, einem dichten Wald, geheimnisvoll, leicht von Bodennebel durchzogen, im nächsten Moment sah sie einen Felsen, groß und hoch und bedrohlich, schroff und von diesem Wald umgeben. Mehr nicht. Mama hatte das laute Poltern aus ihrem Zimmer gehört und war zu ihr geeilt, um nachzusehen. Es musste ein durchaus seltsames Bild gewesen sein, das Mama da vorfand, wie sie mit der Kleiderstange in der Hand vor dem Schrank saß.

»Was ist los, mein Schatz?«, hatte Mama gefragt.

»Nichts, ich... mir ist... also... mir wurde plötzlich schwindelig und ich musste mich setzen. Dabei hab ich wohl versucht mich an der Stange festzuhalten. Aber es geht schon wieder.«

»Leg dich ein wenig hin. Vielleicht ist es einfach ein bisschen viel gerade, mit dem Umzug und allem. Mach Pause, Schatz.«

Erst später, am selben Abend, erzählte Lania Mama davon, was wirklich gewesen war. Mama hörte aufmerksam zu und erzählte dann ihrerseits davon, dass sie bereits seit mehrerer Jahren immer wieder dasselbe erlebte. Sie beschlossen, niemanden sonst etwas davon zu berichten, sich aber gegenseitig immer davon zu erzählen, wenn es wieder passierte. Es war ihr kleines Geheimnis. Warum Mama allerdings so erstaunt war, dass gerade Lania dieselbe Gabe – oder dieselben Visionen - hatte wie sie, verstand Lania nicht. Schließlich war sie doch ihre Tochter.

Es war ein herrlicher Tag, die Sonne schien von einem wolkenlosen Himmel, und Lania fragte sich, ob es hier wohl auch ein Freibad gäbe. Ja, es musste eines geben, dachte sie, denn das muss der Grund sein, warum sie seit ihrer Ankunft noch keine Kinder gesehen hatte. Die würden alle das schöne Sommerwetter und die Ferien nutzen, um im Freibad zu planschen, war sie sich sicher. Im Moment jedoch spürte sie keinerlei Drang danach, ebenfalls dorthin zu gehen, die Bank in der Dorfmitte direkt neben dem Brunnen direkt neben der Kirche direkt in der Fußgängerzone war ihr in diesem Augenblick genug. Paare kamen flanierend vorbei, eine Familie mit Kindern setzte sich mit großen Eisbechern auf die Bank neben sie. Oberstaufen lebte vom Tourismus, und so machte sich Lania einen Spaß daraus, in Gedanken die vorbeikommenden Menschen in Touristen und Einheimische zu klassifizieren. Schließlich schloss sie die Augen, ein leichtes Lächeln umspielte ihre Mundwinkel. Sie fühlte sich wohl und geborgen.

»Lania hat Visionen«, sagte Amelie und strich mit dem Putztuch über ihre neue Küche. Jonathan wurde hellhörig.

»Wundert dich das?«, fragte Jonathan. Lanias Papa war ein großgewachsener hagerer Mann, der seit etwa einem Jahr einen Vollbart trug, keinen langen Alm-Öhi-Bart wohlgemerkt, sondern einen dichten, gepflegten, kurzen Vollbart, der sein weiches Gesicht deutlich härter erscheinen ließ, als es eigentlich war. Er war gerade dabei, den Medienschrank, wie er es nannte, anzuschließen.

»Natürlich wundert mich das. Du weißt so gut wie ich, warum.«

»Es färbt eben doch ab. Und wird nicht nur vererbt. Hat sie dir davon erzählt oder woher weißt du?«

»Ja, letzte Woche. Sie saß vor dem Schrank und war völlig verwirrt. Ich hab ihr gesagt, dass ich das auch manchmal habe. Und dass ich es auch nicht einschätzen kann.«

»Und wie hat sie reagiert?« Er hatte aufgehört, weitere Kabel anzuschließen und sich zu Amelie in die Küche begeben. Längst war es für ihn normal geworden, dass seine Frau einen siebten Sinn hatte und manche Dinge eher erspürte als begründete. Noch immer konnte er sich diese Gabe nicht erklären, zumal er eher ein Kopf- als ein Gefühlsmensch war, über die Jahre aber hatte er gelernt, sich darauf verlassen zu können. Bei nicht wenigen Entscheidungen hatte er Amelies Gefühl als Entscheidungsgrundlage herangezogen, ohne es rational begründen zu können. Und fast immer hatte es sich, oft auch erst viel später, als das Richtige herausgestellt.

»Sie war verwirrt, klar. Aber sie hat es so hingenommen. Wir haben uns gegenseitig versprochen, uns auf dem Laufenden zu halten. Ich hatte nicht den Eindruck, dass es sie belastet.« Amelie stand mit dem Rücken zum Raum vor ihrer Küche und spürte nun, wie Jonathan sie von hinten in die Arme nahm. Sie legte den Kopf zurück auf seine Schultern und umfasste seine Hände auf ihrem Bauch.

»Ich bin so froh, dass wir sie haben«, sagte sie.

»Ich auch. Sie ist fantastisch. Wir müssen ihr jetzt noch mehr helfen als bisher. Ich möchte, dass sie glücklich ist.« Jonathan küsste Amelie auf die Stirn.

»Das möchte ich auch. Ich wünsche mir nichts sehnlicher, als dass sie sich hier einlebt. Ich habe zum ersten Mal das Gefühl, angekommen zu sein. Ich weiß nicht warum, aber dieser Ort hier fühlt sich an, als ob es richtig ist. Als ob wir hier her gehören. Als ob sich ein Kreis schließt.«

»Nun mal langsam. Wir sollten nicht zu viel hineininterpretieren, was uns vielleicht wieder einholt. Wer weiß, wie sich alles entwickelt.«

»Du alter Pessimist«, schmunzelte Amelie, drehte sich um zu ihm und sah ihm nun direkt ins Gesicht. »Aber irgendwann müssen wir ihr es sagen«, flüsterte sie.

»Müssen wir wirklich?«

»Jeder Mensch hat das Recht, die Wahrheit zu erfahren. Oder etwa nicht?«

»Nicht, wenn die Wahrheit zerstört. Und davor habe ich Angst. Du siehst doch, wie sehr sie unsere Tochter ist, wie sehr sie deine Tochter ist. Sie hat offenbar die gleichen Fähigkeiten wie du. Reicht das nicht, um die Vergangenheit ruhen zu lassen?«

»Ich weiß nicht, Jonathan.« Sie legte den Kopf an seine Schulter. »Ich weiß auch nicht, was richtig ist.«

»Lass uns erst einmal ankommen hier. Die Wahrheit läuft uns nicht davon.«

Als Lania Sekunden später die Küche betrat, hatte sie vom Gespräch ihrer Eltern nichts mehr mitbekommen, sondern sah lediglich Papa und Mama in enger Umarmung in der Küche stehen. Es war ein Bild, das ihr von einer Sekunde auf die andere die Tränen in die Augen trieb, so glücklich fühlte sie sich in diesem Moment.

3

Der erste Schultag. Wieder einmal ein erster Schultag. Kommt man nach den Ferien in seine Klasse, fühlt sich ein erster Schultag nicht so viel anders an wie ein letzter oder ein dritter oder ein achtundvierzigster. Aber kommt man als Neuling in eine neue Klasse ist ein erster Schultag eine echte Überwindung. Eine Überwindung, die Lania nur allzu gut kannte, hatte sie sie doch in den letzten Jahren nur allzu häufig meistern müssen. Sie hatte keinerlei Routine darin gewonnen, war so aufgeregt wie die letzten Male auch und hätte gut und gerne darauf verzichten können. Es half aber nichts. Da musste sie durch, und sie hielt sich an der Hoffnung geklammert, dass es vielleicht der letzte Schulwechsel sein würde, weil sich hier alles so richtig angefühlt hatte.

Die letzten zwei Wochen waren wie im Flug vergangen. Sie war im Freibad gewesen, das eigentlich kein echtes Freibad war, sondern der Außenbereich des großen Erlebnisbades mit Wasserrutsche und Sprungturm und allem, was das Herz begehrt, sie hatte schon erste vorsichtige Kontakte mit den Mädchen ihres Alters geknüpft, Papa hatte zu arbeiten begonnen und schwärmte jeden Tag mehr von seiner Firma, seinen Kollegen und seiner Stelle. Jetzt stand sie vor dem riesigen Schulgebäude ihrer neuen Schule, etwa 15 Kilometer von Oberstaufen entfernt, in Immenstadt, weil hier eben das nächstgelegene Gymnasium war. Sie nahm sich ganz fest vor, diesen Tag mit viel Gelassenheit und der nötigen Einfachheit zu meistern. Sie wollte die Angelegenheit nicht unnötig verkomplizieren, zum Beispiel durch übersteigerte Erwartungen oder auch nur zu hohe Aufregung. »Ruhig spielen heißt ruhig werden« hatte sie irgendwo mal gelesen, was so viel bedeuten sollte wie: Wenn ich mir nur lange genug einrede, ruhig und gelassen zu sein, werde ich auch ruhig und gelassen. Der Erfolg dieser Maßnahme war momentan aber nur sehr eingeschränkt zu spüren, jetzt, da sie vor dem Eingang stand und sie ihr Herz bis in den Ohren pochen hörte.

Die 7c sollte es sein, bei all den Schulwechseln war es ihr bislang gelungen, jede Jahrgangsstufe zu bestehen, und darauf war sie durchaus stolz, weil es schon eine brauchbare Ausrede für schlechte Noten gewesen wäre, ständig die Schule wechseln zu müssen. Nicht für Lania. Ausreden brauchte sie nicht, Probleme waren schließlich dazu da, gelöst zu werden. Sie versuchte sich zu orientieren, und als sie in der Aula unvermittelt stehen blieb, weil sie bei all dem Trubel versuchte, die Aushänge zu lesen und Schilder zu entziffern, spürte sie plötzlich einen heftigen Rempler, der ihr kurz die Luft nahm und ihre Schultasche zu Boden fallen ließ. Natürlich nicht ohne den gesamten Inhalt auf dem Fußboden mitten in der Aula zu verteilen.

»Tschuldigung, das wollte ich nicht, es war nur weil du... also weil ich... ich meine weil du so plötzlich stehen geblieben... also...«

Lania musste lachen. Der Junge, der sie gerempelt hatte, war schon auf den Knien und sammelte Lanias Hefte und Stifte ein. Er wirkte schüchtern und unbeholfen, aber gleichzeitig süß, eben genau weil er so unbeholfen wirkte. Lania kniete sich neben ihn und half dabei, die Sachen aufzusammeln.

»Das macht gar nichts. Sagen wir: Fast gar nichts«, lächelte Lania ihn an. Zum ersten Mal sahen sie sich jetzt direkt an, und als der Junge mit ihren Heften in der Hand gleichzeitig mit ihr versuchte aufzustehen, stießen ihre Köpfe zusammen und die Hefte lagen schon wieder am Boden. Lania lachte laut auf.

»Tschuldigung... also ich meine, das war keine... warte... ich sammele das schon wieder auf...«

Der Trubel des ersten Schultags um sie herum war in vollem Gange, hektisch rannten Schüler an ihnen vorbei, die sich laut unterhielten, die Erlebnisse der Sommerferien austauschten, gleichzeitig die ersten in ihren Klassenzimmern sein wollten, um sich die besten Plätze zu sichern. An keinem Tag im Jahr war so viel Betrieb in der Aula wie an diesem ersten Schultag. Und ausgerechnet heute stieß sie mit diesem... diesem...

»Ich heiße übrigens Lania«, streckte sie ihm die Hand entgegen. Wenn es denn so sein sollte, dann war das eben ihr erster Kontakt in der neuen Schule.

»Ich bin Max.«
»Hallo Max.«
»Hallo La... La... wie heißt du noch mal?«
»Lania. Ein schöner Name, nicht wahr?«
»Ja. Also ich meine... ja... schön, wirklich!«
Lania lachte erneut, weil sie es mit so einfachen Mitteln schaffte, Max aus dem Konzept zu bringen. Dass jemand seinen eigenen Namen schön fand, war offenbar schon zu viel für ihn. Max stand ihr gegenüber, rotbackig, ihre Hefte in beiden Händen und war verlegen.
»Ich... ich... muss dann los« war alles, was er noch herausbrachte, dann drückte er ihr die Hefte in die Hand und nur Sekunden später hatte die Menge an Schülern ihn zur Gänze verschluckt. Lania lächelte, packte ihre Sachen und machte sich auf den Weg in ihr Klassenzimmer.

4

»Heute kommt Papas Arbeitskollege zu Besuch. Mit seiner Frau und ihrem Sohn. Jürgen heißt er, du kennst ihn«, begrüßte Mama sie, als sie von der Schule kam.

»Jürgen? Keine Ahnung«, erwiderte Lania gleichgültig, zog die Schuhe aus, schlurfte in die Küche, drückte Mama einen Kuss auf die Backe und steckte den Finger in den Topf, den Mama gerade am Herd in der Mache hatte.

»Mmmmm. Sojasoße«, freute sich Lania. »Was gibt's dazu?«

»Putengeschnetzeltes mit Gemüse, wenn´s der Dame Recht ist«, flötete Mama und gab ihr einen angedeuteten Klaps auf die Hand, die noch immer im Topf steckte. »Wie war´s in der Schule?«

»Wie immer. Nichts Besonderes.«

»Hast du schon...«

»Nein, habe ich nicht. Jedenfalls nicht mehr und nicht weniger als gestern, als du mich das letzte Mal gefragt hast, ob ich schon Freundschaften geschlossen habe«, entgegnete Lania gespielt trotzig.

»Ja, ich weiß ja. Entschuldige bitte, Süße. Ich würde mir einfach so sehr wünschen, dass...«

»...du schnell Freundschaften schließt und dich hier wohl fühlst«, sprach Lania betont affektiert mit Mama ihre Worte im Chor. »Es wird schon alles gut, Mama. Die Schule ist OK, die Lehrer auch. Und meine Mitschüler sind so lala. Die Mädels alle ein wenig kindisch und aufgekratzt. Und die Jungs sind eben Jungs.« Bis auf einen, fügte sie gedanklich hinzu, dachte an Max und musste schmunzeln.

Jürgen!

Da fiel es ihr ein, wen Mama vorhin wohl gemeint haben konnte. Jürgen war ein furchtbares Großmaul und glaubte, mit seiner Art unwiderstehlich und unantastbar zu sein. Sie war jetzt gerade mal drei Wochen in dieser Schule und so wenig sie bislang Freundschaften geschlossen hatte, so sehr hatte sich bereits ihre Abneigung gegen Jürgen ausgebildet.

Und ausgerechnet der würde heute zu Besuch kommen.

»Muss ich dabei sein heute Nachmittag? Ich meine, ihr könnt doch bestimmt auch ohne mich...«

»Kommt nicht in Frage«, stellte Mama sofort klar. »Jetzt kommt zum ersten Mal jemand zu Besuch, zudem ein Arbeitskollege, dessen Sohn ein Klassenkamerad von dir ist, und Madame würde sich verdünnisieren. Das wäre ja noch schöner!«

Ja, das wäre es wohl tatsächlich, dachte sich Lania und setzte sich etwas bedröppelt an den Tisch zum Mittagessen. Wie viel lieber würde sie die Umgebung erforschen, raus gehen in die Natur, alles erkunden rund um Oberstaufen, schauen, welche Pflanzen es hier gab, ob Seen oder Teiche in der Nähe waren oder Moore vielleicht oder andere interessante Plätze. Würde sie nicht Einfachkeits-Erfinderin werden, dann mit Sicherheit Forscherin, Geologin vielleicht oder einfach Naturkundlerin. Ja, das wäre wohl das Richtige für sie. Schon als kleines Kind war sie öfters draußen anzutreffen als drinnen. Mama und Papa machten sich schon lustig über ihren Entdeckerdrang, jedes Gras, jede Blume musste bis ins Detail begutachtet werden, nicht selten brachte sie Käfer und Würmer mit nach Hause, um sie genauestens zu untersuchen, aber nicht, wie viele Jungs das taten, um sie auseinanderzunehmen, vielmehr, um das lebende Objekt zu studieren. Schon früh wollte sie wissen, warum die Blätter im Herbst bunt wurden und warum der Schnee weiß ist und weswegen es Tiere gab, die im Boden leben können. Nicht selten brachte sie sich bei ihren Forschungstouren in Gefahr, immer wieder kletterte sie auf Bäume, von denen sie abzustürzen drohte, holte sich Wunden, Schnitte, Risse beim Klettern, Jagen, Toben, wirklich Schlimmeres aber geschah ihr nie, was Mama und Papa immer wieder dazu veranlasste, ihr einen extrem aufmerksamen Schutzengel anzudichten.

Nun gut, dachte sie. Dann soll es eben so sein. Sie hatte Jürgen in der Schule ertragen, sie würde ihn auch heute Nachmittag ertragen. Papa brachte den Besuch mit, offenbar hatten Jürgen und seine Mama bereits im Büro gewartet, alle gemeinsam stiegen jetzt aus dem Wagen. Mama stand bereits am Eingang und winkte. Sie hatte einen fantastischen Apfelkuchen gebacken, der den Nachmittag durchaus zu retten im Stande war. Lania hatte sich in ihren jungen Jahren bereits abgewöhnt, Menschen nach dem ersten Eindruck zu beurteilen, aber als sie Jürgens Mama aussteigen sah, konnte sie sich ein Lächeln nicht verkneifen. Ein blondes, auftoupiertes Etwas auf Stöckelschuhen und in einem viel zu kurzen Rock für eine Dame mittleren Alters entstieg dem Wagen und schwänzelte auf Mama zu. Papa und Jürgens Vater schienen selbst beim Aussteigen in ein Gespräch vertieft, wobei eher Jürgens Papa redete und Papa nur ab und an nickte. Jürgen kam im Schatten seines Vaters aus dem Wagen und wirkte lustlos. Er hatte den Kopf gesenkt, was aber wohl nicht an schlechter Laune, sondern vielmehr daran lag, dass er sein Handy in der Hand hatte und darauf herumtippte.

»Sie müssen Amelie sein«, hatte Jürgens Mama mit unglaublicher Kombinationsfähigkeit und geradezu detektivischem Spürsinn erkannt. Sie kam mit ausgestrecktem Arm auf Mama zu, gab ihr die Hand und drückte ihr links und rechts ein angedeutetes Küsschen auf die Wange, freilich ohne tatsächlich mit dem lippenstiftgetünchten Mund Mamas Backe zu berühren. Mama erwiderte den Gruß freundlich lächelnd. »Schön, dass Sie da sind, kommen Sie doch herein«, lud Mama den Besuch ein, ins Haus zu kommen. Jürgens Mama beugte sich aber zunächst viel zu weit nach unten, um Lania zu begrüßen, als wäre sie ein kleines Kind. »Und du musst Lania sein. Jürgen hat schon viel von dir erzählt«, grinste sie so breit, dass Lania unweigerlich schmunzeln musste, weil sie daran dachte, dass der Mund so breit war, dass glatt eine Spargelstange quer hineinpassen würde. »Richtig. Schön dass Sie da sind«, gab Lania, ganz wohlerzogene Tochter, zurück.

Die Männer kamen hinterher und nach einem kleinen Rundgang durch die Wohnung saßen sie nun alle am Tisch, tranken Kaffee und aßen Mamas Apfelkuchen, der zunächst das Hauptgesprächsthema war. Zu Recht, fand Lania, denn er war wirklich ausnehmend gut gelungen. Lania erfuhr im Laufe des Gesprächs, dass Jürgens Familie schon immer hier in Oberstaufen gelebt hatte und über alle Dinge, die im Ort geschehen, bestens auf dem Laufenden war. Jürgens Mutter hatte offenbar sehr viel Geld mit in die Ehe gebracht, sie hatte nie das Bedürfnis zu arbeiten und war eher in den Friseurläden und den Cafés von Oberstaufen zu Hause als in einem Beruf oder auch im Haushalt. Und Jürgen? Nun, der war die ganze Zeit in sein Handy vertieft und hatte bislang noch nicht ein einziges Wort gesprochen. Selbst dann nicht, wenn seine Mutter über ihn sprach oder sein Papa erzählte, was er für ein toller Fußballspieler sei. Das, so meinte sein Vater, müsse er natürlich von ihm haben, schließlich sei er ja damals einer der gefürchtetsten Stürmer seiner Zeit gewesen und nur eine schlimme Knieverletzung habe damals verhindern können, dass er im Fußball Karriere gemacht hätte. Ansonsten nämlich wäre ein Stammplatz in einem Bundesligaverein sozusagen das mindeste gewesen, was er erreicht hätte, ganz zu schweigen von einer Karriere in der Nationalelf. Das Schlimme an diesen Prahlereien, so fand Lania, waren weniger die Geschichten an sich, denen sie einen gewissen Unterhaltungswert gar nicht absprechen konnte. Das Schlimme war die furchtbare Überheblichkeit, mit denen Jürgens Papa sie vortrug. Er und nur er war hier der Held. Und das glaubte er offenbar auch noch selbst. Lania dachte sich ihren Teil, und je länger das Gespräch andauerte, desto mehr machte sie sich einen Spaß daraus, Jürgens Vater mit gezielten und vordergründig interessierten Zwischenfragen dazu anzustacheln, immer noch mehr und noch Größeres und noch Spannenderes zu erzählen. Ihre Mutter hatte Lania längst durchschaut, schmunzelte aber nur wissend, wenn sich ihre Blicke trafen. Jürgen dagegen saß die ganze Zeit unbeteiligt am Tisch und drückte auf seinem Handy herum. Als Jürgens Papa dann die Geschichte vom verschollenen Naturforscher auspackte, wuchs bei Lania schon wieder die Freude darauf, mit geschickt eingestreuten Interessensbekundungen wie »...nicht wirklich!«, »...sie scherzen!« oder »...das ist ja nicht möglich!« das Gespräch am Laufen zu halten. Dabei entging ihr allerdings, dass sich Mama und Papa während dieser Geschichte mehrmals vielsagende, erstaunte Blicke zuwarfen.

Den Erzählungen zufolge war vor etwa 12 oder 13 Jahren ein Forscherteam in der Gegend, um die Geheimnisse des Huize Loh zu erkunden. Sie wollten mehr über die Entstehung der Schlucht herausfinden und waren mit einem sechsköpfigen Team angereist.

»Der Chef des Teams war ein junger Wissenschaftler, der schon einige größere Expeditionen geleitet hatte. Man sagt, es war ein echt tapferer, gutaussehender und hochintelligenter Typ. Genau so wie ich!« Jürgens Vater brach in lautes Gelächter aus, in das seine Frau reflexartig sofort einstieg, obwohl sie den Mund voller Kuchen hatte und sah in die Runde, ob auch alle seinen Witz toll fanden. »Aber das Huize Loh ist ein verwunschener Ort, müsst ihr wissen. Ich kann euch nur empfehlen, euch davon fern zu halten. Da draußen geistert es nämlich, und es sind schon immer seltsame Dinge vor sich gegangen.« Er hatte jetzt die Stimme gesenkt und viel leiser gesprochen, um seinen Worten noch mehr Gewicht zu geben. Lania war zwar nicht wirklich anfällig für Gespenstergeschichten, dafür umso mehr interessiert an jeglicher Art von Naturforschung. So spielte sie das Spiel von Jürgens Vater gerne mit, schob den Kopf weiter in Richtung Tischmitte, um den verschwörerischen Eindruck beizubehalten und nur ja mehr über das Huize Loh zu erfahren.

»Schon mein Opa hat uns gewarnt, ins Huize Loh zu gehen. Nachts treibt dort nämlich der Geist eines Mörders sein Unwesen!«

»Nicht wahr!«, gab sich Lania begeistert. Jürgen blickte kurz von seinem Handy auf, sah Lania und dann seinen Vater an, der gerade eine künstlerische Pause einlegte und einen Schluck Kaffee nahm, und schüttelte fast unmerklich den Kopf, zum einen, weil er Papas Geschichten längst kannte und sie als extrem peinlich empfand, zum anderen, weil er sich über Lanias Naivität amüsierte, die sich offenbar von diesen Stories begeistern ließ.

»Es soll ein entflohener Sträfling sein, der schon vor 200 Jahren aus königlicher Haft abgehauen ist und seitdem das Huize Loh unsicher macht.«

»Und was war mit dem Forscher?«, brachte Lania das Gespräch in die Neuzeit zurück. Sie hatte noch nichts von dieser ominösen Schlucht gehört, und die Erzählung war tatsächlich spannend und ihr Forscherdrang längst geweckt.

»Der Forscher! Ja, das war eine ganz mysteriöse Sache«, versuchte der große Geschichtenerzähler weitere Spannung aufzubauen und seine Frau, die Frau mit dem Spargelmund, suchte die Blicke der Anwesenden, um deren zustimmendes Nicken einzusammeln, was sie wiederum als Bestätigung ihres Helden wertete. Papa war still geworden und tauschte immer öfter Blicke mit Mama aus, die jetzt versuchte, das Gespräch zu unterbrechen.

»Möchte noch jemand Kaffee? Ich kann gerne auch Cappuccino machen, falls jemand mag?« Niemand reagierte, und Jürgens Papa erzählte weiter.

»Sie waren schon drei Tage da und hatten da draußen ein echtes kleines Camp aufgeschlagen, auf dem Parkplatz in der Paradieskurve. So heißt die Ecke oben an der Alpenstraße. Von dort aus ist es nicht weit ins Huize Loh. Das Wetter war turbulent zu dieser Zeit, immer wieder brachen heftige Gewitter herunter. Auch die Schlucht war gefährlich, weil der kleine Bach in Minutenschnelle zu einem reißenden Strom anschwoll. Eines Nachts verließ der Forscher alleine das Camp, es wird sein Geheimnis bleiben, was er da wollte. Als die anderen am nächsten Morgen bemerkten, dass er nicht mehr da war, starteten sie sofort eine Suchaktion. Vergebens. Er kam nie mehr zurück. Dabei soll er ein echt talentierter Forscher gewesen sein, der Kerl.« Wieder nahm er einen Schluck Kaffee. »Manche sagen, er habe sich davon gemacht und lebt heute irgendwo im Ausland. Andere sind sicher, er muss abgestürzt sein. Obwohl man keinerlei Spur von ihm gefunden hat, bis auf seine Taschenlampe, die im Bach lag. Gut, eventuelle Fußspuren hätten die Gewitter und der Regen sowieso gleich wieder verwüstet. Naja, so spielt das Leben eben, nicht wahr?« Wieder sah er in die Runde, um das bestätigende Nicken der Runde als Bestätigung seiner tollen Geschichte zu empfinden.

»Jürgen, du nimmst doch bestimmt noch einen Kuchen«, versuchte Mama erneut, die Gesprächsoberhand zu gewinnen. Vergebens, denn Jürgen schüttelte nur kurz den Kopf und vertiefte sich sofort wieder in sein

Handy, worauf das Unvermeidliche folgte, was Lania eigentlich schon viel früher erwartet hatte:

»Und wenn du willst, zeigt dir Lania sicher unser Haus und den Garten und ihr Zimmer, nicht wahr, Lania?«

»Und das, wo er offenbar eine hochschwangere Frau zu Hause hatte...«, erzählte Jürgens Papa einfach weiter, ohne sich um die Unterbrechung zu kümmern. Mama ließ unvermittelt die Kuchengabel auf den Teller fallen, was mit einem lauten Klirren nun auch Jürgen aus seiner Abwesenheit in die Runde zurückholte und er so laut zu lachen begann, dass es Lania beinahe körperlich schmerzte. Was für ein Vollspacken, dachte sie bei sich. Erst den halben Nachmittag nichts sagen und einen auf cool machen und dann, wenn jemanden ein Missgeschick passiert, sich daran hochziehen. Das passte genau in das Bild, das Lania von Jürgen hatte. Seine Kraft aus den Unzulänglichkeiten anderer ziehen, das sah ihm ähnlich.

»...und bis heute fehlt jede Spur von ihm. Aber das sagte ich ja bereits«, fuhr der Geschichtenerzähler unbeeindruckt fort. »Aber jetzt mal zu euch, Jonathan, wo sagtest du, kommt ihr her?«

Bevor ihr Papa nur ansatzweise Luft geholt hatte, um die Frage zu beantworten, hatte er allerdings schon wieder das Heft in die Hand genommen, um zu erzählen, dass er nur ein einziges Mal geplant hatte umzuziehen, dann aber doch in Oberstaufen blieb und seither lediglich im Urlaub verreist, bereits auf allen Kontinenten war und so weiter und so fort. Lania hatten ihre ersten Eindrücke nicht getäuscht, weder von Jürgen noch von seiner Familie. Der Apfel fällt nicht weit vom Stamm, dachte sie sich noch, während Mama aufstand und in die Küche ging. Das kurze Augenwinkern, das sie Jonathan zukommen ließ und ihm bedeutete, ihr zu folgen, nahm sonst niemand wahr.

»Hast du das gehört mit diesem Forscher? Das ist doch nicht möglich, oder?« Amelie war außer sich und konnte ihre Stimme nur mit Mühe zügeln, so dass die anderen sie nicht hören konnten, schließlich waren sie in der zum Wohnzimmer hin offenen Küche und in Sichtweite der harmonischen Kaffeerunde, denen sie den Rücken zugekehrt hatten.

»Ja, Amelie, ich habe es natürlich gehört. Aber du kennst mich: Ich interpretiere nichts in die Dinge hinein, so lange ich nicht Näheres dazu weiß. Das kann genauso gut ein Zufall sein...«

»Ein Zufall?«, platzte es aus Amelie heraus, so laut, dass sie sich kurz umdrehte und feststellte, dass offenbar niemand Notiz von ihnen nahm, weil alle mehr oder weniger interessiert den Urlaubsgeschichten von Jürgens Vater lauschten.

»Das kann nicht dein Ernst sein. Ein verschwundener Forscher. Eine hochschwangere Frau. Und das alles vor etwa 12 Jahren. Mensch Jürgen, verstehst du nicht? Das ist der Grund, warum es uns hierher verschlagen hat, nach Oberstaufen. Es ist das Ende unserer Reise. Hier schließt sich der Kreis, glaub mir.«

»Abwarten, Amelie, abwarten. Wer weiß, ob sich das Ganze nicht als Luftblase entpuppt. Wir sollten jedenfalls den Ball erst mal ganz flach halten.« Sprach´s, drehte sich um und kam mit frisch gefülltem Sahnetopf zurück an den Tisch. »Noch jemand etwas Sahne?«, versuchte er, seine Verwirrung zu überspielen.

Später, viel später, als Jürgens Familie längst gegangen und auch Lania bereits im Bett war, fand Jonathan Amelie am Laptop sitzen und im Internet recherchieren.

»Es gibt nur eine einzige Seite, die die Geschichte von damals näher beleuchtet. Klar, einige Zeitungsartikel, aber nichts Näheres. Und irgendwann verliert sich die Spur. Von einer schwangeren Frau ist nirgends die Rede.«

»Na siehst du«, versuchte Jonathan seinen Gedanken vom Nachmittag wieder aufzugreifen. »Vielleicht ist es ja wirklich nur ein Zufall.«

»Jonathan, ich bitte dich. Zählen wir mal eins und eins zusammen. Ohne irgendetwas hinein zu interpretieren. Wir tingeln durch halb Deutschland, werden nirgends sesshaft, aus welchen Gründen auch immer. Jedes Mal wenn wir glauben, angekommen zu sein, kommt etwas dazwischen. Dann landen wir in Oberstaufen und zum ersten Mal haben wir alle das Gefühl, alles ist perfekt. Kurz vorher hat Lania eine Vision von einem Wald und einem Felsen.« Sie drehte sich mit dem Bürostuhl um und wandte sich nun direkt an Jonathan, der in der Tür zum Arbeitszimmer stand, lässig an den Türrahmen angelehnt, und ihr zuhörte.

»Dann hören wir von einem verschollenen, jungen Naturforscher, der eine hochschwangere Frau zurückgelassen hat. Das KANN kein Zufall sein. Ich werde dem morgen mal nachgehen und die Geburtenregister hier in Oberstaufen durchsehen.«

»Amelie, glaubst du nicht, du steigerst dich da in etwas rein? Wer sagt dir denn, dass die Geburt hier in Oberstaufen war? Der Typ war Forscher auf der ganzen Welt, der kann von weißgottwo gekommen sein! Wir sollten die Vergangenheit einfach ruhen lassen. Es ist doch alles gut, wie es ist. Warum sollen wir daran etwas ändern?«

»Weil sich jetzt alles klären kann. Weil irgendetwas oder irgendwer uns mit der Nase darauf stößt, die Dinge endlich in Angriff zu nehmen! Verstehst du das denn nicht? Wir können jetzt die Vergangenheit aufarbeiten und die Zukunft vorbereiten!« Amelie sah ihn verzweifelt an. »Wir müssen Lania endlich die Wahrheit sagen. Sie hat es verdient!«

»Ach ja?« Jonathans Tonfall wurde unvermittelt härter. Er betonte so ironisch, wie es ihm nur möglich war. »Müssen wir das? Und was sollen wir ihr sagen? Dass der verschollene Forscher vielleicht ihr Vater ist? Oder vielleicht auch nicht? Dass ihre Mutter vielleicht bei ihrer Geburt verstorben ist? Dass wir das zwar alles selber nicht so ganz genau wissen, dass es aber unter Umständen vielleicht so sein könnte, dass sie eventuell ihre Wurzeln hier in Oberstaufen hat? Das ist mir zu wenig, Amelie, um sie noch mehr zu verwirren, als sie ohnehin schon ist. Wir lieben sie, reicht das nicht?«

Amelie hatte inzwischen das Gesicht in die Hände gestützt. »Ich weiß es nicht. Ich weiß auch nicht, was richtig ist und was falsch. Ich glaube nur, wir sind ihr früher oder später Antworten schuldig.«

»Auf welche Fragen denn? Es sind Antworten auf deine Fragen, Amelie, nicht auf Lanias Fragen. Sie hat diese Fragen nie gestellt und wegen mir muss sie das auch nicht. Sie ist unsere Tochter, mir reicht das völlig.«

Der Ordner mit den Adoptionsunterlagen lag aufgeklappt auf dem Tisch. »Pack das weg, Amelie«, beschwor er jetzt regelrecht seine Frau. »Versteck ihn am besten so gut, dass nicht einmal ich ihn finde. Am liebsten würde ich das alles hier verbrennen...«

»Hör auf, Jonathan.« Amelie kämpfte mit den Tränen. »Wir waren uns einig, dass wir es ihr sagen müssen. Irgendwann. Spätestens wenn sie 18 ist, hat sie ein Recht darauf, zu erfahren, wer ihre Eltern waren. Ihre richtigen Eltern, meine ich.«

»Richtig? Sind wir etwa nicht richtig? Sind wir vielleicht 'falsche' Eltern?«, bohrte Jonathan den Finger weiter in die Wunde. Es war ihm bewusst und egal, dass er jetzt ungerecht zu werden drohte.

»Hör auf Jonathan. Du weißt, dass ich das so nicht gemeint habe. Aber du weißt auch, dass wir eben nicht die leiblichen Eltern sind. Das können wir nun mal nicht wegdiskutieren.«

Für mich ist entscheidend, dass es für Lania nichts besser machen würde, wenn sie es wüsste. Im Gegenteil. Sie hat genug mit sich und dem Umzug zu tun, wir dürfen sie jetzt nicht zusätzlich verunsichern. Versteh mich doch bitte, Amelie. Ich will nur, dass unsere Tochter glücklich ist.«

»Nichts wünsche ich mir mehr«, flüsterte Amelie, nachdem Jonathan das Zimmer längst verlassen hatte.

Dritter Teil: Max und Lania

1

»Max, ich habe eine Überraschung für dich: Wir fahren heute noch weg. Nur du und ich. Mal auf andere Gedanken kommen.« Max hatte gerade sein Nutellabrot geschmiert, jetzt erstarrte er in der Bewegung. Sie saßen beim Frühstück und Max hatte dicke Augenränder, weil er die ganze Nacht nicht geschlafen hatte. Zu sehr hatte ihn das alles verwirrt, zu ungeordnet kam das alles in sein Leben geflogen. Er wollte keinen Fehler machen, keinesfalls Papa direkt mit seiner Entdeckung konfrontieren, wollte erst in Ruhe überlegen, wie er das alles verarbeiten sollte. Vielleicht sollte er auch zuerst mit Schnattermast reden, bevor er Papa danach fragte. Schließlich muss es einen Grund gegeben haben, dass Mama und Papa so lange geschwiegen hatten, da konnte er jetzt nicht mit der Tür ins Haus fallen. Er musste Zeit gewinnen. Noch weitere Alben durchforsten. Vielleicht verbargen sich da oben auf dem Dachboden ja noch weitere Entdeckungen. Und dann das, ein Ausflug. Papa platzte so unvermittelt mit seiner Neuigkeit heraus, dass bei Max sofort alle Alarmglocken läuteten. Ausgerechnet jetzt! Wo er mit dem Familienalbum und dem Kontakt zu Schnattermast eine erste heiße Spur aufgetan hatte, die vielleicht zu seiner Mama führen konnte. Es war ja sicher gut gemeint von Papa, aber ganz ehrlich: Max hatte weder Zeit noch Lust auf ein Vater-Sohn-Wochenende mit pseudo-erwachsenen Gesprächen und der Illusion, dass dadurch irgendetwas in ihrem mittlerweile doch sehr angespannten Vater-Sohn-Verhältnis besser werden würde.

»Lieber nicht, Papa. Ich fühl mich noch immer nicht so wohl«, log Max unverblümt. »Irgendwie hab ich es seit ein paar Tagen auf dem Magen.«

»Dafür scheinst du aber ordentlich Appetit zu haben, wenn ich mir die dicke Nutellaschicht auf deinem Brötchen so anschaue«, entgegnete Papa. »Na komm schon, Max. Das wird bestimmt schön! Und Faulenzen kannst du auf der Hütte auch.«

Auf der Hütte! Auch das noch! Papa hatte also tatsächlich vor, mit ihm auf diese komische Berghütte zu wandern (vielleicht konnte er ihm zumindest dazu überreden, mit der Bergbahn zu fahren!), wo es weder Internet noch Fernseher gab und sich alle, die dort übernachteten, gegenseitig übertrafen im Socken-Wettstinken, Bergmärchen erzählen und verschwitzte-Klamotten-in-der-Gaststube-aufhängen. Das ging ja nun gar nicht.

»Bitte, Papa. Mir geht's nicht gut. Ich will nicht.«

»Du wirst sehen, da oben wird es dir gleich wieder besser gehen und vielleicht hilft es uns ja, auf andere Gedanken zu kommen. Die Bergluft wirkt Wunder. Und außerdem habe ich schon gebucht. Keine Widerrede also, das wird ein toller Ferienauftakt. Wir fahren heute Mittag los.«

»Das ääh, das geht nicht. Wir haben heute doch ein Fußballspiel!«

Trumpf. Fußball ging vor, das wusste Papa, und es war noch nicht mal gelogen, was Max da vorbrachte.

»Ach so. Du fühlst dich nicht gut, Fußball geht, aber Hütte geht nicht. Na du bist mir ja vielleicht einer. Aber gut«, gab Papa nach. »Dann fahren wir erst nachmittags und nehmen die Bahn nach oben.«

Wenigstens das, war Max erleichtert. Den Abend auf der Hütte würde er auch rum bringen, solange er nicht den zweistündigen Fußmarsch inklusive den ständigen »Schau-mal-wie-schön-es-hier-oben-ist-Max«- Ausrufen seines Papas mitmachen und die Litanei der Bergnamen anhören musste. Sie würden auf der Hütte ein paar Partien ‚Vier gewinnt' spielen, in der kleinen Gaststube den Erzählungen der anderen Bergwanderer lauschen, Papa würde ihn über die Mädchen in seiner Klasse ausfragen und ihm zuzwinkern, ihm zu verstehen geben, dass er »immer mit ihm reden könne«, wenn er was wissen wollte. Papa würde glauben, dass Max und er echte Freunde wären, und er, Max, würde ihm das bestätigen. Er würde Papa in den Arm nehmen und gut. Dann hätte er wahrscheinlich erst mal wieder für eine Weile seine Ruhe und könnte weiter nach Familiengeheimnissen suchen. Das könnte er überstehen, dachte Max, auch wenn es ihm momentan nicht im Geringsten in seine Pläne passte.

Aber irgendetwas stimmte nicht. Papa war keineswegs in Ausflugsstimmung, als sie sich am Nachmittag auf den Weg machten. In Vater-Sohn-Pubertätsgespräch-Laune war er schon gar nicht, das spürte Max sofort. Er wollte das Gespräch nicht eröffnen und Papa offenbar auch nicht und so schwiegen sie, bis sie am großen Parkplatz der Bergbahn-Talstation ankamen. Als sie in der Gondel saßen, konnte Max das Schweigen nicht mehr ertragen. Hatte Papa doch was gemerkt von Max´ Entdeckung? War er deswegen so erpicht darauf, mit ihm alleine zu sein?

»Ist was, Papa? Hab ich irgendetwas angestellt?«, fragte er in ernstem Ton. Max hatte sich auf das übliche Procedere eingestellt, aber hier schien etwas in eine ganz andere Richtung zu laufen. Papa war völlig in sich gekehrt, nichts war geblieben von der vermeintlich guten Laune des Frühstücks und der Vorfreude auf ein Männer-Hüttenwochenende.

»Nein, Max. Es ist nichts. Und du hast schon gar nichts falsch gemacht. Ich bin ein klein wenig durch den Wind, das ist alles.« Max spürte zwar, dass das noch nicht alles war, aber er wollte es damit fürs Erste bewenden lassen. Sie würden der Sache schon noch näher kommen in den nächsten Stunden.

Die Hütte lag in den Bergen, mitten im Skigebiet, doch die Skisaison war seit dem letzten Wochenende beendet und die Wandersaison hatte noch nicht begonnen. So waren sie die einzigen, die auf dem Weg von der Bergstation zur Hütte liefen. Der Blick von hier oben war beeindruckend, das musste Max zugeben, doch Papa schien heute keinen Blick für die Berge zu haben. Auch in der Hütte war es verhältnismäßig ruhig, zumindest im Vergleich zu den Malen, als Max zuletzt hier oben war. Franziska, die Hüttenwirtin, kannte Sven schon seit Jahren und begrüßte ihn entsprechend freudig.

»Und du bist Max, nicht wahr?« Sie lächelte Max an, und ihm war klar, dass jetzt gleich wieder die »Mensch-bist-du-aber-groß-geworden«-Nummer losgehen würde.

»Mensch, du bist aber groß geworden!«, strahlte sie Max an und wechselte mit ihren Blicken zwischen Max und Sven hin und her, so, als ob sie auf Bestätigung ihrer so unglaublich investigativen Neuigkeit wartete.

»Bringt doch erst eure Sachen nach oben, dann habt ihr nachher Ruhe zum Essen«, flötete Franziska kumpelhaft. Das war der normale Ton hier oben, jeder duzte jeden und auch Franziska, so zierlich und hübsch sie eigentlich war, gab sich burschikoser als es nötig gewesen wäre. Nachdem sie ihr Zimmer - besser vielleicht: ihre Kammer, schließlich waren sie auf einer Berghütte - bezogen hatten, zogen sie sich bequeme Sachen an und setzten sich in den Gastraum, in dem außer ihnen nur ein Tisch besetzt war. Die fünf Männer am Nachbartisch, alles Normalos im Übrigen, bis auf einen, der schon auf den ersten Blick ein Proll zu sein schien, schienen auch nur zur Übernachtung hier zu sein und nicht auf Wandertour. Zumindest waren sie schon fleißig dem Weißbier zugewandt und in ein lautstarkes Gespräch vertieft, das sich unüberhörbar ausschließlich um die holde Weiblichkeit drehte und nicht um Wanderrouten oder Funktionskleidung.

Max sah sich in der Gaststube um. Es hatte sich nichts verändert, seit er das letzte Mal hier oben war und genaugenommen hatte sich hier wahrscheinlich mindestens die letzten 20 Jahre nichts verändert. Nicht, dass Max das gestört hätte, im Gegenteil. Irgendwie erzeugte das eine vertraute Atmosphäre, die ihm ein gutes Gefühl vermittelte, zumal er spürte, dass hier irgendetwas im Busch war. Das letzte Mal, als er hier war, musste etwa zwei Jahre her sein. Mama, Papa und er hatten eine Wanderung unternommen und waren hier eingekehrt. Weil dann plötzlich ein Gewitter aufkam, das so heftig war, wie es Max noch nie erlebt hatte, hatten sie sich damals dazu entschieden, hier zu übernachten, was ein tolles Abenteuer war. Sie hatten ja keine Wechselkleidung dabei und kein Waschzeug. Als sie abends in der Gaststube saßen, bei

Kerzenschein, und abwechselnd Vier gewinnt, Rommé, Mäxle und Kniffel spielten, als draußen der Regen an das Fenster trommelte, der Donner so heftig grollte, dass die Hüttenwände vibrierten und der Blitz die ansonsten schummrige Hütte hell erleuchtete, hatte er sich so wohl gefühlt wie selten zuvor. Damals waren sie eine richtige Familie gewesen, so glücklich und unbeschwert. So hatte er das zumindest empfunden.

Auch Sven musste unweigerlich an damals denken, als sie jetzt hier saßen. Es war nur eine einzige Nacht gewesen, aber in dieser Nacht hatten sie sich so frei gefühlt wie ganz zu Beginn ihrer Beziehung, so unbeschwert, so fröhlich und in sich ruhend. Vielleicht auch deswegen, weil es eben nicht geplant war. Weil sie keinen Einfluss auf die Situation hatten, weil sie niemand steuern konnte. Weil es keine andere Wahl gab, als hier oben zu bleiben. Weil sich niemand dafür verantwortlich fühlen musste sondern es einfach so war wie es war. Claudia und er hatten sich angesehen und er hatte die tiefe Liebe im Blick seiner Frau gespürt. Ob er sie erwidern konnte, vermochte er nicht zu sagen.

Papa studierte die Speisekarte, obwohl er hier oben ohnehin immer dasselbe bestellte. Max hätte sein Taschengeld darauf verwettet, und als Franziska an den Tisch kam, um die Bestellung aufzunehmen, strich er gedanklich seinen Gewinn ein.

»Ich nehme ein Weißbier und die Kässpatzen mit viel Röstzwiebeln. Und wenn wir dann noch können, gibt's noch einen Kaiserschmarrn hinterher, nicht wahr Max?«

»Für mich das gleiche bitte und ein Spezi«, ergänze Max, und Franziska notierte sich die Bestellung mit einem Block, obwohl es nicht so schwierig war, sich zwei Bestellungen zu merken.

»Max, es wird Zeit, dass wir reden«, kam Papa aus der Deckung, kaum, dass Franziska wieder in Richtung Küche verschwunden war.

»OK, worüber denn?«, entgegnete Max, und versuchte, so belanglos wie möglich zu wirken. Papa sah in jetzt direkt an. Ohne es zu sagen forderte er Max auf, seinem Blick standzuhalten und nicht weg zu sehen.

»Über uns. Über Mama. Über unsere Familie. Und über früher.« Papa ließ keinen Zweifel daran, dass es ihm ernst war.

»Was ist denn mit Mama? Weißt du denn, wo sie ist?«

»Nein, Max. Ich weiß es nicht. Aber vielleicht können wir zusammen darauf kommen, wo sie ist. Und vor allem, warum sie überhaupt gegangen ist.«

Franziska brachte die Getränke und Papa nahm einen großen Schluck aus seinem Weißbierglas, bevor er weiter sprach.

»Da gibt es etwas, das du wissen solltest. Es gibt nämlich so etwas wie ein großes Geheimnis in unserer Familie. Etwas, das geschehen ist, lange bevor du auf der Welt warst. Etwas, was Einfluss auf unser Leben bis heute hat. Mehr Einfluss, als ich mir jemals eingestehen wollte und mehr Einfluss, als es mir lieb ist. Etwas, was Mama und mich für immer veränderte.«

Jetzt war es Max erst so richtig unwohl geworden, mehr noch: Es lief ihm eiskalt den Rücken runter. Noch nie hatte er seinen Papa so reden hören. Etwas Großes stand hier und heute Abend an und Max war gespannt, ob er das Ergebnis gut finden würde oder nicht.

Ein paar Stunden später konnte Max diese Frage noch immer nicht beantworten. Was er heute Abend erfahren hatte, überstieg seine Vorstellungskraft, und bestätigte gleichzeitig doch nur das, was er bereits im Familienalbum entdeckt hatte. Dass er all die Jahre über davon nichts mitbekommen hatte, grenzte an ein Wunder. Später, als er schon im Bett lag und wieder nicht einschlafen konnte, starrte er durch das kleine Dachfenster hinauf zum Himmel. Er war hellwach, und er hatte das Gefühl, dass es Papa neben ihm genau so ging.

»Schläfst du schon?«, fragte Max.

»Nein«, flüsterte Papa. Max atmete tief durch und drehte sich zu seinem Papa um. Er konnte nur seine Silhouette sehen im fahlen Mondlicht.

»Hatte sie Mamas Haare?«

»Ja, Max. Und Mamas Augen. Sie war genau wie Mama. Genau so hübsch.«

Max fixierte einen der vielen Sterne. Viel später, als Papa schon schlief, flüsterte er einem der Sterne zu: »Oma Klara, ich brauche deine Hilfe. Ich schaff das nicht alleine.« Max hatte heute Abend die Gewissheit erhalten, die Bestätigung der Frage, die ihn seit gestern nicht mehr losgelassen hatte und die vielleicht sein ganzes Leben verändern würde. Was gestern noch wie eine fremde Welt erschienen war und woran er nicht im Traum zu denken gewagt hätte - plötzlich war es wahr. Max hatte heute erfahren, dass er eine Schwester gehabt hatte, die jetzt 19 Jahre alt wäre. Wenn sie noch leben würde.

2

Es war ein wunderschöner Abend gewesen, und Claudia und Sven hätten glücklicher nicht sein können. Beide hatten sich an ihre eigene Hochzeit erinnert, heute Abend, als sie bei der Trauung und der anschließenden Feier vom Tom und Sabrina in einem Vorort von München dabei sein durften. Jetzt waren sie auf dem Heimweg, sie hatten schließlich noch zwei Stunden Autofahrt vor sich und Mitternacht war schon vorbei. Claudia saß am Steuer, weil sie sich darauf geeinigt hatten, dass heute Abend sie fahren und Sven trinken würde. Er war nicht wirklich betrunken, hatte aber zumindest zu viel intus, um noch fahren zu dürfen. Anna-Marie schlief selig in ihrem kleinen Kindersitz auf der Rückbank. Sie war der heimliche Star gewesen heute Abend, alle hatten sie umschwärmt, hatten sie verwöhnt, ihr gesagt, wie hübsch sie doch sei, wie sehr sie ihrer Mama ähnele, was für wunderschöne Haare sie habe. Und sie hatte getanzt und gelacht, sie war ein fröhliches, aufgewecktes Kind, ein Kind, das jeder sofort ins Herz schließen musste. Keine Prinzessin, kein Püppchen, auch heute nicht, bei der Hochzeit, wo viele Mütter ihre Kinder in rosafarbene Plüschkleider steckten und mit Perlenketten zu echten Barbies verkleideten. Anna-Marie dagegen bekam ein leichtes Sommerkleid und Claudia hatte ihre wunderschönen, langen blonden Haare zu zwei frechen Zöpfen zusammengebunden. Wie lange sie ausgehalten hatte! Sven und Claudia hatten bei ihren Freunden schon vorgeholzt, hatten schon im Vorfeld angekündigt, dass sie nur so lange bei ihrer Hochzeitsfeier dabei sein werden, wie Anna-Marie es aushalten würde. Eigentlich hatten sie auch damit gerechnet, schon bald nach dem Abendessen den Heimweg anzutreten, aber Anna-Marie hatte einen solchen Spaß, war ein echter Wirbelwind, war nicht müde zu kriegen. So hatten Claudia und Sven mit ihrer kleinen Tochter einen fantastischen Abend erlebt, hatten nur Augen füreinander, waren eine glückliche und unbeschwerte Familie und sie konnten Tom und Sabrina nur wünschen, dass deren Ehe ebenso glücklich verlaufen würde wie die ihrige.

Jetzt waren sie bereits seit fast sechs Jahren verheiratet und das Glück schien jeden Tag noch größer zu werden. Claudia und Sven waren zusammen, seit man denken konnte und selbst ihre besten Freunde konnten nicht mehr genau sagen, wann die beiden zueinander gefunden hatten. Gefühlt waren die beiden einfach füreinander bestimmt und schon seit ewig ein Paar. Anna-Marie hatte ihr Glück komplettiert, und nicht wenige schauten ein klein wenig neidisch auf die kleine Familie, die so perfekt zu sein schien, wie es nur sein konnte. Jetzt waren sie noch völlig aufgekratzt von diesem herrlichen Tag, von der Stimmung bei der Hochzeit ihrer Freunde, vom Tanzen, von den Gesprächen, vom Feiern und von ihrer Tochter. Sie hatte keinerlei Müdigkeit gezeigt, bis sie kurz vor Mitternacht zu Claudia gekuschelt kam, einmal ausgiebig gähnte, sich auf ihren Schoß setzte und innerhalb weniger Sekunden in einen seligen Tiefschlaf fiel, wie ihn nur Kinder schlafen können. Sven hatte sie später ins Auto getragen, wo sie noch nicht einmal die Augen öffnete, sondern direkt weiterschlief, allerdings mit einem kleinen, süßen und unwiderstehlichen Lächeln in ihren Mundwinkeln, wie Claudia bei einem Blick in den Rückspiegel feststellte, als sie über die beleuchtete Hauptstraße fuhren.

»Sie träumt vom Tanzen«, schmunzelte Claudia.

»Ja. Und vom Spielen, Feiern, vom Kuchen essen, vom Luftballons zerstampfen...« ergänzte Sven und legte seine Hand auf Claudias Schenkel. Er sah seine Frau zärtlich an, mit müden Augen zwar, aber voller Zuneigung und aufrichtiger Liebe.

»Wie süß sie aussah, als sie auf der Bühne stand und das Gedicht vortrug. Sabrina hatte Tränen in den Augen, hast du das gesehen?« platzte Claudia vor Stolz.

»Ganz die Mama eben. Genau so hübsch, genau so gewinnend. Und genau so frech und vorlaut«, scherzte Sven, was Claudia mit einem angedeuteten Schlag auf Svens Hand quittierte, der allerdings ihren eigenen Schenkel traf, weil Sven seine Hand gerade noch rechtzeitig wegziehen konnte. Sie hatten die Stadt bereits verlassen und waren nun auf die

Landstraße gefahren, die beinahe schnurgerade an den Getreide- und Maisfeldern entlang bis ins Allgäu führen sollte.

»Ich liebe Dich, Claudia«, flüsterte Sven und drehte seinen Kopf zum Fenster. Er war müde, müde vom Feiern, aber auch müde vom Wein.

Claudia lächelte. »Ich liebe dich auch. Schlaf doch ein wenig, mir geht es gut, ich komm alleine klar und fahr euch zwei Süßen nach Hause.«

»Das ist eine fantastische...« Sven beendete den Satz mit einem übertriebenen Schnarchen, als ob er bereits eingeschlafen wäre. Claudia lachte, streichelte ihm über die Hand und flüsterte: »Gute Nacht mein Schatz!«

Sie sah das Auto nicht kommen. Konnte es nicht kommen sehen. Der Fahrer, der so betrunken war, dass er sich kaum mehr auf den Beinen halten konnte, hatte schlichtweg vergessen, das Licht anzuschalten, als er von dem kleinen Feldweg, den er später vor Gericht als »polizeifreie Abkürzung« bezeichnete, auf die Hauptstraße fuhr. Er rammte Claudias Wagen genau auf Höhe der hinteren Tür, auf der Seite, wo Anna-Marie saß, katapultierte ihn mit voller Wucht in den Straßengraben, wo er sich vier Mal überschlug, um wieder auf den Rädern zum Stehen zu kommen. Anna-Marie hatte keine Chance. Sie war wohl schon beim ersten Aufprall tot.

Als Sven sie wie in Trance losschnallte, hatte sie noch immer ihr Lächeln im Gesicht, schien friedlich zu schlafen, genau so, wie sie noch vor Sekunden in ihrem Kindersitz gesessen und geschlummert hatte. Claudias Schreie hörte er nur aus der Ferne, wie in einem Traum, wie aus einer anderen Welt, Sekunden wurden zu Stunden, Tagen, Ewigkeiten. Immer wieder schüttelte und drückte er seine Tochter, bis er in völliger Verzweiflung zusammenbrach und gemeinsam mit Anna-Marie auf den Boden sank. Als sich Claudia blutüberströmt dazu schleppte, nahm er seine Frau bereits gar nicht mehr wahr. Sven war nicht mehr Herr seiner selbst, war bereits in einer Zwischenwelt aus Wachen und Wahn angekommen. Claudia wollte die beiden drücken, sich vergewissern, dass Anna-Marie am Leben ist, doch Sven schob sie beiseite. Er saß im Schneidersitz vor dem Wagen, der aus allen Winkeln zischte und qualmte, hielt Anna-Marie im Arm und begann zu singen.

»La-le-lu, nur der Mann im Mond schaut zu...«

»Sven!! Sveeeeeeeeeeeeen!!! Was ist mit ihr? Sveeeeen!!!«

Claudias Schreie erreichten ihn nicht. Nicht körperlich und nicht akustisch kam sie mehr an Sven heran. Und nicht an Anna-Marie, die Sven noch so lange auf dem Arm hielt, bis die Ärzte ihm noch auf dem Feld die beruhigende Spritze gaben. Claudia durfte ihre Tochter ein letztes Mal sehen. Sie hatte keinerlei sichtbare Verletzung. War friedlich und hübsch wie immer. Und sie lächelte.

Die folgenden Monate waren der blanke Horror. Psychologische Hilfe lehnte Sven strikt ab, er wollte allein sein mit seiner Trauer. Und allein bedeutete: Ganz allein. Selbst Claudia ließ er nicht mehr an sich heran, sprach nicht mit ihr, sondern versuchte, das Geschehene vor seiner Frau so wenig wie möglich zu thematisieren. Claudia dagegen nahm sehr wohl die angebotenen Hilfen wahr, ging regelmäßig zu Fachleuten und schließlich auch zu einer Selbsthilfegruppe von Eltern, die auf unterschiedliche Arten ein Kind verloren hatten. Sie arbeitete an sich und ihrer Trauer, wollte verarbeiten anstatt zu verdrängen, wollte sich bewusst werden anstatt zu vergessen, wollte mit Schmerz und Schuld leben lernen, anstatt aufzugeben.

Sven fand nach der Arbeit immer seltener den direkten Weg nach Hause. Oft kam er spät nachts, in der Hoffnung, dass Claudia bereits schlief, immer öfter war er betrunken. Je länger das ging, desto mehr mischten sich in seine spärlichen Äußerungen unterschwellige Vorwürfe, erst ganz versteckt, so, dass Claudia anfangs noch zweifelte, ob er das wirklich so meinte, ob er tatsächlich sie für den Unfall verantwortlich machte. Je betrunkener er war, desto unverhohlener kamen seine Äußerungen. »Du bist doch gefahren« war dabei noch das Harmloseste, was Claudia zu hören bekam. Sprach sie ihn im nüchternen Zustand darauf an, antwortete er entweder gar nicht oder beendete mit einem »ich will jetzt nicht darüber reden« jeglichen Ansatz eines konstruktiven Gespräches. Claudia war nahe daran, selber zu glauben, dass sie den Unfall hätte verhindern können, dass sie die Verursacherin dieses Horrors war, und als sie bereits dabei war, ihren Selbstmord zu planen, war Petra es, die sie - langsam, aber stetig - zur Vernunft brachte. Zuerst reduzierten sie die Medikamentencocktails und intensivierten ihre Sitzungen beim Psychologen. Schließlich zog Claudia zu Hause aus und bei Petra ein, was Sven zunächst zum Nachdenken und später zum Einlenken veranlasste. Er war es, der nun das Gespräch suchte und Claudia nach einiger Zeit zur Rückkehr bewegen konnte.

Die durchzechten Nächte wurden weniger und Sven versuchte zumindest, seinen Teil zum Fortbestehen seiner Ehe beizutragen. Allerdings war er von diesem einen, elendigen Tag nie mehr der, der er gewesen war. Der lebenslustige, der fröhliche, der unbeschwerte Sven war in dem Unfallwagen gestorben, der verbitterte Zyniker, der in Selbstmitleid ertrank, erschaffen. Es war Claudia, die zwei Jahre nach dem Unfall zum ersten Mal aussprach, worüber sie beide sicher tausendmal nachgedacht hatten, ohne auch nur ein einziges Mal gemeinsam darüber zu reden.

»Sven, vielleicht sollten wir darüber nachdenken, noch einmal ein Kind zu bekommen«, wagte sie sich aus der Deckung.

»Ich will nichts davon hören. Das wäre Verrat an Anna-Marie«, giftete Sven zurück.

»Hör auf damit Sven. Anna-Marie ist tot und nichts und niemand wird sie wieder lebendig machen. Wenn wir aber noch einmal ein Kind bekommen könnten, würde uns das vielleicht helfen, darüber endgültig hinwegzukommen.«

»Vielleicht WILL ich aber gar nicht darüber hinwegkommen«, entgegnete Sven. Claudia atmete tief ein und zwang sich, ruhig und liebevoll zu bleiben.

»Das ist es ja gerade, Sven. Darüber hinwegkommen heißt nicht vergessen. Wir werden unseren Engel nie vergessen, und das ist auch nicht die Absicht. Aber wir können gemeinsam unsere Liebe weitergeben und damit auch Anna-Marie ein neues Leben schenken. Und vielleicht führt es auch uns wieder zusammen. Lass uns wieder glücklich sein, Sven. Lass uns wieder ein Leben haben und nicht nur ein Dahinvegetieren. Ich kann so nicht mehr«, gab Claudia nicht auf.

Es dauerte allerdings ein weiteres Jahr, bis Sven damit einverstanden war, und diese Jahre brachten Claudia und Sven nicht selten an die Grenzen ihrer Leidensfähigkeit. Heute schienen sie sich wieder so zu lieben wie früher, morgen schon konnte ein einziges Wort genügen, um einen Streit vom Zaun zu brechen, der in seiner Qualität zu einer endgültigen Trennung Anlass gegeben hätte. Er zweifelte zwar noch immer, ob er in der Lage sein würde, ein Kind nur ansatzweise so zu lieben, wie er Anna-Marie geliebt hat. Und nicht weniger zweifelte er daran, ob ein gemeinsames Kind die Liebe und das Vertrauen zu seiner Claudia zurückbringen oder ihre Beziehung endgültig zerstören würde. Petra, Claudias beste Freundin, die ihr in diesen schweren Jahren so viel Kraft und Zuspruch geben hatte, hielt den Versuch, die Ehe mit einem Kind zu retten, für ein gefährliches Unterfangen, bei dem in schlimmsten Fall alle auf der Strecke bleiben könnten: Claudia, Sven und nicht zuletzt das Kind. Dennoch entschieden sie sich dafür: Für ein weiteres Kind. Für ihre letzte gemeinsame Chance. Für Max.

3

Osterferien. In den nächsten zwei Wochen musste etwas passieren. Jetzt oder nie. Max war damit beschäftigt, seine Gedanken zu sortieren. Was er gestern erfahren hatte, stellte seine Welt auf den Kopf. Anna-Marie. Eine Schwester. Wie oft hatte er sich gewünscht, Geschwister zu haben. Einen Bruder, eine Schwester, egal. Und jetzt hatte er erfahren, dass er eine Schwester hatte. Oder zumindest gehabt hatte.

Papa und er waren noch bis nach dem Frühstück bei Franziska auf der Hütte geblieben, dann zurück gefahren, ohne viel zu reden. Seit zwei Stunden waren sie jetzt wieder hier, es war Sonntagnachmittag, Max lag in seinem Zimmer und hörte Musik. Der gestrige Abend hatte seine Spuren hinterlassen. Papa hatte geweint, als er von Anna-Marie erzählte, und die Männer am Nachbartisch hatten sich erst noch lustig gemacht über den Mann, der da weinend am Tisch saß, bis wohl auch sie merkten, dass es an dem Tisch mit Vater und Sohn um ernste Themen ging. Er hatte geweint! Noch nie hatte Max seinen Papa weinen sehen, nicht mal, als Oma Klara starb, als alle weinten, Opa, Mama, er, alle. Nur Papa nicht. Er war immer ruhig geblieben. Schweigsam. In sich gekehrt. Er hatte nicht darüber gesprochen. War still geworden. Hatte nicht mehr gelacht und noch weniger gesprochen als sonst und das wollte was heißen. Immerhin war Oma Klara seine Mutter. Aber Papa weinte nicht.

Bis gestern. Max war jetzt 12 Jahre alt und er konnte kaum ermessen, was das für Papa und Mama bedeutet haben musste. 12 Jahre lang verheimlichen, vertuschen, verdrängen. 12 lange Jahre lang. Max war völlig still geworden, als Papa die Geschichte erzählte, er hatte sich kaum zu atmen getraut. Das flackernde Kerzenlicht in der Hütte hatte seinen Teil dazu beigetragen, dass die Stimmung für Papas Enthüllung umso gespenstischer war.

Pling!

Das Geräusch seines Laptops, das den Eingang einer neuen Mail ankündigte, riss ihn aus seinen Überlegungen. Er stand auf, ging zum

Schreibtisch und öffnete den Posteingang an seinem Rechner. »Eine neue Mail.« Absender: Jo Schnattermast.

Sein Herz schlug wie wild. Er klickte auf das Briefumschlagsymbol und begann zu lesen:

Hallo Max,
morgen Abend, 18 Uhr, Spielplatz im Kurpark am Kindergarten. Kommst du?
Gruß, Jo

Das Ganze nahm immer geheimnisvollere Züge an, fand Max, und beeilte sich, auf »antworten« zu klicken. Schnattermast schien immer genau zu wissen, wann es Zeit war für ein Treffen. Max schrieb:

»Hallo Jo. Natürlich komme ich. Und ich habe erstaunliche Neuigkeiten.«

Er hatte seine Mail kaum abgeschickt, kam bereits wieder die Antwort. Nur zwei Worte, die Schnattermast schrieb. Aber diese zwei Worte sagten mehr, als Max lieb war: »Ich weiß«, lautete der Text.

Es war Zeit, alles noch mal zu ordnen. Alles noch mal zu überdenken. Zu sortieren. Er war doch ein ganz normales Kind gewesen, mit einem ganz normalen Leben, mit ganz normalen Interessen, mit normalen Freunden und normalen Stärken und Schwächen. Gut, vielleicht nicht immer, aber seine kleinen Ausflüchte aus dem Alltag waren sicher alles andere als besorgniserregend. Sein kleines Schubladenspiel oder sein Interesse an Philosophie zum Beispiel, was sein Lateinlehrer als »durchaus ungewöhnlich für sein Alter« beschrieben hatte. Aber schließlich würde er einmal Autor werden und da sind solche Interessen doch eher hilfreich als hinderlich. So, wie sich Jürgen eben für Autos interessierte und in jeder freien Minute an irgendwelchen Vergasern, Zylindern und wer-weiß-was-für-Geräten herumbastelte. Kein Wunder, sein Vater hatte eine Autowerkstatt, und so hatte eben jeder seine Leidenschaft.

Aber jetzt war alles anders, Max´ Leben hatte sich von einem Moment auf den anderen um 180 Grad gedreht. Nichts, und das meinte er wirklich so, nichts, aber auch gar nichts war noch so, wie es einmal war. Dabei liebte er seine kleine, heile Welt gerade so abgöttisch. Gerade, DASS hier so selten etwas aufregendes passierte, war doch Teil des Reizes, den dieser Ort und sein Leben ausübten. Gut, manchmal hatte er sich schon gewünscht, es möge etwas Besonderes passieren, so, wie sich jedes Kind wünscht, einmal wie im Roman irgendein Verbrechen aufzuklären, eine Bande zu haben oder gar zaubern zu können, aber in seinem tiefsten Innersten liebte er genau diese geplante Vertrautheit, dieses Geregelte, das Vorhersehbare. Das nämlich ermöglichte ihm erst die Ausflüge in die Welt der Philosophie. Wie bitteschön sollte er sich über die Fragen der Welt Gedanken machen, wenn er noch nicht einmal wusste, wer er war, wer seine Familie ist, wo seine Mutter war und warum seine Eltern ihn 12 Jahre lang angelogen hatten? Und ganz nebenbei kam dann noch so ein Schnattermast, den Max bis heute nicht im Geringsten einschätzen konnte. Nein, so konnte kein Philosoph arbeiten, und seine kleine heile Welt, die er so dringend brauchte, war momentan nichts anderes als ein Trümmerhaufen. Ordnung! Das war es, was er jetzt brauchte. Ordnung im Chaos. Denn in jedem Chaos gibt es eine Ordnung (hatte er zumindest irgendwo mal gelesen und heute gefiel ihm der Gedanke gut, so dass er das einfach mal als gegeben hinnahm).

Er wollte vorbereitet zum Treffen mit Schnattermast kommen, wollte zumindest all das, was er bislang schon herausgefunden hatte, parat wissen.

Die Kamera!

Nach seinem letzten Treffen mit Jo hatte er sie wieder eingesammelt, aber das Video noch gar nicht angesehen. Wozu auch? Er wollte ja eigentlich nur wissen, aus welcher Richtung Schnattermast kommen würde. Dass der aber schon im Bus saß, hatte seine Pläne durchkreuzt. Und trotzdem verspürte er jetzt den Drang danach, sich die Aufzeichnung noch einmal anzusehen. Minuten später wusste er auch, warum.

Das Video flimmerte und flackerte erst, bis sich das Bild gefangen hatte. Max sah sich selber in Großaufnahme, wie er kontrollierte, ob die Linse sauber ist. Er sah sich weggehen von der Kamera, sich umdrehen, sich an die Bushaltestelle setzen und warten. Seine Gedanken von damals gingen ihm wieder durch den Kopf, er konnte die Situation des angespannten Wartens auf Schnattermast geradezu körperlich spüren. Jetzt sah er den Bus auf die Haltestelle zufahren. Max steigt als einer der ersten durch die hintere Türe ein, gefolgt von zwei, drei Frauen, einem Rentnerehepaar, das sich gegenseitig beim Einsteigen behilflich war, zwei Prolls und einem Mädchen, das als letzte noch schnell durch die sich schließende Tür huschte, so, dass fast ihre langen Haare in der Tür festgeklemmt wurden. Moment! War das nicht... Nein, das konnte ja gar nicht sein. Max spulte das Video zurück und sah sich die Stelle wieder und wieder an. Mist, er konnte die Pausentaste nie rechtzeitig erwischen, nur einen einzigen, kurzen Moment lang sah das Mädchen in Richtung Kamera, aber das Video stoppte immer kurz davor oder kurz danach. Endlich gelang es ihm, den Film an der exakt richtigen Stelle zu stoppen und Max traute seinen Augen nicht: Es war eindeutig Lania, die sich da noch in den Bus zwängte, und man konnte im wegfahrenden Bus sogar noch schemenhaft erkennen, dass sie sich zwei Sitzbänke vor Max und Jo in die Bank setzte.

Wirklich?

Noch einmal spulte Max das Video zurück und ließ es in extremer Verlangsamung laufen, was zwar die Qualität der Bilder verschlechterte, ihm aber die Gelegenheit bot, Lanias Weg im Bus besser nachzuvollziehen. Als der Bus wegfuhr, sah er sie eindeutig nach hinten laufen, verstohlen, heimlich, fast etwas ängstlich. Ebenso eindeutig ging sie in die Sitzbank zwei Reihen vor ihm und Jo. Aber dort tauchte sie nicht am Fenster auf. Dann fuhr der Bus aus dem Bild und es war nur noch die leere Haltestelle zu sehen.

Was hatte das zu bedeuten? Hatte sie Max gar nicht einsteigen sehen? Oder war sie ihm absichtlich gefolgt und hatte sich in der Sitzbank so klein gemacht, dass sie zwar das Gespräch belauschen konnte, selber aber nicht gesehen wurde?

Das Klingeln an der Tür nahm Max erst gar nicht wahr, so versunken war er in seinen Gedanken und dem Video. Ein ums andere Mal sah er sich die Szene an, obwohl er zwischenzeitlich jedes einzelne Detail genau erkannt und analysiert hatte. Wieder klingelte es an der Tür. Papa war bei der Arbeit und Opa Grummel in seiner Wohnung, es hieß also: Öffnen oder ignorieren. Max überließ die Entscheidung dem Klingler. Hatte er so viel Geduld, noch ein weiteres Mal zu klingeln, wollte er öffnen. Wenn nicht - auch gut.

Ding-Dong.

Max stand widerwillig auf, lief die Treppe hinunter und öffnete die Tür.

»Hallo Max, ich dachte, ich komm dich einfach mal besuchen. Darf ich reinkommen?«

Er war gelinde gesagt komplett verwirrt.

»Äh, Lania, hallo, was machst du denn.... ääh, ich meine, ääh.... klar, komm doch rein!«

Er öffnete die Tür komplett, trat zur Seite und ließ Lania in den Flur treten, wo sie stehen blieb und ihn frech anlächelte.

»Willst du den ganzen Tag an der offenen Türe stehen bleiben oder kommst du auch rein?« grinste sie ihn an.

»Äääh, natürlich.. ich wollte nur noch eben schnell... ääh... na, egal.«

Max schloss die Tür und ging mit Lania in die Küche.

»Was machst du denn hier?«, fand Max langsam die Fassung wieder.

»Ich fand dein Gespräch im Bus mit diesem komischen Typen so spannend, dass ich dachte, ich muss mehr darüber erfahren.«

Rumms. Wieder hatte sie ihn komplett entwaffnet. Während Max innerhalb von Sekunden tausend Möglichkeiten im Kopf durchspielte, wie er Lania wohl vorsichtig darauf ansprechen konnte, ob sie das tatsächlich war im Bus, ob sie absichtlich gelauscht hatte oder nur zufällig eingestiegen war, ob sie irgendetwas mitbekommen hatte, warum sie in diesem Bus fuhr, fiel sie wieder einmal mit der Tür ins Haus. Und war dabei so unkompliziert und direkt, dass es ihm fast den Atem nahm.

»Du ... warst... also... im Bus?«

»Na, sag ich doch eben oder spreche ich so undeutlich? Wer war denn der Typ, sag mal? Der sah ja mal verdammt gut aus, muss ich schon sagen...«

Max spürte einen Anflug von Eifersucht, musste sich aber gleichzeitig eingestehen, dass Lania zu einhundert Prozent Recht hatte. Er tröstete sich mit dem Gedanken, dass Jo sicher nichts für pubertierende Teenager-Mädchen übrig hatte.

»Das war Jo. Jo Schnattermast.«

»Jo Wiebitte?« Lania fiel vor Lachen fast vom Küchenstuhl. Sie lachte so plötzlich, viel zu laut, und so herzlich, dass Max nicht anders konnte. Er versuchte, ernst zu bleiben, wollte nicht lachen, schließlich verwirrte ihn Lanias Besuch und ihre Offenheit mindestens genauso wie das bevorstehende Treffen mit Jo, und zu Lachen hatte er momentan wahrlich wirklich nichts, aber es half nichts. Lania hörte gar nicht mehr auf zu prusten und Max gab den Kampf mit sich selbst auf. Erst grinste er, dann lächelte er, dann lachte er innerlich. Als Lania den Namen »Schna–tter–mast!« noch einmal wiederholte und mit tränenerstickter Stimme nicht mehr als ein Piepsen hervorbrachte, war es vorbei. Max brach in schallendes Gelächter aus. Die beiden lachten und lachten, und immer, wenn einer drohte aufzuhören, sagte der andere nur »Schnattermast!« und der Lachsturm brach aufs Neue los.

»Aufhören - ich kann nicht mehr! Ich hab´ Bauchschmerzen!«, bettelte Max.

Lania sprach mit ganz tiefer, sonorer Stimme: »Meine Damen und Herren, ich bin ihr Kapitän, mein Name ist Schnattermast!« Und wieder brachen sie in Tränen aus vor Lachen.

»Na ihr scheint es ja lustig zu haben, ihr zwei. Darf man erfahren, was so witzig ist?« Max hatte Papa nicht heim kommen gehört. Es musste ein seltsames Bild sein, was die beiden in der Küche ablieferten, dessen war sich Max durchaus bewusst: Zwei Kinder lagen mit den Fäusten auf den Tisch trommelnd, sich die Bäuche haltend, halb auf, halb unter dem Küchentisch und lachten und schrien und weinten gleichzeitig. Nicht einmal jetzt konnten sie aufhören, als Papa schon dabei war, die Einkäufe im Kühlschrank zu verstauen.

»Wenn ihr Luft geholt habt, kannst du mir ja vielleicht deine kleine Freundin vorstellen, Max«, sagte Papa.

»Klar«, versuchte Max, sich wieder etwas zu beruhigen. »Papa, das ist Lania. Lania, das ist mein Papa. Lania ist erst seit Anfang des Jahres in meiner Klasse und sie kommt mich eben spontan besuchen. Wir wollten gerade nach oben gehen.«

»Hallo Herr Grünlinger«, sagte Lania höflich, stand auf, ging Sven entgegen und streckte ihm die Hand hin.

Jetzt erst sah Sven richtig hin. Er war wie erstarrt, nur einen ganz kurzen Moment lang, ihm aber kam dieser Moment vor, wie eine kleine Ewigkeit. Bilder prasselten ihm in den Kopf, wirr und ungeordnet, aber in einer Geschwindigkeit, dass ihm schwindelig wurde. Bilder von Claudia, als sie ein kleines Mädchen war, als sie sich kennenlernten, als sie im Türkei-Urlaub alle Einheimischen verzauberte. Und Bilder von Anna-Marie. Die Gedanken trafen ihn so unvorbereitet und mit einer solchen Wucht, dass er offenbar von einer Sekunde auf die andere die Gesichtsfarbe verlor und zu schwanken begann.

»Papa – ist dir nicht gut? Setz dich doch bitte hin!« Max hatte das Zittern um Papas Mundwinkel wahrgenommen, kurz nur, hatte gespürt, dass ihn ein Blitz getroffen hatte, konnte zwar nicht erkennen, warum, sah aber sofort, dass etwas nicht stimmte. Er schob Papa den Küchenstuhl regelrecht in die Kniekehlen, so dass der gar nicht anders konnte, als sich zu setzen. Max schenkte ihm ein Glas Leitungswasser ein.

»Papa?«

»Alles in Ordnung, Max. Es geht schon wieder. Nur ein kleiner Müdigkeitsanfall. Es war alles wohl doch ein bisschen viel in den letzten Tagen«, log Sven.

»Hallo Lania. Schöner Name übrigens. Bitte entschuldige.«

»Hallo Herr Grünlinger«, entgegnete Lania schüchtern. »Kann ich irgendetwas für sie tun?«

»Toller Einstand, was? Da bringt Max eine hübsche junge Dame mit nach Hause und der Papa stellt sich erst mal mit einem Schwächeanfall vor. Erzähl das ja nicht weiter!« Sven versuchte ein gequältes Lächeln aufzusetzen, was ihm trefflich misslang.

»Keine Sorge, Herr Grünlinger. Ich kann schweigen wie ein Grab.«

»Na dann - ab mit euch nach oben. Ich rufe euch, wenn das Essen fertig ist.«

»Kein´ Hunger«, riefen beide wie aus einem Mund, und Max versicherte sich noch einmal, dass sie Papa wirklich alleine lassen konnten.

»Um so besser. Dann werd´ ich mich ins Arbeitszimmer verziehen. Muss noch nen Artikel fertig machen. Die Arbeit wird ja nicht weniger, nur weil ich sie mit nach Hause nehme.«

»So Max, jetzt erzähl mal, was eigentlich los ist. Ich hab das Gefühl, dass hier einiges nicht so ganz rund läuft, seit deine Mama weg ist. Und wer ist dieser...« Sie musste schon wieder lachen, hatte sich diesmal aber im Griff, dass es nicht wieder in einen kompletten Rauschzustand ausartete. »...dieser Schnattermast?«

Herrlich. Unfassbar. Unkompliziert. Direkt. Max konnte es kaum fassen, dass Lania - seine Lania - bei ihm im Zimmer stand, seine Fußballposter ansah und ihn nach seiner Mama befragte. Er wollte schon lossprudeln, wollte alles loswerden, wollte erzählen, was ihm die letzten Tage und Wochen alles widerfahren war, doch als er gerade dabei war, das alles gedanklich zu ordnen, fiel ihm auf, wie unglaublich das alles für einen Außenstehenden klingen musste. Würde Lania ihn für einen kompletten Spinner halten? Wie bitteschön erzählt man jemanden, dass Schnattermast über ein Großflächenplakat zu einem Treffen eingeladen hat, ohne dass derjenige einen für komplett größenwahnsinnig, durchgeknallt oder drogensüchtig hielt?

Andererseits war Lania so herrlich direkt, dass sie nichts anderes verdiente, als die Wahrheit. Sie würde in der Lage sein, die richtigen Schlüsse zu ziehen. Wer, wenn nicht sie? Mit Papa konnte und wollte Max nicht reden. Noch nicht. Mit Opa Grummel schon gar nicht, zumal man sich nie sicher sein konnte, wie viel von dem, was ihm erzählt wurde, auch in richtigen Oberstübchen landete und wie viel davon unter »Jägergeschichten« abgelegt wurde. Er durfte sein Ziel nicht aus den Augen verlieren, und dieses Ziel hieß eindeutig: Mama wiederfinden. Auf diesem Weg konnte eine Weggefährtin doch nur von Vorteil sein, oder etwa nicht? Er war hin- und hergerissen und als er zu erzählen begann, wusste er noch immer nicht sicher, wie viel er vor Lania tatsächlich preis geben wollte.

»Weißt du, Max, irgendwie mag ich dich. Du bist nicht so ein Proll wie die anderen Jungs in der Klasse. Und ich kann mich in dir irgendwie wiederfinden, weil ich auch total durch den Wind war, als mein Opa gestorben ist. Ich hätte so gerne mit jemandem darüber geredet, aber ich konnte nicht. Drum... ich mein nur... wenn du es mir erzählen willst, freu´ ich mich. Aber wenn nicht, ist das auch OK für mich.«

Proll! Hatte sie Proll gesagt? Sie hatte Proll gesagt. Das war Max´ Schublade für die Jürgens seiner Klasse, für die, die nur mit Muskeln und blöden Sprüchen punkten konnten, für die, die immer zu laut waren, die immer auf Kosten anderer glänzten. Es konnte natürlich ein Zufall sein, dass Lania ausgerechnet dieses Wort verwendete. Aber Max, der Philosoph, glaubte schließlich nicht an Zufälle. Nichts auf der Welt geschieht zufällig, war Max überzeugt. Alles ist vorbestimmt. Es geht nur darum, wie wir diese Vorbestimmung ausgestalten. Vielleicht war es aber auch diesmal weniger philosophisch. Vielleicht brauchte Max einfach nur noch dieses kleine Fünkchen Überzeugung, diesen kleinen Stoß, der ihm erlaubte, alles zu erzählen, ohne dass er das selber entschieden hat, ob es richtig oder falsch wäre. Das Schicksal hatte es bestimmt.

Eine halbe Stunde später wusste Lania alles. Sie wusste von Mamas Verschwinden, von Schnattermast im Bus, vom Plakat, vom erneuten Treffen (das Detail mit dem Hund, der ihn angepinkelt hatte, hatte Max allerdings verschwiegen) und vom bevorstehenden Treffen mit Schnattermast heute Nachmittag. Und von Anna-Marie. Sie hatte geweint, als Max ihr von dem Unfall erzählte und auch er selbst musste weinen. Es fühlte sich richtig an, es erzählt zu haben. Und es fühlte sich richtig an, mit Lania gemeinsam geweint zu haben. Es war eine tiefe Verbundenheit entstanden, noch tiefer, als Max sie ohnehin bereits gespürt zu haben glaubte. Lania hatte die ganze Zeit geschwiegen, saß im Schneidersitz vor ihm auf dem Bett. Sie hatte ihn nur angesehen, eindringlich, auffordernd, zustimmend, einladend. Lania war einfach toll.

Danach hatte sie zu erzählen begonnen, hatte ihm erzählt, wie sie ihm beim Weg zur Bushaltestelle über den Weg gelaufen war, er sie aber gar nicht gesehen hatte, so geheimnisvoll hatte er getan, mit seiner Kamera. Wie sie ihn beobachtet hatte und schließlich heimlich in den Bus geschlichen war, wie sie das Gespräch mit Jo belauscht hatte und eine Haltestelle weiter wieder ausgestiegen war.

Jetzt stand sie an seinem Bücherregal und schaute die Buchrücken an, fuhr mit dem Finger an den Umschlägen entlang.

»Und was machen wir jetzt?«, fragte sie. Wir. Sie hatte »wir« gesagt. Max´ Schwierigkeiten waren zu ihren Schwierigkeiten geworden, seine Fragen zu ihren. Ihre Frage klang dabei wieder so herrlich belanglos, als ob sie auf eine Antwort wie »ins Kino gehen« wartete.

»Naja, ich habe noch eine Stunde, bevor ich mich mit Schnattermast treffe. Ich habe noch Plakate von Mama ausgedruckt, die würde ich gerne noch verteilen bis dahin. Falls du Zeit hast, komm mit. Und nach dem Treffen entscheiden wir, wie es weitergeht.« Max nahm die Plakate aus dem Drucker und begann, die Abrisszettel mit seiner Telefonnummer so einzuschneiden, dass man sie problemlos abtrennen konnte. Lania riss ihm ein Plakat aus der Hand.

»DAS ist deine Mutter?!« Es war mehr ein Schrei als eine Frage. Sie schüttelte ihn an den Oberarmen. »Ist das deine Mutter?«

»Ja! Warum fragst du?«

»Ich kenne sie. Ich hab sie gesehen. Ich weiß es. Ich hab sie gesehen. Kürzlich. Erst kürzlich...«

»Bitte was? Wo war das? Und wann? Das kann nicht sein. Lania, mach keine Witze. Das ist nichts, worüber ich lachen kann...«

»Pssst. Sei still. Lass mich überlegen. Ich weiß, dass ich sie gesehen habe.«

Lania überlegte angestrengt und Max sah sie eindringlich an.

»Ja! Im Café! In diesem neuen Café beim Bahnhof um die Ecke! Ich hab durchs Fenster gesehen und sie saß da. Alleine in der Ecke. Las Zeitung. Sie hatte ein rot-oranges Kopftuch um!«

Das Kopftuch. Max hatte es sofort vor Augen. Es war das Kopftuch, das er ihr geschenkt hatte. Unvermittelt stiegen ihm die Tränen in die Augen und er musste sich aufs Bett setzen. Lania setze sich neben ihn.

»Und... du... du bist ganz sicher?« stammelte Max.

»Klar! Ich bin mir sicher. Sie war so hübsch. Aber sie sah auch so traurig aus!«

»Sie ist da. Sie ist da! Aber warum kommt sie nicht nach Hause? Ich verstehe das alles nicht mehr. Wenn sie doch so nah ist, warum kommt sie nicht nach Hause? Ich versteh das alles nicht mehr. Ich kann nicht mehr!«

»Los, Max, wir fangen genau dort an zu suchen. Komm, los, ab ins Café. Wir haben noch eine Stunde, bis zum Schnattermast-Termin!«

4

Der Spielplatz lag im Kurpark, hinter dem Kindergarten und etwas abseits von der Hauptstraße. Es war kein besonders großer oder schöner oder neuer oder außergewöhnlicher Spielplatz. Ein Spielplatz eben. Max sah sich um und erinnerte sich, dass er hier vor Jahren selber gespielt hatte, damals, als er im benachbarten Kindergarten war. Mittags, wenn der eigentliche Kindergartenvormittag vorbei war, durften die Kinder hier auf dem Spielplatz warten, bis ihre Eltern sie abholten und Max wusste noch genau, dass Mama immer so pünktlich war, dass er entweder gar nicht oder nur sehr kurz den Sandkasten, die Schaukel, die Rutsche und das Klettergerüst nutzen konnte.

Es hatte sich nicht viel verändert seit damals, der Zaun war erneuert worden und auf der anderen Straßenseite waren noch einige Wohnhäuser dazugekommen. Das alte Pfarrzentrum stand immer noch da, kein Schmuckstück, eher ein in die Jahre gekommener Zweckbau. Im Grunde genommen war es aber auch egal wie der Spielplatz aussah, Max war schließlich aus ganz anderen Gründen hier. Die Nachfrage nach Mama im neuen Café hatte nichts gebracht, die Kellnerin, die heute Dienst hatte, konnte oder wollte sich nicht erinnern an eine Frau mit rotem Kopftuch. »Rot-orange«, hatte Max sie korrigiert, was aber auch nichts weiter einbrachte, als Kopfschütteln seitens der Kellnerin, die ihrerseits sicherlich nicht wenig verwundert war über die zwei aufgeregten Kinder, die in den Laden gestürmt waren, als wären sie von der Tarantel gestochen.

Zumindest aber hatte er jetzt Unterstützung, und auch, wenn er noch nicht sagen konnte ob oder gar wie Lania ihm helfen konnte, fühlte es sich bereits jetzt so richtig an, wie sich nur etwas anfühlen konnte. Es war einfach alles aus ihm herausgesprudelt, alles, einfach alles, was ihn bewegt hatte, was er erlebt hatte, einfach alles hatte er Lania offen gelegt. Sie hatte nicht gelacht, ihn nicht für einen Spinner gehalten, ihn vielmehr bestärkt darin, weiterzusuchen, hatte das Heft in die Hand genommen, war losgestürmt und hatte ihn buchstäblich mitgerissen. Sie war der Schwung, der ihm schon beinahe abhanden gekommen war. Sie war der frische Wind, den er in seinen verbohrten Gedanken so dringend benötigt hatte, sie war die Ordnung und das Chaos zugleich. Egal, wie das ganze hier enden würde: Er war unglaublich froh, Lania an seiner Seite zu wissen.

Jetzt wusste er sie gegenüber im Gebüsch sitzen, in der Hecke, die den Spielplatz vom Kindergarten trennte, obwohl er sie nicht sehen konnte, während er auf der Schaukel am Spielplatz saß. Sie hatten einen Plan, auch wenn sie nicht viel Zeit gehabt hatten, einen solchen zu schmieden. Er, Max, sollte so normal wie nur eben möglich mit Jo Schnattermast sprechen. Sie würde vom Gebüsch aus beobachten, woher er käme und vor allem wohin er ginge. Sie wollte ihn verfolgen, um mehr über diesen so geheimnisvollen Mann herauszufinden. Einmal mehr war es Schnattermast selbst, der diese Pläne aufs Trefflichste durchkreuzte, kaum, dass er den Spielplatz erreicht hatte. Max hatte ihn kommen sehen in seinem silbergrauen Anzug und ein kleines, unsichtbares Zwinkern in Richtung Gebüsch geschickt.

»Hallo Max.«

»Hallo Jo, du glaubst nicht, was passiert ist«, begann Max bereits, loszusprudeln. »Ich habe im Dachboden gesucht, genau wie du sagtest und...«

»Warum hast du deine Freundin denn ins Gebüsch gesetzt?«

»...da habe ich das Fotoalbum gefunden und... WAS? Was hast du gesagt?« Max zweifelte aufrichtig daran, ob er eben richtig gehört hatte.

»Na ja, wenn du findest, dass das Gebüsch für eine junge Dame ein angemessener Aufenthaltsort ist, bitte. Ich dagegen vertrete ja die Auffassung, dass hübsche junge Damen etwas Besseres verdient haben.«

Max sah ihn an. Jo hatte keinerlei Wut oder Enttäuschung in seinem Blick. Keine Spur eines Zorns darüber, eventuell hintergangen worden zu sein, im Gegenteil: Sein Gesicht war so offen und voller Güte, dass Max nur sein Ich-Staune-Mit-Offenem-Mund-Blick blieb, was wiederum Lania mit ebensolchem Staunen zur Kenntnis nahm. Sie zweifelte keine

Sekunde, dass sie gemeint war, als Schnattermast mit einem Gewinnerlächeln eine einladende Handbewegung in Richtung Gebüsch machte und sie einlud, dem Gespräch beizuwohnen.

»Jophiel Schnattermast«, stellte er sich formvollendet vor, streckte Lania die Hand entgegen und deutete einen Handkuss und eine Verbeugung an, als sie den Gruß erwiderte. Lania machte einen kleinen Knicks, wie eine Hofdame, Max beobachtete die Szene und kam sich vor wie in einem Sissi-Film.

»Ich weiß«, schmunzelte Lania frech, »auch, wenn das normalerweise ihr Text ist. Ich bin Lania. Angenehm.«

»Ich weiß«, konterte Schnattermast, lächelte sein Gewinnerlächeln und vollendete den Handkuss. Noch in der Verbeugung und ohne ihn anzusehen, ergänzte er: »Du kannst den Mund jetzt wieder zumachen, Max.«

»Hab ich was verpasst? Kennt ihr euch?«

»Nur aus deinen Erzählungen«, lächelte Lania und als sie ihn ansah, erkannte Max, dass sie ein kleines, süßes Rot im Gesicht hatte, das er noch nie bei ihr gesehen hatte. Jo hatte es also innerhalb Sekunden geschafft, Lania zu verzaubern und in Verlegenheit zu bringen.

»Genug der Höflichkeiten. Zur Sache«, schlug Jo sofort wieder einen geschäftsmäßigen Ton an und ließ Max zunächst einmal die ganze Geschichte vom Dachboden bis zum Hüttenwochenende erzählen.

»Das ist gut«, murmelte Jo zwischendurch immer mal wieder, doch Max wurde den Verdacht nicht los, dass Jo das ohnehin alles bereits genau wusste, was Max ihm da als Neuigkeit zu verkaufen versuchte. Ganz beiläufig endete Max mit dem Satz: »Und jetzt musst du uns erzählen, warum du alles immer schon vorher weißt.«

»Das, mein Lieber, ist eindeutig eine unerlaubte Nachfrage, auch wenn sie als Aussage getarnt wird.«

Sie saßen zu dritt auf der Bank, die normalerweise von Eltern genutzt wird, um ihren Kindern beim Spielen zuzusehen. Heute war der Spielplatz aber leer und Max war sich sicher, dass da auch Schnattermast seine Finger oder was auch immer im Spiel gehabt hatte.

»Ich bin froh, dass ihr jetzt zu zweit seid. Es macht viele Dinge leichter. Ich werde euch nämlich heute eine Aufgabe stellen, vielleicht sollte ich besser sagen: Dir, Max. Es ist eine komplizierte Aufgabe, vielleicht das Schwierigste, was du bisher in deinem Leben tun musstest.«

Max und Lania hörten genau zu, sie wollten kein einziges Wort verpassen, Schnattermast sprach jetzt leise und bedeutungsvoll.

»Du wirst morgen um Punkt 14 Uhr in Isny sein. Direkt in der Ortsmitte gibt es ein Kino, an der Hauptsraße gelegen, davor ist eine Bushaltestelle mit einem Kiosk, bei dem man Zeitungen und Süßigkeiten bekommt. Kauf dort eine Zeitung deiner Wahl und stell dich so neben den Kiosk, dass man dich nicht auf Anhieb sehen kann. Versteck dich hinter deiner Zeitung und beobachte. Du musst unbedingt pünktlich sein, denn dieser Moment kommt nur ein einziges Mal. Um 14:02 Uhr wird an diesem Kiosk etwas geschehen, was du beobachten wirst. Wenn du allerdings eingreifst in die Situation, wenn du mit jemandem redest, wenn du versuchst, Teil deiner Beobachtungen zu werden, ist es vorbei. Dann hast du deine große Chance vertan.«

Max war verdattert. Er versuchte sich gedanklich die Situation vorzustellen. Was bitteschön konnte an diesem Kiosk passieren, was ihn so interessieren sollte? Und was hatte das mit Mama zu tun?

»Aber, warum soll ich...«, versuchte er, etwas mehr Klarheit zu bekommen.

»Keine Nachfragen, Max. Ich werde dir helfen, und ich bin schon mittendrin. Aber halte dich an die Spielregeln. Ich wünsche euch einen schönen Abend, ihr zwei.« Jo stand auf und schlenderte gemütlich den Weg Richtung Kindergarten davon. Gerade, als Lania sich erheben und ihm folgen wollte, drehte er sich um, lächelte und winkte den ausgestreckten Zeigefinger hin und her, begleitet von einem leichten Kopfschütteln.

»Verdammte Axt. Der kann Gedanken lesen.«

»Ich glaube, der kann noch ganz andere Sachen«, ergänzte Max.

»Vielleicht ist er ja ein Alien oder so was.« Lania starrte in Jos Richtung, ohne Max anzusehen. Auch sie war geplättet. Auch sie hatte so etwas noch nicht erlebt. Auch sie war beeindruckt und verwirrt zugleich, war voll in Schnattermasts Bann geraten und hatte sich in seine Worte fallen lassen. Es fühlte sich alles so wahr, so richtig, so rein an, was er sagte. Und dabei konnten sie noch nicht einmal wissen, ob er nicht etwa ein Verbrecher war, der nur Max´ Not auszunutzen versuchte, um etwas ganz anderes zu erreichen.

»Nein. Das würde jemand wie Schnattermast nicht tun«, korrigierte sich Lania augenblicklich selbst.

»Was?«, fragte Max. Lania hatte gar nicht registriert, dass sie das eben laut gesagt hatte. »Nichts. Alles gut. Wir sollten losgehen, dein Papa wartet sicher mit dem Essen. Und meiner im Übrigen auch, wenn er nicht schon eine Vermisstenanzeige aufgegeben hat«, witzelte sie.

Es war immer dasselbe. Die Treffen mit Jo folgten einem eindeutigen Muster und stifteten jedes Mal mehr Verwirrung als ohnehin zuvor schon geherrscht hatte. So sehr sich Max bemühte, Klarheit in seine Gedanken zu bekommen, so sehr warf Schnattermast das jedes Mal über den Haufen. Je mehr er sich auf Antworten freute, desto mehr Fragen warf Jo wieder auf. Was zum Teufel sollte er in Isny? Er kannte Isny lediglich von ein paar Besuchen in dem Kino, das wohl auch Schnattermast erwähnt hatte. Das wiederum war ein kleiner Vorteil, zumindest müsste er nicht lange suchen, sondern kannte die Stelle, die Jo beschrieben hatte. Ansonsten fuhr man, wenn man in Oberstaufen wohnte, eher selten nach Isny.

Max freute sich, dass Opa Grummel zum Abendessen gekommen war. Allerdings hieß es jetzt wachsam sein, denn er musste tunlichst die Informationen, die er von Schnattermast und von Lania erhalten hatte, aus dem Gespräch heraushalten. Oder vielleicht auch nicht? Vielleicht musste er gerade Papa damit konfrontieren, um endgültig herauszufinden, ob und was Papa von Mamas Verschwinden wusste.

»Guten Appetit allerseits!« Papa war einigermaßen gut gelaunt, das hatte Max schon beim Betreten der Wohnung festgestellt. Auch ihm schien eine Last abgenommen worden zu sein, die Last des Verdrängen Müssens, des Hoffens, nicht entdeckt zu werden. Auch für Papa musste das eine unmenschliche Anstrengung bedeutet haben, dessen war sich Max sicher. Und es erklärte auch so manche Trübsal-Attacke, so manche verbitterte Äußerung, so manches Selbstmitleid seines Vaters, wenngleich Max sich weigerte, das als Freibrief für alles zu akzeptieren. Er hätte ja auch früher mit ihm reden können.

»Papa, glaubst du, dass Mama noch lebt?«, begann Max taktisch.

»Natürlich lebt Mama. Was soll denn diese Frage?«

»Naja, wir haben nichts, aber auch gar nichts von ihr gehört. Falls ihr doch etwas zugestoßen ist...«

»Hör auf, so etwas zu denken, Max«, rügte Papa. »Vielleicht braucht sie einfach eine Auszeit. Vielleicht waren die letzten Jahre doch etwas zu viel für uns.«

War es das? War das das Eingeständnis, dass Mama ihn verlassen hatte? Wusste er doch mehr, als er zugeben wollte?

»Aber warum habt ihr denn dann nicht mit mir geredet, wenn es zu viel wurde? Du hast auf der Hütte selber gesagt, dass es sich jetzt leichter anfühlt für dich!«

»Das stimmt schon. Ich konnte nicht. Ich wollte nicht. Ich war derjenige, der immer verhindert hat, dass du die Wahrheit erfährst, weil ich der Meinung war, dass dich das nicht betrifft.«

»...auch wenn du dadurch ein selbstgerechtes Arschloch wurdest.«

Rumms.

Opa Grummel hatte so etwas noch nie gesagt und Max ließ prompt seine Gabel fallen, vor Erstaunen einerseits, vor Lachen andererseits. Denn diese Situation war an Komik nicht zu überbieten, so ernst das Gespräch bis dahin auch war. Er lachte nicht laut, innerlich schüttelte es ihn aber gewaltig, zumal es bei Opa ja nie so genau erkennbar war, ob er sich nun im Zustand geistiger Umnachtung oder in einer klaren Phase befand. Max sah angestrengt auf den Teller, um nicht Papa anschauen zu müssen. Jetzt würde gleich eine Schimpftirade losbrechen, die sich gewaschen hat. So durfte nicht einmal Opa Grummel mit Papa sprechen. Opa schien davon allerdings unbeeindruckt. Er pfiff eine Melodie vor sich hin und legte sich eine Scheibe Käse auf sein Butterbrot.

»Bitte was hast du da eben gesagt?« Der bedrohliche Unterton in Papas Frage ließ keinen Zweifel daran, dass er das nicht auf sich sitzen lassen würde. Max rührte sich nicht.

»Ich sagte: Auch wenn du dadurch ein selbstgerechtes A...«

»Ich weiß, was du gesagt hast!« Papa unterbrach ihn, noch bevor Grummel das A-Wort ein zweites Mal wiederholen konnte, was er aber ganz zweifellos getan hätte.

»Warum fragst du dann?«, fragte Opa so unschuldig wie ein kleines Kind und Max musste unvermittelt an die Situation in der Schule denken, als Lania eine ähnliche Diskussion mit Frau Vollpert geführt hatte.

»Vielleicht hast du Recht. Vielleicht hast du ja Recht. Vielleicht hattet ihr alle immer Recht. Vielleicht war ich der Einzige, der das falsch gesehen hat. Ja! Vielleicht bin ich der Dumme und ihr alle seid die Klugen. Klingt das nicht gut? Na?« Er hatte Messer und Gabel in der Hand und klopfte mit den Enden bei jedem Wort auf den Tisch. Opa Grummel aber schien unbeeindruckt, pfiff weiter seine Melodie und biss zwischendurch in sein Käsebrot, was dem Pfeifen eine gewisse Undeutlichkeit verlieh und den einen oder anderen Käsebrotkrumen, der durch die Luft auf den Tisch segelte, hervorbrachte. Er unterbrach sein Pfeifen nur kurz für den Satz: »Und schon wieder der arme, bemitleidenswerte Sven.« Max konnte die Spannung nicht ertragen.

»Papa, ich meine, so hatte ich das ja nicht... also... ich weiß ja auch nicht...«

»Lass gut sein Max. Ich meine es ernst. Du weißt, dass ich im Fehlereingestehen keine Erfahrung habe. Es waren ja immer alle anderen Schuld. Jetzt muss erst meine Frau davon laufen, bevor ich merke, dass hier einiges schief läuft. Und das alles nur wegen diesem verdammten Unfall...«

»Nein! Eben nicht!« Opa Grummel schlug mit der flachen Hand so feste auf den Tisch, dass Gläser und Teller wackelten. »Es ist nicht alles wegen des Unfalls. Es ist wegen dem, was der Unfall aus dir gemacht hat! Was du geworden bist! Wie du dich selbst gemacht hast! DU bist verantwortlich für das alles hier! DU! Und nicht der Unfall. Akzeptiere das endlich und ändere dich, du Osterhase!«

Im nächsten Moment biss Grummel wieder in sein Käsebrot, so, als ob nie etwas gewesen wäre. Der Papa, den Max bisher kannte, hätte sich das nicht bieten lassen. Er wäre ausgeflippt, wäre beleidigend geworden, hätte mit Worten um sich geschlagen wie ein angeschossenes wildes Tier. Wäre dann zum Kühlschrank gegangen, hätte sich eine Ladung Bier und Schnaps gegönnt und sich selbst eingeredet, dass er so viel trinken musste, weil alle anderen so ungerecht zu ihm sind.

Der Papa heute Abend saß zusammengefallen am Küchentisch und weinte. Das zweite Mal innerhalb weniger Tage weinte er.

»Ich weiß nicht, ob ich das kann. Ich weiß nicht, ob ich noch mal neu anfangen kann. Aber ich werde es versuchen, so wahr ich hier sitze. Ich bete darum, dass ich noch einmal eine Chance bekomme, es zu versuchen.«

»Vielleicht kann ich dir helfen«, nuschelte Max, ging um den Tisch und legte Papa seine Hände auf die Schultern. Sven ahnte nicht, dass in diesem Satz so viel mehr steckte als nur ein kleiner Trost.

5

Mit Lania war er um 13 Uhr in Oberstaufen verabredet, an der Bushaltestelle wollten sie sich treffen, der Bus nach Isny würde 25 Minuten brauchen, so dass genügend Zeit bis 14 Uhr bleiben sollte, bis die ominöse Situation am Kiosk bevorstand. Bis 14 Uhr zwei, um genau zu sein. Was konnte das nur sein? Max zwang sich, sich nicht das Hirn zu zermartern, jedes Mal, wenn er das getan und versucht hatte, Jos Wege zu ergründen, kam alles völlig anders. Es war ein schöner Tag heute, der erste, der nicht nur sonnig, sondern auch richtig frühlingshaft warm war. Dass die Vögel inzwischen so laut sangen, dass sie fast den Straßenlärm übertönten, war ein untrügliches Zeichen dafür, dass es mit dem Temperaturen von nun an stetig bergauf ging und Max freute sich darüber. Er hatte Sommer und Sonne viel lieber als Winter und Kälte.

»Ich habe mal meinen Opa gefragt, was er von der ganzen Sache hält«, sagte Lania, als sie auf den 10-nach-ein-Uhr-Bus warteten.

»Aber hast du nicht gesagt, dein Opa wäre... also... ich meine...« Max hasste sein Gestammel, wenn er sich nicht sicher war, ob seine Worte der Situation angemessen sein würden.

»Tot? Na klar ist er tot. Aber er ist ja trotzdem noch da. Hab ich dir das nicht erzählt? Sein Bild steht auf dem Kaminsims und wir fragen ihn alle immer wieder mal um Rat.« Lania schien dieses Problem nicht zu haben, dass sie etwas nicht sagen wollte. Noch nie hatte Max jemanden kennengelernt, der die Dinge so unkompliziert beim Namen nannte wie Lania.

»Ach so, klar. Das hatte ich vergessen«, bemühte sich Max, so normal wie möglich zu wirken und sich nicht anmerken zu lassen, dass er es trotzdem etwas seltsam fand, mit Toten zu sprechen. »Und was meinte dein Opa?«

»Nichts. Du glaubst doch nicht etwa, dass Tote einfach so antworten können, oder?« Sie prustete los vor Lachen und klopfte Max auf die Schenkel. Erwischt. Sie schien in ihm zu lesen wie in einem offenen

Buch. Auch wenn ihm das irgendwie nicht passte konnte er nicht anders und musste mitlachen.

»Aber es fühlt sich einfach gut an, mit jemandem darüber zu reden, weißt du?«, holte Lania die Situation wieder ins Hier und Jetzt zurück. »Wie spät ist es denn eigentlich?«

»Mist! 20 nach eins! Wo ist denn der blöde Bus?!?« Ein Blick auf den Fahrplan brachte Klarheit: »Nicht in den Ferien« stand da eindeutig zu lesen.

»Und jetzt? Was machen wir jetzt?«, fragte Max.

»Wir halten ein Auto an, was sonst«, strahlte Lania und lief bereits los in den Ortskern, die Hauptstraße entlang, sich immer wieder rückwärts wendend, um den vorbeifahrenden Autos den Daumen entgegenzustrecken. Zwei, drei Autos fuhren vorbei, und so stellte sie sich nun mitten auf die Straße. Es war ein Pritschenwagen, wie ihn Handwerker benutzen, um Material auf die Baustelle zu transportieren, der Fahrer konnte gar nicht anders als anzuhalten, so aufgeregt winkte Lania mitten auf der Straße.

»Was ist denn hier los?« grummelte der Fahrer, ein vielleicht 30jähriger, zerzauster Typ mit einer Zigarette im Mundwinkel. Der Kleidung nach war er Maler, seine weiße Hose war von jeder Menge Farbflecken übersät.

»Bitte nehmen sie uns mit nach Isny. Bitte!« Lania setzte plötzlich einen so weinerlichen Gesichtsausdruck auf, dass sie wahrscheinlich bis zum Nordpol gefahren worden wäre. »Unsere Eltern haben uns hier an der Bushaltestelle vergessen und unsere Oma liegt im Krankenhaus und wir müssen ihr dringend Medikamente bringen und wissen nicht, wie wir das machen sollen, weil der blöde Bus heute nicht fährt und wir kennen uns in der Gegend nicht so sonderlich gut aus und außerdem...«

»Genug. Erzähl mir mal keine Geschichten, junge Dame. Hüpft lieber rein, ihr zwei.« Max konnte nur staunend grinsen.

Um sechs Minuten vor zwei waren sie am Kiosk in Isny am Kino und als Lania mit einem triumphalen Lächeln auf die Uhr sah, sagte Max: »Du bist großartig, das muss ich dir schon lassen.«

»Ich weiß«, kokettierte Lania und schob Max in Richtung Kiosk, um sich eine Zeitung zu kaufen. Es war kurz vor zwei, Lania verabschiedete sich und wartete auf der gegenüberliegenden Straßenseite auf einer Bank, auch sie hatte sich eine Zeitschrift gekauft und beobachtete die Situation nun von außen. Max sah sich um. Links die Haltestelle, die größer war, als er sie in Erinnerung hatte. Er ließ den Blick weiter schweifen. In seinem Rücken das Kino, ein alter Bau, ein großes, graues Gebäude, das von außen nicht eben einladend aussah und das neben dem Kino auch noch einen Einkaufsmarkt beherbergte. Die Plakate, die auf die Filme hinweisen sollten, lenkten Max für einen Moment ab. Wann er das letzte Mal im Kino gewesen war, überlegte er, und noch ehe er die Antwort gefunden hatte, ermahnte er sich selbst, sich wieder auf die Sache zu konzentrieren. Der Kiosk, hinter dem Max stand, war ein moderner Holzpavillon, mit zwei, drei Stehtischen davor, an denen einige Männer in Arbeitskleidung ihr Mittagessen einnahmen. Es roch nach Currywurst und Frittierfett. Gegenüber der Haltestelle befand sich ein kleiner Park mit alten, schweren, hohen Bäumen, die Max nicht zweifelsfrei identifizieren konnte. Der Park war umzäunt, und der Zaun hatte etwas ganz Eigenwilliges an sich. Es war wohl einst ein stabiler, trutziger Metallzaun gewesen, dem aber über die Jahre die Kraft ausgegangen war, und so zeigten sich an vielen Stellen verbogene Streben, offene Stellen, ganz zu schweigen von den vielen rostigen Stäben, die auf bessere Zeiten schließen ließen. Ein großes, schmiedeeisernes Eingangstor beendete den Zaun zur Straße hin. Einige kleine Spazierwege führten durch den Park und auf ein Gebäude zu. Die Wege waren offenbar mit Bedacht angelegt worden, denn sie schienen einer klaren geometrischen Ordnung zu folgen. Alle führten, mehr oder weniger direkt, auf ein Gebäude zu, ein riesiges Gebäude, das beinahe einem Schloss oder zumindest einem Herrschaftshaus ähnelte. Es war bestimmt so lang wie ein ganzes Fußballfeld. Max zählte die Stockwerke und kam auf fünf, er bestaunte die kunstvoll gestalteten Fenster, vielmehr waren es die Umrahmungen der Fenster, die allesamt verschnörkelte Malereien aufwiesen. Gerade als sich Max die

Frage stellte, was das wohl für ein Gebäude sein mochte, passierte ein Krankenwagen das schmiedeeiserne Tor und fuhr auf den Haupteingang des Hauses zu. Max sah sich um, Lania saß scheinbar unberührt auf ihrer Bank und blätterte in ihrer Zeitschrift. Nur die Augen hatte sie über den Zeitungsrand gehoben, so dass sie Max ein fast unmerkliches Lächeln schicken konnte. Jetzt erst sah Max das Schild über dem Eingangstor zum Park. Die Buchstaben waren ebenfalls aus Eisen, einzeln geschmiedet und bereits so verwittert und verrostet, dass sie sie sich kaum mehr von der Umgebung abhoben. Max erschrak, als er las: Krebsklinik St. Michael.

Was hatte das zu bedeuten? Hatte das etwa mit seiner Mama zu tun? »Deine Mama ist krank.« Schnattermasts Worte klangen ihm jetzt im Ohr, und er versuchte verzweifelt, Blickkontakt mit Lania aufzunehmen. War seine Mama etwa da drin? In der Krebsklinik? War das der Grund, warum sie nicht mehr nach Hause kommen konnte? Lania schaute nicht her, und erst jetzt registrierte Max, dass sie nicht in ihre Zeitschrift schaute, sondern wie zur Salzsäule erstarrt in Richtung Park blickte. Sie schien nichts mehr um sich herum wahrzunehmen, hatte sogar den Mund offen stehen und die Zeitschrift auf den Knien. Als Max den Kopf drehte, um ebenfalls zu sehen, was Lania in solche Starre versetzte, traf es ihn wie ein Schlag. Es zog ihm förmlich den Boden unter den Beinen weg und er begann zu schwanken, alles um ihn herum begann sich zu drehen, sein Atem stockte, ihm wurde schwindelig und übel zugleich. Sein Kopf befahl, loszurennen, sich aus der Starre zu lösen. Doch seine Beine gehorchten nicht. Er stand wie angewurzelt, schwitzte und fror zugleich, alles um ihn herum drehte sich. Die Geräusche waren verschwunden, Max hörte nichts mehr von den ankommenden Bussen, von den Unterhaltungen am Kiosk, von den vorbeifahrenden Autos, er hörte und sah nicht, wie die Menschen lachend ins Kino gingen, wie ein alter Mann mit einem Stock an ihm vorbeischlurfte, wie zwei andere laut ihre Bierflaschen klingen ließen und sich zuprosteten. Max hatte soeben seine Mutter gesehen. Nur einen Moment lang, hinter dem Krankenwagen, der eben vorgefahren war tauchte sie kurz auf, war offenbar aus dem Wagen ausgestiegen und ging zurück in Richtung Eingang. Jetzt drehte sie ihm den Rücken zu und war ein gutes Stück entfernt, und dennoch bestand kein Zweifel. Sie war es. Sie war es. Seine Mutter lebte und war hier, direkt vor seinen Augen.

Die wenigen Sekunden, die dieser kurze, flüchtige Blick andauerte, kamen ihm vor wie Stunden. Jetzt, als sie schon fast im Eingang war, als sie drohte, von dem riesigen Gebäude verschluckt zu werden, jetzt, da sie die Tür erreichte, hineinging, jetzt begann das Leben in seinen Körper zurückzukehren, seine Beine verweigerten nicht länger den Gehorsam, seine Sinne kehrten zurück, und Max hatte keine Chance zur Gegenwehr. Er rannte los. Er musste losrennen, er rief, nein, er schrie nach seiner Mama, die aber schon im Gebäude verschwunden war. Die Männer am Kiosk sahen ihm nach, Lania sprang im selben Moment von ihrer Bank auf, sie sah das Unheil bereits kommen, wollte ihn warnen, ihn zurückhalten und kam doch zu spät. Der Busfahrer hatte keine Chance, rechtzeitig zu bremsen, so plötzlich und unvermittelt lief ihm der Junge vor die Nase.

Wie im Traum hörte Max noch eine Stimme, die seinen Namen zu rufen schien. Er spürte einen Tropfen auf seinem Gesicht und wunderte sich, dass es wohl nun doch zu regnen begonnen haben musste. Und doch fühlte er sich wohlig warm, wie in einem sehr sehr tiefen Schlaf, mit einem langen, herrlichen Traum. Schon wieder ein Tropfen, komisch, denn ansonsten war nirgends auf seinem Körper der Regen zu spüren. Schlaf, Max, schlaf jetzt, lass das Rufen verklingen und schlaf. Schlaf ein, vergiss den Regen. Das Rufen verklang in immer weitere Ferne. Er ließ sich treiben, hörte nun auf die innere Stimme, die ihn in die Ferne zog. Die Tränen, die Lania über seinem Gesicht vergoss, spürte er nicht mehr.

6

»Es ist ernst, aber Ihr Sohn hatte Glück im Unglück«, flüsterte der Oberarzt Sven zu, der durch die Glasscheibe hindurch Max beim Atmen zusah. Immer wieder hob und senkte sich seine Brust mit jedem Atemzug, auf und ab und auf und ab, und Sven betete inständig, dass dieses Atmen nicht aufhören möge. Er hatte tränenfeuchte Augen und wandte den Blick nicht von seinem Sohn, als er den Arzt fragte: »Darf ich zu ihm?«

»Ja, aber nur kurz. Er ist noch zu schwach für lange Besuche.«

Sven nickte nur, wehrte die zur Stütze angebotene Hand des Arztes ab, und schlurfte in das Zimmer, in dem Max an Schläuche und Maschinen angeschlossen lag. Er hatte die Augen geschlossen, keine Regung durchlief sein Gesicht. Nur das auf und ab des Brustkorbes, das der bedrohlichen Atmosphäre des Krankenzimmers eine gewisse harmonische Gewohnheit gab. Sven tastete nach Max´ Hand, die reglos auf dem Bett lag, und setzte sich auf den Stuhl neben dem Krankenbett.

»Nicht noch so ein Unfall. Nicht noch so ein Unfall«, stammelte Sven vor sich hin, ohne Max direkt anzusehen. Die Verzweiflung in ihm drohte übermächtig zu werden, zu deutlich kamen ihm immer wieder die Gedanken an damals in den Sinn. Zu übermächtig waren die Gefühle, zu wenig verarbeitet war das Geschehene, zu sehr an der Oberfläche der Schmerz, der jetzt aufs Neue aufbrach und von der Sorge um seinen Sohn verstärkt wurde. So sehr war Sven mit sich und seiner Trauer beschäftigt, dass er nicht bemerkte, wie Max die Augen öffnete, nur ganz kurz erst, dann, nach und nach ließ er die Augen wandern, allerdings noch ohne wirklich bewusst seine Umgebung wahrzunehmen.

Sven war wie vom Donner gerührt, als er Max plötzlich sprechen hörte. Es war mehr ein heiseres, leises Krächzen, als ein Sprechen, und dennoch verstand Sven sehr deutlich, was Max sagte: »Ich habe Mama gesehen.«

Sven drehte abrupt den Kopf und sprang von seinem Stuhl auf.

»Max, Gott sei Dank, Max!« schluchzte er und ließ seinen Tränen nun freien Lauf. »Max, mein Gott!« Er knetete Max´ Hand mit beiden Händen, ließ nicht mehr ab von ihm und realisierte auch jetzt, als Max den Satz wiederholte, nicht, was Max ihm flüsternd mitzuteilen versuchte: »Ich. Habe. Mama. Gesehen.«

»Du hattest einen Unfall, Max. Alles wird gut, du wirst sehen. Alles wird gut, ich bin bei dir.«

»Sie müssen jetzt gehen«, unterbrach der Arzt. »Er braucht Ruhe. Und wir sollten uns in meinem Büro kurz unterhalten.«

Sven folgte dem Oberarzt aus dem Zimmer, über den Gang der Unfallklinik, vorbei an den vielen Türen, hinter denen überall Menschen auf Genesung hofften bis in das geräumige Büro. Dr. Schmaus begann ohne Umschweife und ohne Sven einen Platz anzubieten.

»Ihr Sohn hatte ein unglaubliches Glück. Wäre ich gläubig, würde ich sagen: Er kann sich bei einer ganzen Armee an Schutzengeln bedanken. Aber setzen Sie sich doch.«

Sven ließ sich in den Stuhl sinken, Dr. Schmaus nahm auf der anderen Seite des Schreibtisches in seinem schweren Ledersessel Platz. »Max fehlt nichts Ernstes. Er ist übersät mit Prellungen und wird noch eine ganze Weile an diesen Unfall erinnert werden. Aber nach den Zeugenaussagen vom Unfallort grenzt es an ein Wunder, dass er überhaupt noch lebt, so heftig hat ihn der Bus erwischt. Wir haben keinerlei Brüche oder innere Verletzungen festgestellt und ich darf ihnen versichern, dass ich so etwas in meiner langen Laufbahn noch nicht erlebt habe.« Dr. Schmaus hatte inzwischen eine Akte aufgeschlagen, offenbar mit den Berichten von Max′ Untersuchungen darin, zumindest war das Svens Vermutung, denn der Arzt blickte immer wieder ungläubig in diese Akte, bevor er weiter erzählte.

»Er steht momentan unter Schock und wir haben ihm ein starkes Schmerzmittel verabreicht, deswegen ist er noch sehr benommen und braucht Ruhe. Mit etwas gutem Willen aber kann er in drei bis vier Tagen wieder nach Hause.«

»Sie glauben gar nicht, wie froh ich bin, das zu hören. Wissen Sie, ich habe vor Jahren schon ein Kind bei einem Unfall...«

»Ja?«, versuchte Dr. Schmaus Sven zum Weiterreden zu ermuntern.

»Ach, vergessen Sie´s. Vielen Dank für Ihre Mühe.«

Sven stand auf und gab dem Arzt die Hand. Ehe er das Krankenhaus verließ, sah er noch einmal durch die Scheibe auf Max, der nun wieder die Augen geschlossen hatte und gleichmäßig atmete. Draußen auf dem Hof vor der Klinik lief Sven geradewegs Lania in die Arme.

»Herr Grünlinger! Wie geht's Max?« platzte sie sofort heraus.

»Es geht ihm gut. Der Doktor spricht sogar von einem Wunder und einer ganzen Armee an Schutzengeln. Er schläft und du kannst nicht zu ihm, weil er noch zu schwach ist. Aber bis auf ein paar Prellungen fehlt ihm nichts«, beruhigte Sven die junge Dame.

»Gottlob!« Ein Seufzer der Erleichterung ließ erahnen, wie sehr sich Lania um Max gesorgt hatte. Dass Max nun schlief, bedeutete aber gleichzeitig auch, dass Sven Grünlinger noch nichts davon wissen konnte, warum Max eigentlich losgelaufen war, reimte sich Lania zusammen.

»Was habt ihr eigentlich in Isny gemacht? Warum ist Max denn vor den Bus gelaufen?«

»Wir wollten ins Kino«, gab Lania schlagfertig zurück. »Und Max war so in Gedanken, dass er den Bus einfach nicht kommen sah.« Ob sich Herr Grünlinger mit dieser Aussage zufrieden gab, konnte Lania im Moment nicht ergründen. Für den Augenblick jedenfalls schien das als Erklärung zu genügen, ja, sogar sehr glaubwürdig zu sein, zumal es in Oberstaufen seit geraumer Zeit kein Kino mehr gab. Das alte ehrwürdige Kino war vor Jahren abgebrannt und durch ein modernes Wohn- und Geschäftshaus ersetzt worden. Von daher war es nicht ungewöhnlich, dass man in die Kinos der Nachbarstädte fuhr, wenn man aus Oberstaufen kam. »Darf ich trotzdem zu ihm?«, bettelte sie.

»Klar, aber eben nur VOR das Zimmer. Du kannst ihn aber durch die Scheibe sehen.« Sven versuchte, sich ein Lächeln abzuringen, schließlich mochte er die Kleine, die ihm so vertraut vorkam, als wäre sie schon jahrelang Teil ihres Bekanntenkreises.

Lania hatte Tränen in den Augen, als sie Max durch das Fenster in seinem Krankenbett liegen sah. Sie hielt den Zeigefinger gegen die Scheibe, als wartete sie darauf, dass Max es ihr von der anderen Seite aus gleich tut.

Was konnte sie tun? Herrn Grünlinger ins Vertrauen zu nehmen, schied aus, das hätte Max nicht gewollt, sonst hätte er das längst getan. Zu Max´ Mutter gehen, die offenbar in der Krebsklinik war, schied auch aus, zumindest so lange, bis sie mit Schnattermast gesprochen hatte. Hatte Jo nicht gesagt, Max dürfe auf keinen Fall in die Situation eingreifen? War der Unfall vielleicht einfach die Folge darauf, dass Max doch versucht hatte, Teil dieser Situation zu werden, indem er zu seiner Mutter rannte? Wenn dem so wäre, dann war Jo entweder ein Hellseher oder ein Krankenwagenfahrer oder Arzt, der genau wusste, dass um 14:02 Uhr der Krankenwagen vorfuhr und Frau Grünlinger dort absetzen wollte. Das war zumindest eine Spur, dachte sich Lania.

»Ich muss Schnattermast finden«, sagte sie laut, drehte sich um und sah einer verwirrten Krankenschwester direkt ins Gesicht, die sich offenbar nicht erklären konnte, warum nun schon junge Mädchen beginnen, Selbstgespräche zu führen.

7

Max schlug die Augen erst zwei Tage später wieder auf, im Krankenhaus. Ein Schaudern durchzog seinen Körper, als er sich langsam, sehr langsam bewusst wurde, was wohl geschehen war, wo er war und wie sich sein Körper anfühlte. Sich zu bewegen wagte er nicht, aus Angst, er würde nicht in der Lage sein dazu. War er vielleicht gelähmt? Die Antwort auf diese Frage wollte er noch hinauszögern und sich erst einmal mit dem Naheliegenden vertraut machen. Kein Zweifel, er lag in einem Krankenhaus. Den Kopf konnte er ganz leicht drehen, er sah die klassische Ausstattung eines Patientenzimmers. Rechts das Fenster, links die Türe, und eine kleine Türe daneben, die in einen innenliegenden Raum führte. Das Bad wahrscheinlich, dachte Max. Er war an keinerlei Schläuche oder Gerätschaften angeschlossen, soweit er das überblicken konnte, lediglich eine Infusion stand neben seinem Bett. Das andere Ende des Schlauches war an oder besser in der Rückseite seiner Hand befestigt.

Was war geschehen?

Er hatte klare Erinnerung daran, wie er mit Lania an der Bushaltestelle stand und wartete. Sogar Lanias Blick über die Zeitung hinweg zu ihm war ihm bewusst. Doch dann? Was war dann? Angestrengt versuchte Max in seinen Gedanken zu kramen, während er nun begann, seinen Körperfunktionen nachzuspüren. Ganz leicht bewegte er die Finger, erst die der linken, dann die der rechten Hand. Er hob den Arm leicht an, erst links, dann rechts. Als er versuchte, das linke Bein zu heben, durchstach ein Schmerz wie ein Blitzschlag seinen Körper und er stöhnte kurz auf. Das rechte Bein dagegen ließ sich bewegen, ohne oder nur mit geringen Schmerzen.

Mama! Er hatte seine Mama gesehen! Ja, jetzt kam das Bild zurück in seinen Kopf, er sah es deutlich vor sich, Mama, die hinter einem Krankenwagen kurz zu sehen war und in das riesige Gebäude ging. Max war so aufgewühlt, dass er am Liebsten sofort aufgesprungen und dorthin zurück gelaufen wäre. Der Schmerz in seinem linken Bein hielt ihn davon ab und erinnerte ihn daran, dass er eben doch in einem Krankenhaus lag. Aber was war danach geschehen? So sehr er sich anstrengte, so sehr er sich bemühte, in seinen Gedanken zu kramen, er konnte sich beim besten Willen nicht daran erinnern. Aus einem Reflex heraus stellte sich Max schlafend, als er auf dem Gang Stimmen hörte und sich kurz danach die Türe öffnete.

»Nein, Herr Grünlinger, Sie können ganz beruhigt sein. Er wird jeden Moment aufwachen.«

»Aber er schläft schon zwei Tage und Sie sagen, es fehlt ihm nichts, da stimmt doch etwas nicht!«

»Er hat starke Schmerzmittel bekommen, deswegen schläft er. Und das ist auch das Beste, was er tun kann.«

Max erkannte die Stimme seines Vaters, die andere Stimme war ihm nicht bekannt, es war ihm aber klar, dass das wohl der Arzt sein musste. Aus unerfindlichen Gründen hielt er es für besser, sich weiter schlafend zu stellen und erst einmal zu hören, was die beiden zu bereden hatten.

»Aber wie lange geht das denn noch? Und warum...« Sein Vater schien in ernsthafter Sorge zu sein, das war seiner Stimme deutlich anzuhören.

»Herr Grünlinger, ich sage es Ihnen gerne noch einmal: Wir haben Ihren Sohn eingehend untersucht. Bis auf einige schwere Prellungen fehlt ihm nichts. Keine Brüche, keine inneren Verletzungen, nichts. Die Prellungen werden ihn aber noch eine ganze Weile schmerzhaft daran erinnern, dass er gegen den Bus eben nur zweiter Sieger war. Max: Null. Bus: Eins. Das wird er noch merken.«

Aha, ein Bus, dachte Max. Ein Bus. Wollte er zu seiner Mama laufen und hatte dabei einen Bus übersehen? Ja, so musste es wohl gewesen sein.

»Wissen Sie«, begann sein Vater zu erzählen, »ich habe vor Jahren schon ein Kind bei einem Verkehrsunfall verloren. Deswegen ist dies hier der absolute Horror für mich.«

»Das tut mir sehr leid«, gab sich der Arzt mitfühlend. »Aber Max wird in jedem Fall wieder ganz gesund werden, das ist sicher. Er hat übrigens im Schlaf mehrfach nach seiner Mutter gerufen. Und als er zwischendurch kurz die Augen geöffnet hat, meinte die Schwester gehört zu haben, wie er sagte: 'Ich habe Mama gesehen'. Können Sie sich das erklären?«

»Also, das ist... ich meine... das ist eine lange Geschichte. Wahrscheinlich hat er von ihr geträumt, der Gute. Er vermisst seine Mutter, sie hat uns nämlich verlassen.«

WIE BITTE?!? Hatte er richtig gehört? Papa erzählte einem wildfremden Arzt, dass Mama uns verlassen hat? Wie konnte er so etwas sagen? Das konnte nicht sein, das wollte nicht sein, das durfte nicht sein! Mama war offenbar schwer krank, und warum sie gegangen war, würde er schon noch herausfinden. Aber dass Papa so lapidar erzählte, sie habe uns verlassen, als ob sie schlichtweg gegangen wäre, das schlug dem Fass den Boden aus. Und es ließ Max den Entschluss fassen, Papa vorerst nichts davon zu erzählen, dass er Mama gesehen hatte.

Oder hatte er sie vielleicht gar nicht gesehen? War das alles nur ein schlechter Traum gewesen? Hatte er sich das alles nur in seiner Phantasie zusammengereimt? Vielleicht war er von dem Unfall so traumatisiert, dass er sich das alles nur im Nachhinein einredete.

»Vielleicht wäre es für Max trotzdem gut, wenn sie einmal hier vorbeikommen könnte, vielleicht würde das den Heilungsprozess noch beschleunigen«, diagnostizierte der Arzt.

»Das... äh, dürfte schwierig werden«, stammelte Sven, »...weil ääh...«. Er kam um eine Erklärung herum, denn im selben Moment öffnete sich die Tür und Max konnte mit geschlossenen Augen förmlich spüren, wie der Sonnenschein ins Zimmer trat.

»Hallo Herr Grünlinger«, flötete Lania so fröhlich, als sei nie etwas geschehen. »Hallo Herr Doktor.«

»Hallo junge Lady«, begrüßte sie der Arzt übertrieben höflich, »der Patient wird wohl jeden Moment wach werden.«

»Das ist schön, dann bleibe ich wieder hier sitzen, wenn ich darf.«

»Lania, ich meine, das ist ja wirklich sehr nett von dir, aber du musst nicht deine Zeit...«, mischte Sven sich ein.

»Nein, nein, Herr Grünlinger. Ich habe weder ein schlechtes Gewissen wegen des Unfalls noch will ich etwas gut machen noch habe ich etwas anderes zu tun, noch ist es mir eine Belastung. Ich MÖCHTE hier sitzen, verstehen sie? So wie gestern auch.«

Max war von den Socken. Offenbar hatte Lania also an seinem Bett gesessen. Er zwang sich, die Augen weiter geschlossen zu halten und wünschte sich nichts sehnlicher, als dass Papa und der Arzt das Zimmer verlassen würden.

»Na dann, wir beobachten ihn weiter. Ich gebe Ihnen Bescheid, wenn sich am Zustand etwas verändert. Guten Tag, Herr Grünlinger. Guten Tag, junge Lady.« Der Arzt verließ das Zimmer und Papa wandte sich Lania zu.

»Na dann würde ich... also ich meine, wenn du eh hier bist...«

»Ist schon OK, Herr Grünlinger. Ich bleibe gerne hier und Sie können gerne gehen.«

Max wusste einen Moment lang nicht, was er davon halten sollte. Einerseits wünschte er sich, dass sich sein Papa mehr für ihn interessieren und bei ihm bleiben würde, andererseits war nun genau das eingetreten, was er erhofft hatte: Er war mit Lania allein. Nur sie konnte Licht in seine Gedankenlücken bringen, nur sie wusste, ob er wirklich seine Mutter gesehen hatte, nur sie konnte ihm helfen, zu Klarheit zu gelangen. Und zwar ohne, dass er seinem Papa etwas davon erzählen musste.

Max hörte die Tür auf- und wieder zugehen und als ein Moment Ruhe im Zimmer war, spitzelte er vorsichtig aus einem halb geöffneten Auge ins Zimmer. Lania saß am Fußende des Bettes und hatte eine Illustrierte aufgeschlagen, in der sie blätterte, ohne ihn zu beobachten. Max sah sie an. Ein Glücksgefühl durchströmte ihn, er fühlte sich plötzlich warm und geborgen, aufgehoben und verstanden. Der Stich in seinem linken Bein holte ihn schmerzhaft in die Realität zurück und er stöhnte kurz auf.

»Max, du Gauner, du bist ja wach!«, lachte Lania ihn an. »Hast du Schmerzen? Lieber nicht bewegen, bleib einfach ruhig liegen.«

»Lania, ich... ich meine, Du... also ich...«

»Na dein Sprachzentrum ist mit dem Unfall jedenfalls nicht besser geworden« unterbrach sie ihn lachend und rückte den Stuhl näher an Max heran. Sie nahm seine Hand.

»Wo... bin ich eigentlich? Ich meine... und... wie... wie lange habe ich denn... also wie lange war ich... also welcher Tag ist heute eigentlich?«

»Wir sind in Kempten im Krankenhaus. Du hast zwei Tage geschlafen, Max. Du hast starke Schmerzmittel bekommen, aber es fehlt dir ansonsten nichts. Die Ärzte waren sich nicht sicher, ob das nun ein Wunder oder eine ganze Armada an Schutzengeln war. Oder beides.«

»Was ist denn eigentlich passiert?«, fragte Max unsicher.

»Du hast dich mit einem Bus angelegt. Er hat gewonnen.« Lania lächelte ihn an. »So plötzlich, wie du losgerannt bist, hatte der Fahrer keine Chance, abzubremsen. Und ich konnte dich so schnell auch nicht zurückhalten.«

»Warum bin ich denn losgerannt?«, fragte Max nach, um endlich Gewissheit zu bekommen.

»Na weil du deine Mama gesehen hast!« Lania war direkt und klar wie immer.

»Wusste ich´s doch. Weiß Papa davon?«, wollte Max wissen.

»Von mir jedenfalls nicht. Ich habe ihm nichts erzählt davon, hab nur gesagt, wir wollten ins Kino gehen und sind drum nach Isny gefahren. Von der Klinik und deiner Mama hab´ ich nichts gesagt, weil ich nicht wusste, ob du das willst.«

»Du bist einfach die Größte, Lania. Du bist der Hammer. Aber was machen wir denn jetzt?«

»Wie 'was machen wir denn jetzt'? Was soll das denn heißen? DU jedenfalls machst erst mal gar nichts außer hier zu liegen und gesund zu werden!«

»Aber mir fehlt doch gar ni... AUA!« Der Schmerz kam sofort, als Max versuchte, sich zu bewegen.

»Siehst du«, sagte Lania mit der ihr eigenen Gelassenheit, »erst mal gesund werden. Dann sehen wir weiter. Wenn du möchtest, kann ich inzwischen versuchen, etwas über deine Mama herauszufinden. Jetzt wissen wir ja zumindest, wo sie ist.«

»Das würdest du tun? Du musst mir dann aber sofort erzählen, was du herausgefunden hast!«

»Nein, ich werde erst mal alles für mich behalten und dich zappeln lassen, du Osterhase«, schmunzelte Lania und Max wurde ein klein wenig rot, weil er merkte, wie überflüssig seine Bemerkung gewesen war.

8

»Frau Grünlinger, ich befürchte, Sie stehen sich selber im Weg.« Dr. Hadzik nahm kein Blatt vor den Mund. Mit seinem leichten slawischen Akzent, seinem dicken, leicht angegrauten Schnurrbart und den schütteren Haaren wirkte er unglaublich vertrauenerweckend, fast schon väterlich. Claudia hatte den Blick gesenkt, als sie vor ihm saß. Bisher hatte Sie immer nur mit Dr. von Zirrenbach zu tun, dem strengen, fast preußisch anmutenden, alten Oberarzt. Der war es auch, der ihr keine Hoffnung gemacht hatte, diese Krankheit zu überleben. Sechs Monate, hatte er zu ihr gesagt. Sechs Monate hätte sie noch zu leben. Zwei davon waren seitdem vergangen. Ein medizinisches Wunder, an das Claudia doch so fest geglaubt hatte, war bislang nicht in Sicht. Und jetzt redete auch noch Dr. Hadzik auf sie ein. Sie war zu schwach zum Widerspruch, zumal es sie doppelte Kraft gekostet hätte, etwas zu widersprechen, von dem sie tief innen wusste, dass es wohl stimmte.

»Ihre Behandlung geht viel zu langsam voran. Die Therapie zeigt nicht die erwünschte Wirkung. Ich hatte bei aller Ausweglosigkeit dennoch gehofft, Sie würden wenigstens kämpfen, würden sich Ihrem Schicksal entgegenstemmen. Aber bei allem schulmedizinischen Wissen: Wir können nur Patienten heilen, die auch geheilt werden wollen!«

Claudia atmete tief durch.

»Sehen Sie, ich weiß nichts von Ihnen. Sie sprechen mit niemand, die Schwestern und Pfleger sagen mir, dass Sie jeglichen Kontakt meiden. Niemand kommt Sie besuchen. Sie telefonieren nicht. Schreiben keine Karten, Briefe, Mails. Sie komminizieren mit niemandem. Warum nicht?«

»Kommunizieren«, verbesserte Claudia beinahe unhörbar.

»Wie bitte?«, fragte Dr. Hadzik nach.

»Ach nichts«, resignierte sie, und spielte mit dem Faden an ihrem Bademantel, der etwas hervorstand. »Gar nichts.«

»Sehen Sie. Das meine ich. Warum erzählen Sie mir nichts von sich? Bedrückt Sie etwas? Haben Sie Familie?«

»Ich hatte mal eine«, gab Claudia voll Bitterkeit zurück, ohne auch nur aufzusehen. »Ich hatte die wunderbarste Familie der Welt. Aber das war in einem früheren Leben.«

»Sie sprechen in Rätseln. Wirklich. Frau Grünlinger, ich sage es Ihnen in aller Deutlichkeit: Medizinisch gesehen haben Sie keine Chance, diese Krankheit zu überleben. Aber ich habe Sie trotzdem noch längst nicht aufgegeben. Sie waren so kämpferisch, als Sie hier ankamen, so trotzig, dieser Krankheit die Stirn zu bieten. Und jetzt? Haben Sie sich schon aufgegeben?« Claudia wusste nur zu gut, dass er Recht hatte. Die Krankheit und deren Therapie hatten ihr mehr Kraft geraubt, als sie sich jemals hatte vorstellen können. So sehr sie überzeugt gewesen war, den Krebs zu besiegen, so unheilbar er auch sein mochte, so sehr musste sie jetzt ehrlicherweise eingestehen, dass sie am Ende ihrer Kräfte war. Körperlich und seelisch. Dass sie ihren Max vermisste, Opa Grummel vermisste und ja, auch ihren Sven vermisste, mit dem sie sich so weit auseinandergelebt hatte. Der ihr das Leben so schwer gemacht hatte nach dem Unfall. Der ihr fast den Lebensmut geraubt hatte. Der sie mit seinem Selbstmitleid und seinen Ausflüchten so gequält hatte. Dem sie die Stirn geboten hatte mit all der Liebe, die sie aufbringen konnte. Dem sie versuchte, den Weg zu ebnen in eine neue Zukunft. Sie hatte die Hoffnung nie aufgegeben, dass er sich ändern würde, dass er seine alte Unbeschwertheit wiederfinden würde, dass auch er endlich abschließen könnte mit der Vergangenheit und endlich den Blick wieder nach vorne richten würde.

Vergebens. Schon bevor sie die Diagnose bekommen hatte, spürte sie, wie die Kräfte schwanden, diesen Kampf jeden Tag zu führen. Wie viel Kraft es gekostet hatte, über die vielen Jahre, jeden Tag, jede Stunde bedingungslos zu lieben, während das Gegenüber sich immer weiter zurückzieht. Wie sehr hatte sie sich gewünscht, dass sich ihr Leben endlich zum Guten wenden würde, damals, als sie mit Max schwanger war. Sie wusste, es wäre ein Vabanquespiel, war sich des Risikos bewusst, dass sie mit der Entscheidung für ein Kind ihre Ehe entweder retten oder endgültig zerstören würden. Sie war so froh, dass Sven das Baby so vergötterte, so liebte und achtete, dass er wieder begann, Pläne zu schmieden, unbewusst erst, dass er wieder Mut entwickelte, das Leben anzunehmen. Doch als die Monate vergingen, entzog er sich ihr wieder im selben Maße, in dem er sich Max zuwandte. Schon bald hatte Claudia es gespürt: Sie hatte Sven verloren, nicht körperlich, aber seelisch. Und trotzdem hatte sie gekämpft, jeden einzelnen Tag, wollte es nicht wahrhaben, wollte ihre unbeschwerten Tage zurück und das Geschehene vergessen machen.

Und jetzt war sie zum Tode verurteilt. Medizinisch austherapiert, würde es wohl bald heißen, und mit der Resignation kamen auch die quälenden Fragen wieder, auf die es keine Antworten gab. Warum sie so bestraft wird? Warum es noch nicht genug ist, dass sie ein Kind verloren hatte? Warum sie für ihre jahrelange Liebe nun auch noch sterben musste? Warum sie nun in diesem Krankenhaus ihre letzten Tage und Wochen verbringen musste, jetzt, da sie selber einsah, dass sie nicht mehr die Kraft hatte, den Lebensmut aufrecht zu erhalten, dem Krebs die Stirn zu bieten, den Glauben an eine Heilung aufrecht zu erhalten. Claudia sehnte sich danach, mit jemanden sprechen zu können. Jemandem ihre Seele zu öffnen und die ganze Last abzuwerfen.

»Ich... ich... ich kann nicht.« Claudia stand auf und verließ den Raum, ohne sich noch einmal zu Dr. Hadzik umzusehen. Sie ging direkt in ihr Zimmer, lange sah sie aus dem Fenster, schweigend, ohne wirklich etwas zu sehen. Schließlich ging sie zum Schrank, zog sich ihr buntestes Kleid an, wickelte sich Max´ Kopftuch um die Stirn, packte in aller Ruhe alle ihre Sachen in den Koffer, leerte die Schubladen und stahl sich hinaus, vorbei an den Patientenzimmern, vorbei an der Schwesternstation, vorbei an der Pforte, vorbei an den Bänken im Park, vorbei an dem schmiedeeisernen Zaun, hinüber zur Bushaltestelle. Sie setzte sich hin und überlegte. Ein paar Euro hatte sie noch in der Tasche, genug, um mit dem Bus zumindest ein paar Stationen weit zu kommen. Und dann?

Es gab nur zwei Möglichkeiten, das war Claudia bewusst. Entweder sie würde Geld von ihrem gemeinsamen Konto abheben und damit Sven eine Spur geben, wo er sie suchen konnte (falls er überhaupt Interesse daran hatte sie zu suchen und nicht schon längst das Konto hatte sperren lassen) oder sie würde noch einmal ihre Vertrauensperson kontaktieren müssen. Ins Krankenhaus jedenfalls würde sie nicht noch einmal zurückgehen. Sterben konnte sie schließlich auch besser.

Das Mädchen, das aus dem Bus ausstieg, während sie auf eine Eingebung wartete, kam ihr irgendwie bekannt vor. Die Haarfarbe hatte etwas so besonderes, dass Claudia sich sicher war, es schon einmal gesehen zu haben. Wie hübsch sie war! Der kurze Blick, den Claudia auf das Mädchen werfen konnte, bevor es über die Straße ging und ihr den Rücken zudrehte, genügte, um ihr die Gewissheit zu verschaffen, dass das kein gewöhnliches Mädchen war. Ein klein wenig erinnerte sie sie sogar an Anna-Marie und bei diesem Gedanken schossen Claudia unvermittelt die Tränen in die Augen. Sie sah dem Mädchen noch nach, wie es durch das schmiedeeiserne Tor ging, wie es durch den Park auf die Eingangstüre der Klinik zulief, ohne Eile offenbar, mit leicht wippendem Gang und aufrechten Schultern. Beim besten Willen: Claudia wusste nicht mehr, woher sie das Mädchen kannte oder ob ihr ihre Erinnerung nach all den Therapien einen Strich durch die Rechnung machten und ihre Gedanken verrücktspielten.

»Zimmer 312«, sagte die Dame an der Pforte der Klinik zu Lania, »aber Frau Grünlinger hat beinahe ständig Therapien und Termine, es kann also gut sein, dass sie nicht im Zimmer ist.« Lania bedankte sich artig, fuhr mit dem Aufzug nach oben und klopfte am Zimmer mit dem Türschild 312 an. Erst jetzt, nachdem sie bereits geklopft hatte, wurde ihr bewusst, dass sie nicht die leiseste Ahnung hatte, was sie eigentlich sagen sollte, falls Max′ Mama da sein sollte. Guten Tag Frau Grünlinger, ich bin die Freundin von Max und wollte mal fragen, wie es Ihnen geht? Max′ Mama hatte offenbar ja sehr bewusst alle Brücken hinter sich abgebrochen und wenn sie wirklich schwer krank war (und die Tatsache, dass sie in einer Krebsklinik war und keine Haare mehr hatte, sprach eindeutig dafür, dass sie schwer krank war!), konnte ihr Besuch sie vielleicht sogar schädlich sein für den Genesungserfolg. Lania dachte nach. Ach was, ihr würde schon irgendetwas einfallen...

Vorsichtig öffnete sie die Tür, sie hatte keine Antwort erhalten und wollte auch kein zweites Mal klopfen, weil sie dachte, Frau Grünlinger könnte vielleicht schlafen. Das Zimmer war leer. Das Glas auf dem Nachttisch hatte Saftränder, war aber ebenfalls leer, das Bett war offensichtlich benutzt worden, aber sonst deutete nichts darauf hin, dass in diesem Zimmer jemand wohnte. Lania schaute noch einmal auf den Gang, um sich zu vergewissern, im richtigen Zimmer zu sein und gerade, als sie den Kopf aus der Zimmertür herausstreckte, kam eine Krankenschwester vorbei.

»Entschuldigen Sie, wurde Frau Grünlinger vielleicht verlegt? Sie sollte doch eigentlich hier drin sein, oder? Aber hier wohnt niemand!«

»Natürlich, Süße! Und du bist der allererste Besuch, den sie bekommt! Da wird sie sich aber freuen!«, antwortete die Schwester im Vorbeilaufen, ohne auf Lanias Frage konkret einzugehen.

»Aber sie ist weg! Ich meine... wo...« Bis Lania Luft geholt hatte, war die Schwester schon um die Ecke verschwunden. Lania ging zurück ins Zimmer, schaute verstohlen ins Bad. Überall dasselbe Bild: Hier hatte eindeutig jemand gelebt, aber jetzt war derjenige definitiv nicht mehr hier.

Auf dem Gang stieß Lania fast mit der Krankenschwester zusammen.

»Sie ist was?«, polterte Schwester Angela ihr entgegen.

»Sie ist nicht mehr da drin. Weg. Ist sie verlegt worden?« An der Aufregung der Schwester erkannte Lania, dass sich die erst jetzt dessen bewusst geworden war, was Lania ihr erzählte. »Wie weg?«

»Na weg eben.«

Die stämmige Krankenschwester drückte Lania zur Seite, um selber ins Zimmer zu schauen und dasselbe festzustellen, was Lania bereits wusste.

»Die ist ja weg!«

»Ach nee!« Lania stand mit verschränkten Armen in der Zimmertür.

»Ich muss sofort dem Arzt Bescheid sagen!«, stotterte die Schwester, die innerhalb weniger Sekunden bleich geworden war wie die Krankenhauswand, drückte Lania erneut zur Seite und stürmte aus dem Zimmer. Lania hatte genug gesehen. Sie beeilte sich, aus der Klinik zu verschwinden, lief raus durch den Park zur Bushaltestelle. Als der Bus, der eben abfuhr, den Blick auf die Bank dahinter, auf der Claudia noch vor wenigen Minuten gesessen hatte, freigab, sah Lania dort nur einen alten Mann, der im Abfalleimer nach Pfandflaschen suchte.

9

Es war Opa Grummel, der Max vom Krankenhaus abholte.

»Papa muss noch arbeiten«, sagte er zur Begrüßung.

»Klar«, entgegnete Max resigniert.

»Sei nicht so, Max. Er versucht auch nur, das alles auf die Reihe zu bekommen«, ergriff Grummel Partei für seinen Sohn.

»Klar«, gab Max zurück. Er war weder in der Stimmung noch in der Verfassung für irgendwelche Diskussionen, zumal er ohnehin nicht sicher sagen konnte, wie viel davon Grummel wirklich verstand. Autofahren jedenfalls schien Opa keine Probleme zu bereiten, so sicher manövrierte er den Wagen durch die Stadt und nach Hause nach Oberstaufen. Dass Sven nicht beim Arbeiten war, wusste noch nicht einmal Opa Grummel.

»Petra, ich bitte dich wirklich von Herzen. Es fällt mir schwer genug, vor dir einen solchen Kniefall zu machen, aber ich muss wissen, ob du irgendeine Ahnung hast, wo Claudia ist.« Sven hatte es als seine letzte Chance gesehen, noch einmal zu Claudias bester Freundin zu gehen. Er war mit seinem Latein so etwas von am Ende, wie er es noch nie gewesen war. Ob er wollte oder nicht, er musste sich eingestehen, dass Claudia ihm mehr fehlte als er es für möglich gehalten hatte.

»Hast du getrunken?«, funkelte Petra ihn mit giftigem Blick an.

»Ich war noch nie so nüchtern«, entgegnete Sven, und meinte es durchaus doppeldeutig. »Ich bin nüchtern, nackt, leer und am Ende. Ich brauche deine Hilfe, Petra. Ich habe sonst niemand. Niemand!«

Sie konnte beinahe körperlich spüren, wie ernst es Sven war. So hatte sie ihn noch nie gesehen und sie wusste, wie schwer es Sven fiel, jemanden um Hilfe zu bitten. Er, der sich nie von jemandem helfen lassen wollte, weil er ja im Grunde seiner Seele gar nicht wollte, dass es ihm besser ging.

»Ich habe keine Ahnung, Sven. Wirklich nicht. Aber ich wüsste auch nicht, ob ich es dir sagen würde, wenn ich eine Ahnung hätte.«

»Jetzt hör endlich auf, mir ständig die Vergangenheit unter die Nase zu reiben. Können wir das nicht endlich einmal beiseite lassen?«

Petra drehte sich zu ihm und sah ihm direkt in die Augen. »Und das aus deinem Mund. Aus deinem Mund ein solcher Satz, das ist ja wohl das höchste an Heuchelei, was ich jemals gehört habe. Du nicht, Sven. Nicht du. Nicht der Sven, der jedem die Vergangenheit jede Sekunde vor die Augen hält, der nur in der Vergangenheit lebt. Der nur glücklich ist, wenn alle anderen leiden. Wegen der Vergangenheit. Raus hier. Verschwinde!«

Petra sagte das völlig ruhig und gefasst. Sven wusste, dass er seine Chance vermasselt hatte. Wenn Petra tatsächlich etwas wusste, würde sie es ihm nicht sagen. Jetzt nicht mehr. Und so versuchte er erst gar nicht mehr, sie umzustimmen, stand auf, zog seine Jacke an und verließ wortlos die Wohnung.

»Noch ein Bier. Und nen Korn.«

»Sven, glaubst du nicht, dass es langsam genug ist?« Günni, der Wirt aus »Günnis Kneipe« kannte Sven nur zu gut und wusste auch nur allzu gut, dass sein Stammgast schon deutlich über den Durst getrunken hatte.

»Wer bist du, meine Mutter? Ich hab dich nicht um deinen Rat gefragt. Sei ruhig und schenk ein.« Sven schlug mit der Faust auf den Tresen, um seiner Bestellung Nachdruck zu verleihen.

»Gut. Eine Runde noch, Sven. Aber dann ist gut für heute!«, ließ Günni sich breitschlagen und schenkte ein weiteres Bier ein.

»Probleme?«, fragte plötzlich eine Stimme. Sven hatte nicht bemerkt, dass sich ein Mann neben ihn gesetzt hatte. Wie so oft wollte er auch viel lieber in seinem See an Selbstmitleid baden, als sein Leid mit jemand zu teilen. Und schon gar nicht mit einem Fremden.

»Ich wüsste nicht, was dich das angeht«, polterte Sven, ohne den Fremden auch nur anzusehen.

»Nichts, denke ich. Aber es soll auch schon Menschen gegeben haben, denen es besser gegangen ist, nachdem sie mit mir gesprochen haben.«

»Was bist du? Ein beschissener Psychiater??« In Svens Tonfall lag nichts Gütiges. Die pure Verachtung triefte aus seinen Worten.

»Nein. Nur ein einfacher Typ, der abends in die Kneipe geht und sein Bier trinkt. So wie du.«

»So wie ich? Ja? Du hast doch keine Ahnung, du... du... Schnösel!« Sven sah den Fremden zum ersten Mal an.

»Vielleicht hast du ja recht. Aber du verlierst auch nichts, wenn du es versuchst. Schließlich bist du nicht der erste Mensch auf der Welt, dem die Frau davon gelaufen ist.« Der Fremde drehte sich demonstrativ um und lief langsam, sehr langsam mit seinem Bier in der Hand vom Tresen weg zu einem der Tische. Er wusste, dass seine Worte nicht ungehört blieben.

»Was hast du da eben gesagt? Woher weißt du das, du aufgeblasener Affe? Hast du etwa was mit Claudias Verschwinden zu tun?« Sven war auf 180.

»Bleib ganz ruhig. Ich habe gar nichts. Aber bei Typen deiner Sorte gibt es genau zwei Möglichkeiten: Sie haben keine Frau. Oder sie haben keine Frau mehr.«

Touché. Erwischt. Der Fremde hatte offenbar nur ein gutes Gespür. Und er war in die Falle getappt und hatte alles auf sich und seine Situation gemünzt. Niederlagen einzugestehen war aber noch nie Svens Sache gewesen, und so stänkerte er munter weiter. »Na Hauptsache dein Leben funktioniert ja prächtig, oder was? Kommst hier rein, riskierst eine dicke Lippe und hältst dich wohl für extrem klug, was?« Er musste sich anstrengen, um die richtigen Worte zu finden und es ärgerte ihn, dass er selber merkte, wie betrunken er schon war.

Der Mann legte einen Fünf-Euro-Schein auf den Tresen. »Stimmt so«, rief er Günni zu und marschierte Richtung Ausgang. Bei Sven an der Theke blieb er stehen. Er trug einen grauen Anzug und sah irgendwie verdammt gut und vertrauenerweckend aus, was Sven noch viel mehr ärgerte. Er lächelte ihn an mit strahlend weißen Zähnen. Du solltest in der Werbung arbeiten, dachte Sven bei sich.

»Kümmere dich lieber um Max, anstatt hier in der Kneipe zu sitzen. Dann kommt vielleicht auch deine Claudia zurück.« Sven hörte die Worte wie in Trance. Als er sie realisiert hatte, hatte der Fremde bereits das Lokal verlassen.

Claudia saß unweit davon auf der Terrasse eines Eiscafés, das abends längst geschlossen hatte. Es war dunkel und ungemütlich, die Kälte kroch Claudia in alle Glieder. Der Frühling hatte noch nicht die Kraft, die Abende warm zu halten und Claudia fühlte sich so geschwächt, dass sie am liebsten auf der Stelle einschlafen und nie wieder aufwachen wollte. Das Krankenhaus St. Michael in Isny hatte sie verlassen. Eine Kurzschlussentscheidung, das musste sie jetzt einsehen, jetzt, da sie noch immer keine Bleibe für die Nacht hatte, da sie mit ihrem Koffer hier saß, fröstelte und sich mehr und mehr eingestehen musste, dass sie nicht mehr lange die Kraft aufbringen würde, gegen die vermaledeite Krankheit zu kämpfen. Aber noch hatte sie nicht aufgegeben. Sie hatte die Nummer gewählt, von einer altmodischen Telefonzelle aus, einer der wenigen, die es noch gab, hatte ihre Kontaktperson noch einmal um Geld gebeten, und jetzt saß sie hier und wartete darauf, dieses Geld zu bekommen, um sich zumindest eine Pensionsübernachtung zu gönnen und dann, morgen vielleicht, den großen Abflug zu machen. Mit dem Warten kamen auch die Selbstzweifel zurück, die sich Claudia bei ihrem Auszug doch so eindringlich verboten hatte. Hatte sie etwas falsch gemacht? Wie konnte sie nur so herzlos sein und ihre Familie im Stich lassen? Ihr ganzes Leben hatte sich in den letzten Wochen auf den Kopf gestellt, und so sicher sie sich war, das richtige getan zu haben, so sehr zweifelte sie heute daran. Sie wusste nicht mehr, was richtig und falsch, was gut und was böse war. Claudia starrte in die Leere und hatte noch einmal mehr Tränen, um zu weinen. Sie zog den Mantelkragen noch ein wenig höher und die Mütze noch tiefer ins Gesicht, drückte sich noch enger an die Hauswand des Cafes, die erwärmt von der Sonne des Tages zumindest noch ein klein wenig Wärme abgab. Vorsichtig musste sie sein, das war ihr eben wieder bewusst geworden, wenngleich die Chance gering war, an diesem Abend von einem Bekannten überrascht zu werden, dazu war sie zu dick eingemummt, hatte sich zu weit in die Ecke an die Hauswand zurückgezogen. Und Max würde sicher schon selig in seinem Bett liegen, während Sven wahrscheinlich... Ja was eigentlich? Im Büro war? Am Computer saß?

Oder in der Kneipe sein zehntes Bier stürzte? Ein Stich durchfuhr ihre Magengegend beim Gedanken an Sven. Hatte sie wirklich alles versucht, um ihre Ehe zu retten, oder war sie es, die alles erst zerstört hatte? Schließlich war Sven ja nicht für sich ein schlechter Kerl. Erst die äußeren Umstände hatten ihn zu einem hartherzigen Menschen gemacht und vielleicht war es ihre Bestimmung im Leben, diese Hartherzigkeit zu ertragen, zu dulden, zu lieben. Zu büßen für den schrecklichen Unfall. War nicht Sven ihr ein und alles gewesen? Ihr fehlendes Selbst, ihre zweite Hälfte, die sie als Person erst komplett machte? Irgendwann würde sich alles auflösen, und Sven und Max würden die ganze Wahrheit erfahren. Und Max würde verstehen. Er war doch ihr Sohn, ihr ein und alles. Max würde verstehen. Ob Sven auch verstehen würde, dessen war sie sich keinesfalls sicher, aber das musste sie in Kauf nehmen, schließlich konnte es genau genommen jeden Moment zu Ende gehen mit ihr. Sie musste schmunzeln beim Gedanken daran, so skurril kam ihr diese Überlegung vor, und dennoch musste sie sich damit anfreunden, daran hatten die Ärzte keinen Zweifel gelassen. So sehr sie sich vor wenigen Wochen geschworen hatte, diese Gedanken nicht zuzulassen und gegen die Krankheit anzukämpfen, das Wunder sozusagen zu erzwingen, ihre Genesung als Normalzustand anzusehen, so sehr hatte sie sich nun damit abgefunden, nicht als medizinisches Wunder in die Medizinbücher einzugehen. Vielleicht sollte sie hier einfach einschlafen und nicht mehr aufwachen. Vielleicht war es ihr bestimmt, als Schlagzeile in der Zeitung zu landen, als die Frau, die sich zum Sterben die Terrasse eines Straßencafes in Oberstaufen ausgesucht hatte und am nächsten Morgen von der Kellnerin gefunden würde, die gut gelaunt und pfeifend die Tische für die Gäste vorbereitet. Die dann schreiend ins Innere rennen würde. »Da liegt ne Tote! Da liegt ne Tote!«

Nein, so weit war es nicht. Ein letztes kleines Feuer loderte noch in ihr, das spürte sie. Es war ein winziges Feuer, nicht viel mehr, als ein Funken vielleicht, aber es war da. Es war da. Endlich bog das Auto ein auf den kleinen Parkplatz des Eiscafés. Nicht ein einziger Wagen stand darauf und es war Claudia recht, dass hier niemand sonst zugegen war. Das Eiscafé lag eine Querstraße weg vom Ortszentrum und abends war hier schlichtweg nichts los. Sie erkannte den Wagen sofort, machte aber dennoch keine Anstalten aufzustehen. Sie wollte auch nicht lange bleiben, konnte es auch gar nicht, denn ihre Pläne sahen vor, mit dem bisschen Geld, das sie hoffentlich bekommen würde, nach Lindau weiterzufahren und sich dort in einer kleinen Pension einzumieten. Um den letzten Zug nach Lindau zu bekommen, musste sie sich beeilen.

Als ihre Kontaktperson wieder fort war und sie um das Geld und einige Neuigkeiten reicher war, spürte sie das Feuer noch deutlicher. Wärmer. Größer. Es war fast ein Gefühl von Geborgenheit entstanden, das Verlangen, wieder nach Hause zu gehen, wissend, dass das die schlechteste aller Entscheidungen gewesen wäre. Der Reiz danach schien beinahe übermächtig zu werden. Max. Ihr Max. Wie sehr sie ihn vermisste. Wie sehr sie den Geruch von zu Hause vermisste, ihr eigenes Bett, die kleinen Dinge, die man erst zu schätzen lernt, wenn sie einmal nicht mehr da sind. Claudia machte sich auf und schleppte sich zum Bahnhof. Sie wollte sich nicht fahren lassen, denn es war schon gefährlich genug, alleine erkannt zu werden. Wie zum Abschied nahm sie noch einmal die Bilder in sich auf, die Häuser, an denen sie vorbei ging, den Koffer hinter sich her ziehend. Sie versuchte, alles zu speichern und merkte gleichzeitig, wie unnötig diese Unterfangen war. Wollte sie sich wirklich die Fassade des Hotels einprägen, an dem sie vorbei lief? Die drei großen Buchstaben am Haus des örtlichen Energieversorgers merken? Oder doch vielmehr an ihre Lieben denken? Sollte sie vielleicht doch nach Hause gehen? Sie fühlte sich wie ein Elefant, der zum Sterben einen geeigneten Platz sucht. War dieser Platz vielleicht doch ihr zu Hause?

Nein, sie würde nicht nach Hause gehen. Nicht, solange sie nicht entweder die Krankheit besiegt hatte. Oder tot war.

10

Als Sven am nächsten Morgen mit einem dicken Kopf und einem Geschmack im Mund, als hätte ein Iltis darin sein Geschäft verrichtet, erwachte, war Max bereits dabei, das Frühstück herzurichten. Einen Moment lang war er sich nicht sicher, ob er das alles geträumt hatte oder ob es den Fremden aus der Kneipe wirklich gegeben hatte. Krampfhaft versuchte er, sich den gestrigen Abend noch einmal ins Gedächtnis zu rufen. Er fühlte ein Pochen im Kopf, das ihn schmerzlich an die zahlreichen Biere erinnerte. Das Nachdenken strengte ihn an, doch die Bilder waren glasklar: Ein Fremder, der ihn aufforderte, sich um Max zu kümmern und dann verschwand. Bis Sven draußen auf der Straße war, war der Fremde längst verschwunden, und in seiner gesamten Kneipe schien niemand auch nur Notiz von ihm genommen zu haben. Offenbar hatte ihn nicht nur niemand wahrgenommen, es hatte ihn tatsächlich niemand gesehen. Selbst Günni konnte sich nicht erinnern, jemanden bedient zu haben, der der Beschreibung von Sven entsprach. So, als hätte Sven sich das alles eingebildet, als hätte es den Fremden nie gegeben. Als er wieder in die Kneipe zurückgekommen war, hatten alle ihn angestarrt, als habe er nun endgültig den Verstand verloren und zwischenzeitlich war er sich nicht mal sicher, ob sie nicht Recht gehabt hatten. Günni hatte noch irgendetwas von »besoffenen Selbstgesprächen« gemurmelt, so viel wusste Sven noch.

Die Sonne schien bereits ins Zimmer, es musste schon spät sein. Sven quälte sich aus dem Bett ins Badezimmer, machte sich notdürftig frisch und schlurfte in die Küche.

»Setz dich. Frühstück ist schon fertig«, begrüßte Max ihn kurz angebunden.

»Danke. Das ist sehr nett von dir, Max«, entgegnete Sven und setzte sich an den gedeckten Tisch.

»Das finde ich auch. Echt nett von mir.« Max versuchte gar nicht, den gekränkten Unterton zu verbergen. Er war noch immer sauer, dass Papa noch nicht einmal die Zeit gefunden hatte, ihn vom Krankenhaus abzuholen.

»Nur ein Gedeck?«, fragte Sven.

»Ich habe schon gefrühstückt. Ist ja schließlich schon zehn Uhr vorbei. Und ich muss gleich weg. Zu Lania. Wir sind verabredet.«

»Aber Max, ich würde gerne mit dir...«

»Lass es dir schmecken. Ich bin dann mal weg, komme erst gegen Abend zurück. Hab´s Handy dabei, wenn was ist. Ciao!« Max nahm den Schlüssel vom Tisch, zog die Jacke an und war schon an der Tür, als er Svens halbherzigen Protest vernahm.

»Aber Max, lass uns doch erst mal...« Nein. Max wollte nicht »erst mal«. Er wollte nur weg hier, wollte nicht mit Papa reden, nicht bevor er von Lania erfahren hatte, was sie über Mama herausgefunden hatte. Und er wollte Papa seine Enttäuschung spüren lassen. Max hatte kaum die Tür hinter sich geschlossen, stand Opa Grummel in der Tür und sah seinen Sohn Sven am Tisch sitzen.

»Als ich in deinem Alter war, haben wir doppelt so viel gesoffen! Und dann haben wir am besten geschossen, die Wildschweine rannten nur so, wenn sie merkten, dass wir einen im Tee hatten! Weißt du, was der Unterschied war? Wir haben uns am nächsten Tag nicht so hängen lassen. Wir waren schon morgens früh wieder im Revier und haben...«

»Lass mal gut sein, Opa«, stammelte Sven und rührte lustlos im Müsli. »Ich glaube, ich habe jetzt keine Lust auf deine Jägergeschichten. Ich glaube, ich habe jetzt auch noch Max verloren.«

»Das glaube ich auch«, flüsterte Opa Grummel unhörbar und setzte sich zu Sven an den Tisch. »Ach was. Und wie kommt der gnädige Herr zu dieser tiefgreifenden Erkenntnis?«

»Hör auf mit deinem Sarkasmus«, sagte Sven resigniert und ohne Kampfbereitschaft. »Hör auf, auch noch auf mich einzutreten. Ich liege bereits am Boden.«

»Ach, du Armer. Jetzt liegt der große Sven G. am Boden. Na gut. Dann wird es jetzt Zeit, wieder aufzustehen. Vielleicht lernst du ja deine Lektion doch noch irgendwann.«

Lania erwartete Max bereits im Eiscafé. Sie hatte sich eine Eisschokolade bestellt, und als sich Max zu ihr setzte, grinste Angelo, der spanische Kellner des italienischen Eiscafés so wissend, als ob die beiden ein erstes heimlich-verliebtes Date hatten, was Max wiederum so nervte, dass er beim Hinsetzen beinahe den halben Tisch mitgerissen und Lanias Eisschokolade umgeschüttet hätte. Lania fing den Becher gekonnt ab und meinte nur: »Na, na, na, nicht so stürmisch!«

Max warf dem Kellner einen ärgerlichen Blick zu, doch der hatte sich bereits abgewandt.

»Weißt du was von Mama?«, fiel Max sofort mit der Tür ins Haus.

»Und ob. Sie war wohl bis gestern Patientin in der Klinik.« Max hörte Lania aufmerksam zu und ließ sich nicht einmal durch die kurze Bestellung (er nahm auch eine Eisschokolade) ablenken, so sehr hing er an Lanias Lippen. Als sie ihm die ganze Geschichte in allen Einzelheiten erzählt hatte, schüttelte Max nur leicht den Kopf. »Das wir ja immer noch mysteriöser. Und sie ist nicht verlegt worden, sagst du?«

»Max, ganz ehrlich: Ich glaube wir kommen hier nicht mehr weiter. Wir brauchen Hilfe.«

»Du hast Recht. Wir müssen Schnattermast finden! Aber wie? Wir wissen nichts von ihm!«

»Wir können uns nicht darauf verlassen, dass er sich wieder meldet. Ich meine auch nicht Schnattermast«, ließ Lania vielsagend wissen. »Wir müssen deinen Papa einweihen.«

»Kommt nicht in Frage«, polterte Max los. »Der hatte ja nicht mal Zeit mich vom Krankenhaus abzuholen!«

»Und dann willst du dich auf die gleiche Stufe stellen und jetzt auf gekränkte Eitelkeit machen? Im Selbstmitleid versinken? Mach nicht den gleichen Fehler, sondern nimm die Dinge in die Hand. Er hat es verdient, zu wissen, was wir wissen. Es ist nicht nur deine Mama, Max. Es ist auch seine Frau, die wir da suchen.«

Und wieder einmal war Lanias Wahrheit es so frappierend einfach. Wo es für ihn kompliziert war, war es für sie einfach. Wo er Probleme sah, sah sie Lösungen. Wo er sich nicht traute, hatte sie längst die richtigen Fragen gestellt. Sie beeilten sich, zu zahlen und nach Hause zu kommen. Lania hatte unterwegs angeboten, draußen zu warten, falls Max das lieber mit seinem Vater alleine regeln wollte, aber Max hatte darauf bestanden, dass sie dabei sein sollte. Lania und Max betraten die Küche, wo Papa - inzwischen rasiert, kultiviert und angezogen - am Tisch saß und Zeitung las.

»Max, schön dass du da bist«, strahlte Papa, und es schien ihn wirklich zu freuen.

»Wir müssen reden, Papa«, sagte Max bedeutungsschwanger.

»Dasselbe wollte ich auch gerade sagen«, entgegnete Sven und schenkte Orangensaft ein.

Eine geschlagene Stunde später wussten beide, was der jeweils andere wusste. Das Gespräch verlief ganz anders, als Max es sich ausgemalt hatte. Papa war interessiert und lösungsorientiert, er hatte zugehört, hatte seine Gedanken eingebracht. Und hatte gestutzt, als Max Schnattermast erwähnte. Sven war sich nicht sicher, ob er Max von der Begegnung in der Kneipe erzählen sollte oder ob er sich damit komplett lächerlich machen würde. Doch die Beschreibung, die Max und Lania von diesem Schnattermast gegeben hatten, ließ im Grunde genommen keinen Zweifel daran, dass es diesen Menschen geben musste und dass es derselbe war, den auch Sven bei Günni getroffen hatte. Oder zumindest geglaubt hatte, ihn getroffen zu haben.

»Max, ich glaube, ich habe diesen Schnattermast gestern gesehen. Bei Günni. Er hat mich angelabert und mir gut gemeinte Ratschläge erteilt.«

»Wie bitte? Er war bei Günni? Das gibt's doch gar nicht!«

»Das weiß ich nicht, ob es das gibt, Max.«

»Was meinst du damit?«, fragte Max neugierig. Das Gespräch schien eine Wendung zu nehmen.

»Weißt du, als er weg war, und er war so schnell weg, wie er gekommen war...«

»Das ist Schnattermast, kein Zweifel«, unterbrach Max.

»Psst, lass ihn doch erzählen«, maßregelte Lania ihren Freund.

»...also, als er weg war«, fuhr Papa fort, »wollte niemand in der Kneipe ihn gesehen haben! Ich meine, niemand in der Kneipe wusste etwas von ihm. Keiner konnte sich an einen Typen erinnern, mit dem ich gesprochen habe. Dabei saß er neben mir und hat ein Bier getrunken. Und nicht mal Günni wollte ihn gesehen haben. Wie ein Geist! Ich spinn doch nicht, Max? Oder bin ich jetzt schon komplett durchgedreht?«

»Aber... wie... ich meine... woher...«. Max stammelte vor sich hin, bis Lania die Initiative ergriff.

»Sie meinen also, wie eine Einbildung, so ne Fata Morgana?«

»Genau. Alle haben mich ausgelacht in der Kneipe, als ich sie nach diesem Typen gefragt habe. Und Günni meinte nur: 'Jetzt ist er komplett durchgedreht'. Aber ich habe ihn doch gesehen! Und mit ihm geredet!«

»Was hat er denn genau gesagt?«, fragte Max.

»Er wusste, dass Mama weg ist. Und dass ich mich mehr um Dich kümmern sollte, meinte er. Das kann ich mir doch nicht eingebildet haben!«

»Das Video! Max, du hast doch eine Aufnahme von ihm, im Bus, als ich euch nach geschlichen bin!«

»Natürlich!«, schrie Max. »Da sieht man ihn zwar nur kurz und klein, aber man sieht ihn. Dann werden wir gleich wissen, ob das der Mann ist, den du gestern getroffen hast, Papa!«

»WENN ich gestern jemanden getroffen habe...«, sagte Sven kleinlaut, während Max schon unterwegs war, die Kamera zu holen.

»Von uns zweifelt niemand daran. Dazu ist dieser Schnattermast viel zu mysteriös«, beruhigte Lania ihn. Sven sah sie an.

»Du bist wunderschön, weißt du das? Du erinnerst mich an Claudia, früher, und an... also an...« Er wagte nicht, es auszusprechen.

»Sie meinen, an Ihre Tochter? Sagen Sie es ruhig, ich weiß darüber Bescheid. Und ich fühle mich geschmeichelt...«. Sie senkte den Blick und wurde rot. Selbst Sven war geplättet von Lanias Direktheit. Die Dinge beim Namen nennen. Es konnte manchmal so einfach sein.

»So. Los geht´s«, unterbrach Max die Stille. Er hatte die Kamera am großen Fernseher im Wohnzimmer angeschlossen und spulte die Stelle her, als der Bus um die Ecke bog. Alle drei schauten gebannt auf den Fernseher. »Jetzt, Achtung, da, da kommt...«.

Max verschlug es die Sprache.

»Das... das... ist...nicht möglich. Das gibt's doch gar nicht!«

Noch einmal spulte er das Video zurück. Wieder starrten alle gebannt in den Bildschirm. »Wo ist denn nun dieser Schnatterich?«, platzte Papa vor Neugierde.

»Das... das... gibt's... das gibt's ja gar nicht!«, wiederholte Max, ohne den Blick vom Fernseher zu nehmen. So oft sie es auch ansahen: Auf dem Film war kein Schnattermast zu sehen. Max war klar zu erkennen, wie er einstieg, wie er sich setzte, sogar Lania, wie sie sich in die Bank vor den beiden schlich, aber keine Spur von Schnattermast. Der Platz neben Max im Bus war leer.

»Aber...wir haben ihn doch schon gesehen. Auf dem Video. Auf DIESEM Video! Er! War! Da!«, insistierte Max.

»Ich sag´s ja«, ergänzte Lania, »der Typ ist ein Alien. Oder ein Magier. Oder was weiß ich. Aber jedenfalls nicht normal...«

»Viele Dinge sind unter Umständen ganz anders, als wir denken«, zitierte Max aus einem seiner philosophischen Bücher.

Alle drei starrten in den Monitor. Sven war der Erste, der die Fassung wieder fand.

»Wir müssen jetzt ganz ruhig bleiben. Und überlegen. Und wir müssen zusammenhalten. Ich will Mama zurück.« Er stand zwischen Max und Lania und nahm sie nun beide in den Arm. »Nur zusammen können wir Mama finden.«

Max lief ein Schauer über den Rücken. In diesem einen, kleinen Moment, in dieser einen Sekunde, so glaubte er, hatte er seinen Papa wiedergefunden.

11

Sven war nicht mehr wiederzuerkennen. Seine erste Maßnahme war es, Urlaub zu nehmen und sich selbst von den bissigen Kommentaren seines Chefs nicht beeindrucken zu lassen. Arbeit hin oder her - jetzt gab es eindeutig wichtigeres zu tun. Maßnahme zwei: Sämtlichen Alkohol aus der Wohnung zu verbannen. Er wollte, nein: er MUSSTE einen klaren Kopf bewahren, jetzt, da er mittendrin steckte in einer Situation, die er in dieser Art und Weise niemals für möglich gehalten hätte. Der Entzug tat ihm gut: Er spürte selbst, wie sein analytisches Denken zurückkehrte, wie er wieder leben wollte, wieder Antrieb bekam, wie er erwachte aus seiner jahrelangen Lethargie, neuen Lebensmut fand und mit seiner Aufgabe wuchs. Und diese Aufgabe hieß eindeutig: Claudia zurück bekommen. Die vergangenen Tage hatten es ihm mehr als deutlich aufgezeigt:

Er war der Ausgangspunkt, der die Situation so weit hatte kommen lassen. Er war derjenige, der Claudia vertrieben hatte. Damit war er aber auch derjenige, der nun das Heft in die Hand nehmen musste. Es lag an ihm, ob diese Aufgabe erfolgreich sein könnte oder nicht. Er wollte fortan die Spielregeln bestimmen und nicht mehr länger fremdbestimmt von Selbstmitleid und Apathie durchs Leben gehen. Er war ein neuer Sven geworden. Vielleicht aber war auch ein wenig, ein ganz klein wenig der alte Sven zurückgekehrt. Es war eine Art Unbesiegbarkeitsgefühl aufgekommen in dieser kleinen, verschworenen Dreierkonstellation, Lania war nun jeden Tag hier, gemeinsam versuchten sie, Pläne zu schmieden, wie sie Claudia finden und zurückbekommen könnten. Allein: Erreicht hatten sie bislang nichts, aber auch gar nichts.

Sven hatte in der Klinik nachgefragt, wo man ihm mit Hinweis auf die ärztliche Schweigepflicht lediglich bestätigte, dass Frau Grünlinger Patientin der Klinik gewesen, aber inzwischen mit unbekanntem Ziel verschwunden war. Sein erneuter Versuch, die Polizei einzuschalten, scheiterte, weil ihm der Beamte eindeutig zu verstehen gab, dass es sich beim Verschwinden seiner Frau doch wohl eher um ein eheliches Problem als um eine

Straftat handeln würde. »Die Eheberatungsstelle ist zwei Häuser weiter«, hatte der Polizist gesagt, gelacht und sich umgedreht und Sven war kurzzeitig versucht gewesen, seine verbliebenen Manieren komplett zu vergessen. War wohl besser, dass er sich aber noch kurz vor der Schimpfwortexplosion gebremst und lediglich die Faust in der Tasche geballt hatte. Dennoch mussten sie sich heute eingestehen: Sie waren in der Sache keinen Schritt weitergekommen. Und trotzdem fühlte es sich irgendwie gut an. Für Sven sowieso. Er hatte ein klares Ziel vor Augen und zudem die Möglichkeit, etwas zu erreichen. Dass er sich selbst längst die Schuld für alles gegeben hatte, musste er nicht extra laut aussprechen, alle spürten, dass er diese Schuld spürte. Und dass er in der Lage zu sein schien, die daraus entstehende Energie nicht mehr länger zu nutzen, um andere zu belasten, sondern vielmehr um gemeinsam ein Ziel zu erreichen.

Aber auch für Max fühlte sich die Situation irgendwie gut an, zumindest besser, als noch vor ein paar Tagen. Er konnte es noch nicht wirklich greifen, zu frisch war die Verwandlung seines Vaters, zu ungewohnt die Situation, dass er mit Papa so offen reden konnte. Max traute sich noch nicht, sich uneingeschränkt darüber zu freuen, weil er insgeheim immer noch Angst hatte, Papa könnte in seine alten Muster zurückfallen. Nur Lania schien die Fröhlichkeit in Person. Sie war es, die Zuversicht und Optimismus ausstrahlte, wie groß die Rückschläge auch immer sein mochten. Sie war nun jeden Tag hier, aß mit Grünlingers zu Mittag und zu Abend und gehörte schon ein klein wenig zur Familie.

»Habt ihr gehört? Es wurden wieder Wilderer gesichtet!« Opa Grummel war der Einzige, den sie noch nicht in die Geheimnisse eingeweiht hatten, und das, so waren sie sich einig, sollte vorerst auch so bleiben. Zum einen konnte er ohnehin nicht viel Hilfe beisteuern, zum anderen wollten sie ihn nicht noch mehr mit der Situation belasten.

»Ja, ist schon klar, Opa«, gab Sven gleichmütig zurück. Alle vier saßen beim Abendbrot zusammen.

»Nein, wirklich! Die Hund´, die mistigen, haben einen stolzen Rehbock geschossen, und direkt vor Ort ausgenommen! Den Kopf hams mitgenommen, und das, was sie nicht brauchen konnten, im Wald liegen lassen! Welcher Jäger macht denn sowas? Das müssen Wilderer gewesen sein!«

Lania schmunzelte Max zu, der fast unmerklich den Kopf schüttelte, wie um zu sagen: Du musst ihm nicht alles glauben. Doch Lania hatte den verqueren Alten längst in ihr Herz geschlossen.

»Aber da muss man doch etwas tun dagegen!«, gab sie sich empört und bestärkte Opa in seiner Aufregung.

»Meine Rede! Meine Rede, junge Dame. Wir werden gleich morgen früh ins Revier gehen. Alle ehemaligen und alle aktiven Jäger zusammen und da nach Spuren suchen!«. Opa platzte fast vor Stolz ob dieser Neuigkeit.

»Na, da werden nicht viel zusammenkommen, nehme ich an«, schmunzelte Sven. »Aktive Jäger gibt's nur noch zwei. Und ehemalige auch noch zwei. Dich und den Margreiter. Und der sitzt im Rollstuhl.«

»Du wirst schon sehen, wir machen denen den Garaus, dem sappralotts Wildererpack!«

»Richtig so«, pflichtete Lania bei. »Man darf sich nicht alles gefallen lassen.«

»Du gefällst mir, Kleine. Du hast Verstand, nicht so wie der alte Pessimist da.« Opa Grummel deutete mit einer abfälligen Handbewegung auf Sven und fuchtelte mit dem Brotzeitmesser vor dessen Gesicht.

»Langsam, Opa, langsam«, beruhigte Sven ihn.

»Und du erinnerst mich an jemanden«, fuhr Opa unbeeindruckt fort. »Jaja, du erinnerst mich. Ich weiß nur noch nicht, an wen.«

»Opa, wir sind morgen den ganzen Tag unterwegs. Ich kann dir aber Nudeln in den Ofen stellen, wenn du magst.«

»Da siehst du es«, entgegnete Opa Grummel an Lania gewandt. »Er ist ein klein wenig begriffsstutzig. Hatte ich nicht vor wenigen Minuten gesagt, dass ich morgen in der Jagd draußen bin? Hatte ich das nicht gesagt, junge Dame?«

»Doch, das hatten Sie«, pflichtete Lania ihm bei und lächelte ihn an.

»Jetzt weiß ich es«, platzte es aus Opa heraus. »Jetzt weiß ich, an wen du mich erinnerst...« Die Gabel fiel ihm aus der Hand und klirrte auf den Teller. Opa saß mit staunend-offenem Mund da, sein Blick fixierte Lania und doch sah er so aus, als hätte er ein Gespenst gesehen.

»Noch jemand etwas Brot?«, fuhr Sven dazwischen, und hoffte, Opa würde damit den Gedanken auch wieder vergessen.

»Du... bist... du... bist... wie...«

»Ja, sie hat eine gewisse Ähnlichkeit mit Claudia, nicht wahr?« Sven bemühte sich, so normal wie möglich zu erscheinen. »Schließlich hatte auch er die frappierende Ähnlichkeit Lanias mit Claudia und nicht zuletzt mit Anna-Marie festgestellt. Das wiederum wollte er aber heute Abend sicher nicht thematisiert wissen, weil dann das Gespräch mit Sicherheit auf Claudia käme. Und damit die Gefahr bestünde, dass jemand der drei etwas Preis gibt, was nicht für Opa Grummels Ohren bestimmt war. Zumindest noch nicht.

»Wisst ihr was? Ich kann euch ein Geheimnis verraten. Und das werdet ihr kaum glauben können, das sag ich euch«, sagte Grummel.

»Wir können´s kaum erwarten«, nuschelte Sven und gab sich betont gleichgültig. Wenn es denn so sein sollte, dass auch jetzt über Claudia gesprochen wird, dann sollte es eben so sein, dachte er sich.

»Früher«, setzte Opa an, und im selben Moment erhellte sich Svens Miene wieder, weil er wusste, was jetzt kommen würde. »...früher, da haben wir dem Wildererpack eine Ladung...«

Sven und Max sprachen Opa Grummels Worte im Chor mit: »...Schrotkugeln in den Allerwertesten gejagt, dass sie zwei Wochen nicht sitzen konnten!«

Alle brachen in Lachen aus, was Opa zu der Feststellung brachte: »Das habe ich wohl schon mal erzählt, was?«

Später, als Opa Grummel schon wieder in seiner Wohnung war, saßen die drei noch immer am Küchentisch. Es musste etwas geschehen, das war ihnen klar.

»Wie sollen wir denn jetzt vorgehen? Seit wir wissen, dass Mama in dieser Klinik war, wissen wir gar nichts mehr, ich meine, nichts Neues mehr«, gab sich Max resigniert.

»Wir müssen Schnattermast finden, ich glaube, dass er der Schlüssel zu allem ist«, schlug Sven vor.

»Aber wie sollen wir das machen? Wir wissen nichts von ihm«, entgegnete Max.

Lania überlegte. »Wir sollten dort anfangen, wo wir die besten Spuren hatten«, sagte sie. »Das sind vor allem die Bushaltestelle in Knechtenhofen und die Plakatwand am Marienplatz in Immenstadt. Wenn er uns eine Nachricht hinterlassen kann, warum sollten wir das nicht auch können?«

12

Er war aufgeregt, nervös. So kannte er sich selbst nicht. Es war ihm fremd, schließlich war er doch bislang das Selbstbewusstsein in Person. Doch heute war es anders. Sein erster Rapport stand an, zum ersten Mal sollte er Bericht erstatten. Schließlich hatte er einen Auftrag zu erfüllen und die Spielregeln waren klar gewesen. Sie wurden ihm unmissverständlich mitgeteilt, damals, als er diesen Auftrag bekam. Darauf, etwas falsch verstanden zu haben, konnte er sich also nicht berufen, falls man ihn heute tadeln würde. Aber wofür sollte er getadelt werden?

Er versuchte, das Vergangene noch einmal wach zu rufen. Nein, er hatte sich aus seiner Sicht nichts zu Schulden kommen lassen. Sein Auftrag war auf dem Weg, ob er erfolgreich werden würde, hing nicht zuletzt davon ab, ob seine Hauptpersonen weiter so mitarbeiten würden. In den letzten Tagen kamen die Dinge etwas ins Stocken, das musste er zugeben. Zunächst hatte alles so gut ausgesehen, so, als ob sich alles nach Plan entwickeln würde.

Aber es war auch nicht gerade einfach, beruhigte er sich selbst. Für einen ersten Auftrag empfand er die Aufgabe durchaus als anspruchsvoll, schließlich konnte er ja nicht einfach losgehen und die Dinge in Ordnung bringen. Das nämlich war strengstens verboten, Regel Nummer 1, wie sein Teamleiter zu sagen pflegte. »Wir dürfen nur den Anstoß geben und an den richtigen Stellen kleine Stellschrauben drehen. Der Rest muss dann einfach geschehen.« Er hatte die Worte nur allzu gut im Ohr. Damals, als er das erste Mal hier war. Als sich die Türe das erste Mal geöffnet hatte und dahinter ein riesiger, komplett in Weiß gehaltener und unmöblierter Raum zum Vorschein kam. Nur sein Teamleiter saß in seinem Sessel, ebenfalls ganz in weiß, und hatte ihm den Sessel gegenüber angeboten. Sie plauderten und unterhielten sich so normal, als ob sie sich schon ewig kannten. Ewig. Was für ein Begriff, wenn man nicht mehr in normalen Zeiteinheiten denkt...

Das Warten kam ihm jetzt ewig vor. Wieder und wieder betrachtete er die Tür, die sich hoffentlich gleich öffnen und ihm so das Zeichen zum Eintreten geben würde. Er war allein in diesem langen Gang, der komplett verspiegelt war, auf der ganzen Länge. Es gab keine Türen, keine Bänke, keine Blumen, keine Bilder, nichts. Nur den Gang, die Spiegel und diese eine Türe. Sie war in einem tiefen, reinen und kräftigen blau, aus Metall offenbar, keine Klinke, keine Verzierungen, keine Ornamente. Eine einfache Tür in einem langen Gang. Wieder musste er daran denken, wie er das erste Mal hier war, um seinen Auftrag entgegen zu nehmen. Alles kam ihm noch größer, noch fremder vor, damals. Aber damals hatte er auch nicht die leiseste Ahnung davon, was ihn hier erwarten würde. Heute zumindest war klar, dass er Bericht erstatten sollte. Und gleichzeitig war ihm mehr als klar, dass sein Teamleiter bereits alles wusste, was er wusste. Wie konnte es auch anders sein? Deshalb sah er den heutigen Termin auch eher als kreative Manöverkritik. Vielleicht würde er einige Tipps bekommen, wie er weiter vorgehen sollte. Vielleicht würde man ihm sagen, was er verbessern könnte. Und wie er die Dinge beschleunigen konnte. Denn die Zeit, das war ihm klar, war ein auch für ihn unberechenbarer Faktor. Vor allem dann, wenn die Zeitbegriffe komplett verschieden sind. Sein Zeitbegriff spielte sich längst nicht mehr in Minuten, Stunden, Tagen ab. Er dachte in weit größeren Einheiten, während für die Menschen Minuten alles bedeuten, ja zwischen Leben und Sterben entscheiden konnten. Auch wenn er sich bereits mehr und mehr davon entfernte, noch waren ihm die Zeitbegriffe der Menschen durchaus vertraut, schließlich war es noch nicht so lange her, dass er noch selber Teil dieser Welt war. Er konnte es allerdings nicht wirklich greifen, wie lange es tatsächlich her war, dass er in der Welt der Lebenden war. Und irgendwie, auf eine ganz geheimnisvolle Weise, tat es ihm auch gut, immer mal wieder in die Welt der Menschen eintauchen zu können. Eine menschliche Gestalt annehmen zu können und unter seinesgleichen zurückzukehren.

Seinesgleichen?

Nein, davon musste er sich nun endgültig verabschieden. Er gehörte nicht mehr zur Welt der Menschen. Daran konnten auch seine Kurzausflüge nichts ändern, und wenn es nach ihm gegangen wäre, hätte er viel mehr Zeit bei den Menschen verbracht, zu vertraut, zu nah kam ihm das alles vor, zu frisch waren seine Erinnerungen an das Mensch sein, an das Leben, das er einmal geführt hatte, wenngleich er sich nicht daran erinnern konnte, wo oder wie er gelebt hatte. Waren es Monate oder Jahre oder Jahrhunderte her, seit er Teil der menschlichen Welt gewesen war? So sehr er sich mühte, er konnte sich nicht an sein Leben erinnern, nur an das Gefühl, wie es war, ein Mensch zu sein. Zu wohl fühlte er sich, wenn er sprechen konnte, spazieren gehen, Menschen beobachten und mit ihnen reden konnte. Wenn er teilhaben konnte an ihrer Welt, und wenn es nur für kurze Momente war. Vor allem Lania hatte es ihm angetan, auf eine unerklärliche, innige Weise fühlte er sich ihr verbunden, mehr noch als er sich Max nahe fühlte. Doch die Spielregeln waren andere. Für ihn galten die menschlichen Regeln nicht länger, seine Spielregeln waren anders. Größer. Und auch schwieriger. Warum zum Beispiel waren seine irdischen Zeiten so eingeschränkt? Warum durfte er nur so selten und immer nur so kurz zurückkehren? Wie sollte er denn seine Aufgabe zuverlässig erfüllen, wenn seine Anwesenheit so eingeschränkt war? Und warum fühlte es sich so seltsam an, gerade in diesen Ort zu kommen? Jedes Mal, wenn er an Oberstaufen dachte, zog sich in ihm etwas zusammen, das er nicht definieren konnte. Max war ihm so wichtig geworden, Lania noch viel mehr, würde er ihnen helfen können? War das der Sinn seiner Existenz? Musste er noch etwas aus einem früheren Dasein aufarbeiten? Diese Fragen wollte er stellen, jetzt, wenn die Türe sich hoffentlich gleich öffnen würde.

Wieder und wieder starrte er auf die Türe, als könnte er mit seinen Gedanken die Zeit bis zum Öffnen der Türe verkürzen und als sie begann sich zu öffnen, wollte er, ganz seiner menschlichen Gewohnheit folgend, noch einmal sein Äußeres im Spiegel neben der Türe überprüfen. Doch der Spiegel erwiderte sein Bild nicht. Lediglich die rückwärtige, ebenfalls verspiegelte Wand war zu sehen. Von ihm: Keine Spur. Er musste schmunzeln, denn eigentlich hätte er es wissen müssen. Sein irdischer Körper war nicht mehr länger existent, und was er jetzt war, war nicht mit Materie, nicht mit Gestalt, nicht mit Aussehen zu beschreiben. Er war. Er fühlte. Er existierte. Und das musste genügen.

Das Licht, das aus dem Raum hinter der Türe schien, blendete ihn einen Moment lang so stark, dass er nichts sehen konnte und erst einen weiteren Augenblick später registrierte, dass nichts so war wie bei seinem ersten Besuch:

Er stand in einem riesigen Garten, stellenweise einem Urwald gleich, stellenweise so gepflegt und irdisch wie vor einem englischen Landhäuschen. Es waren keine Begrenzungen vorhanden, keine Wände, keine Decke. Sein Teamleiter erwartete ihn in einem Korbsessel unter einem riesigen Baum, der mit weit ausladender Krone Schatten spendete, wenngleich er nicht sagen konnte, ob es hier heiß oder kalt war. Diese Empfindung war offenbar nicht mehr vorhanden.

»Wie läuft´s mit deiner Aufgabe?«

»Nun«, entgegnete er, noch verwirrt von dem Garten, in dem er nun saß, »in letzter Zeit stockt es ein wenig.«

»Wie kommt´s?«, wollte sein Gesprächspartner wissen.

»Ich weiß nicht genau, wie viel ich helfen kann und wo meine Grenzen sind. In den letzten Tagen habe ich mich zurückgezogen und die Dinge laufen lassen. Wohlgemerkt nachdem ich einen großen Stein ins Rollen gebracht habe«, sagte er nicht ohne Stolz.

»Du meinst die Veränderung von Sven? Das stimmt. Der Besuch in seiner Kneipe war ein cleverer Schachzug. Aber gleichzeitig gefährlich, weil zu viele Menschen anwesend waren. Das hätte auch in die Hose gehen können.«

»Ich wusste nicht, wie ich sonst an ihn herankommen sollte. Er ist so hartherzig.«

»Das hast du durchaus gut gelöst«, lobte sein Teamleiter.

»Es wäre einfacher, wenn ich öfters da sein könnte«, tastete sich Jophiel Schnattermast vorsichtig an einen Hauch von Kritik.

»Hör gut zu, Jophiel. Es ist immer einfach, alles in die Bahnen zu lenken. Aber das ist nicht unsere Aufgabe. Wir sind nur da, um da und dort kleine Anstöße zu geben. Um zu unterstützen, wenn der Ausweg fehlt. Und um zu schützen, wo es irdisch nicht geht. Jeder da unten hat seine Aufgabe zu erfüllen. Wir können die Steine nur ins Rollen bringen, und zwar so clever, dass die Menschen in die richtige Richtung wandern, ohne es wirklich zu merken. Dass du dich zu erkennen geben darfst, noch dazu als Anfänger, ist bereits eine riesige Ausnahme. Normalerweise lassen wir uns erst gar nicht sehen, sondern ziehen die Fäden im Hintergrund.«

»Aber weswegen? Die Aufgabe ist doch klar definiert, und wenn ihr wollt, dass sie erfüllt wird, lasst mich doch deutlicher eingreifen?«

Jetzt musste sein Teamleiter schmunzeln. Gütig sah er aus, in seinem einfachen Outfit, mit Jeans und T-Shirt, ganz locker und entspannt.

»Da hast du etwas falsch verstanden, Jophiel«, sagte er ohne jegliche Härte oder Überheblichkeit. »Eben nicht! Denn wenn dein Schützling seine Aufgabe nicht erfüllt, obwohl du ihm die richtigen Hinweise gegeben hast, können nicht einmal wir helfen. So soll es eben sein. Wir können den Weg nicht vorbestimmen. Wir können und wollen und dürfen nicht alles planen. Die Selbstbestimmung der Menschen steht über unserer Arbeit. Wir dürfen nur versuchen, die richtige Richtung vorzugeben. Das so zu tun, dass die Menschen erst gar nicht merken, dass sie geführt werden, und wenn sie es doch merken, es positiv empfinden, das lieber Jophiel, ist die hohe Kunst unserer Arbeit.« Er lehnte sich zurück und ließ eine lange Pause, als ob er Jo die Gelegenheit geben wollte, das Gehörte zu verarbeiten. Jo spürte, dass die Zeit für Zwischenfragen noch nicht gekommen war. Er hing an den Lippen seines Teamleiters, schließlich hatte er noch viel zu lernen, das war ihm klar. Doch der machte erst einmal keine Anstalten, weiter zu reden. Er sah ihn nur an, und als Jophiel seinen Blick erwiderte, sagte er nur: »Du musst wieder los. Lania hat dich gerufen.«

»Aber ich möchte doch noch... nein, ich muss doch noch so vieles...«

»Genug«, unterbrach sein Teamleiter. Du musst erst einmal gar nichts, außer deine Arbeit tun. Geh jetzt. Und vergiss nicht: Du darfst nur noch ein einziges Mal zurückkehren und menschliche Gestalt annehmen. Ein einziges Mal!«

Jophiel stand auf und wandte sich zur Tür. Noch einmal drehte er sich um.

»Gestatte mir noch eine letzte Frage.« Sein Teamleiter blickte auf und sah ihn nun mit wachem und freundlichem Blick an.

»Wer bitteschön hat mir eigentlich diesen vollkommen bescheuerten Namen verpasst?«

13

Claudia hatte eine Entscheidung zu treffen. Wieder einmal. Die letzten Tage hatten ihr so zugesetzt, dass sie beinahe nicht mehr aus dem Bett aufkam. Ihr Leben war kein Leben mehr. Es war ein Dahinvegetieren. Die letzten Schmerzmittel waren längst aufgebraucht, inzwischen war sie so geschwächt, dass selbst der Weg vom Bett ins Bad zu einer echten Tortour wurde. Was sollte sie nur tun? Seit sie die Therapie im Krankenhaus abgebrochen hatte, hatte sie das Haus so gut wie gar nicht mehr verlassen. Die kleine Pension, in der sie sich eingemietet hatte, gab ihr so etwas wie eine Zuflucht. Aber sie war weder ein zuhause noch eine Hilfe. Als sie hier ankam, konnte sie zumindest noch das eine oder andere Mal zum Hafen spazieren, sich den Lindauer Löwen ansehen, die berühmte Hafeneinfahrt, die Uferpromenade entlang flanieren, langsam, mit vielen Pausen, fast jede sich bietende Sitzgelegenheit zur Pause nutzend, aber immerhin. Von Tag zu Tag ging es ihr nun aber schlechter und genau genommen wartete sie beinahe stündlich darauf, dass sie endlich zu atmen aufhören und friedlich einschlafen würde.

Wenn nur die Schmerzen nicht wären, dachte sie sich. Die Schmerzen ließen an ein friedliches Einschlafen, ob nun für die Nacht, für ein paar Stunden wenigstens oder für immer, erst gar nicht denken. Unerträglich wurden sie, schubweise krampfte sie zusammen, teils so heftig, dass sie sich vor lauter Schmerz übergeben musste. Dass sie längst nur noch Magensäure erbrach, weil sie seit Tagen keine feste Nahrung zu sich nahm, verschlimmerte den Zustand zusehends. Sie sah sich im Spiegel an. Was war das nur für eine Fratze, die ihr da aus dem Spiegel entgegenblickte? Wer war diese Person? Abgemagert, eingefallen, die Haut aschfahl. Sie wollte den Gedanken noch immer nicht zulassen, aber bei diesem Blick in den Spiegel traf er sie mit voller Wucht: Das ist das Gesicht einer Toten, dachte Claudia und ihr wurde schwindelig. Sie dachte an Max, an ihren Max, den sie so sehr vermisste. Was gäbe sie dafür, ihn noch einmal in die Arme schließen zu können, bevor das Unvermeidliche geschehen würde. Das Klopfen an der Tür hörte sie nicht. Nicht mehr. Ein Glück, dass das Zimmermädchen der Pension, in der sie Unterschlupf gesucht hatte, gerade jetzt vorbei kam, gerade in dem Moment die Türe öffnete, als Claudia vor dem Spiegel zusammenbrach und im Fallen sämtliche spärliche Requisiten ihres Lebens mit abräumte. Die wenigen Kosmetikartikel, die Zahnbürste, die Parfümfläschchen, die Medikamentendosen - alles fiel laut scheppernd zu Boden, und Claudia mit. Das Zimmermädchen brachte außer einem lauten Schrei des Erschreckens nichts wirklich vernünftiges hervor, und noch bevor sie sich um Claudia kümmern konnte, stand bereits der Mieter des Nachbarzimmers im Raum, der das laute Geräusch und den Schrei wohl mitbekommen haben musste.

»Einen Arzt. Schnell. Wir brauchen einen Arzt«, sagte er, als er sich herunterbeugte und Claudias Kopf zu stabilisieren versuchte. »Nun machen Sie schon«, schrie er das Zimmermädchen an, das noch immer beide Hände vor den Mund geschlagen im Badezimmer stand und offenbar vorhatte, hier Wurzeln zu schlagen. »Los!«

Sie rannte die Treppe hinunter, rief den Notarzt, und nur wenige Minuten später sahen die erstaunten Gäste der Pension, wie eine abgemagerte, eingefallene Frau infusionsbehangen und offenbar bewusstlos auf einer Liege abtransportiert und in den Krankenwagen gebracht wurde.

»Das muss reichen.« Lania trat einen Schritt zurück, um das selbst gemalte Plakat besser begutachten zu können. Es war so groß wie ein Zeichenblock und bestand aus lediglich drei Worten: »Jo, melde dich.« Mehr nicht. Derjenige, für den die Botschaft bestimmt war, würde sie zu deuten wissen, und allen anderen wäre das kleine Plakat sowieso egal. Sie klebte ihr Plakat auf die riesige Großflächenwerbung, die Jo damals zur Kontaktaufnahme mit Max genutzt hatte und die längst von einer Werbung für eine Filmproduktion in Kempten abgelöst worden war.

»Mehr können wir momentan nicht tun, denke ich«, sprach Lania ihre Gedanken laut aus.

Max und Lania setzten sich gegenüber auf die kleine Bank und warteten. Der Marienplatz, auf dem das Großflächenplakat stand, war heute gut besucht, Autos durften hier nicht fahren, es war eine Art Stadtmittelpunkt, mit der Mariensäule im Zentrum, gesäumt von vielen alten und stolzen Gebäuden, darunter das Rathaus, ein Café und zahlreiche Geschäfte. Viele Menschen gingen zum Einkaufen, in der Apotheke gegenüber war ein Kommen und Gehen (offenbar hatten die Frühjahrserkältungen zugeschlagen), Max und Lania saßen mit dem Rücken zum größten Gebäude auf dem Platz, dem Immenstädter Schloss, in dem bis vor kurzem noch die Polizeiwache untergebracht gewesen war. Seit deren Auszug wurde hier fleißig umgebaut und die alte Fassade war im Moment komplett mit einem Gerüst versehen, so dass man noch nicht erkennen konnte, wie das Schloss später einmal aussehen würde, nachdem es renoviert war.

»Sag mal, hast du deine Strafarbeit eigentlich schon gemacht?«, wollte Max wissen. »Wenn nicht, mache ich die gerne für dich, weil ich ja auch Schuld daran bin, dass du...«

»Jetzt fang nicht schon wieder damit an«, wiegelte Lania ab. »Ich hab schon angefangen und wie ich schon sagte: Südafrika ist ein schönes Land.« Sie schmunzelte ihn an, so voller Zuversicht und Wärme, dass Max dem Lächeln nicht standhalten konnte und wegsehen musste.

»Weißt du, was seltsam ist?« fragte Max.

»Was denn?«

»Dass ich eigentlich gar nichts von dir weiß. Du gehst bei uns ein und aus, als ob du zur Familie gehörst - was mich übrigens sehr freut - und ich weiß noch nicht einmal, wer deine Eltern sind.«

»Meine Eltern?« Lania lächelte. »Du hast mich ja auch nie danach gefragt. Und außerdem sind die nicht so spannend. Nicht so wie deine!«

»Naja, ich weiß nicht ob das so ein erstrebenswerter Zustand ist. Manchmal wünschte ich mir, meine Eltern wären weniger aufregend. Und dafür zusammen. Und glücklich.«

»Ich glaube, meine Eltern sind glücklich. Zumindest, soweit ich das beurteilen kann. Irgendwie werde ich das Gefühl nicht los, dass wir hier her gehören, nach Oberstaufen. Seit wir hier sind, sind Papa und Mama irgendwie anders. Aufgeräumter. Angekommen. Verstehst du, was ich meine?«

»Nicht direkt«, gab Max zu.

»Ich habe dir doch erzählt, wo wir schon überall gewohnt haben. Nirgends war es so wie hier. Ich hoffe so sehr, dass wir diesmal länger bleiben können.« Für immer, ergänzte sie in Gedanken. »Nur Mama wirkt manchmal irgendwie etwas bedrückt.«

»Weißt du was? Ich komme euch jetzt endlich mal besuchen. Wird doch höchste Zeit, oder nicht? Oder möchtest du das nicht?«

»Und ob ich das möchte. Mama fragt eh schon ständig nach dir. Nachdem sie mir ja erst Jürgen vorgesetzt hat, brennt sie darauf zu erfahren, wer denn nun dieser Max eigentlich ist.«

Max glaubte, seinen Ohren nicht zu trauen. »Jürgen? Wieso Jürgen? DEN Jürgen? Ich meine, den Jürgen, der... also der in unserer Klasse... der immer so... also...«

»Bleib ganz ruhig Max. Genau der Jürgen, ja. Aber eben nur, weil sein Papa und mein Papa Arbeitskollegen sind. Ich kann ihn nicht ausstehen, wenn es dich beruhigt.«

Und wie ihn das beruhigte! Allerdings kam er auch gar nicht dazu, weiter darüber nachzudenken, denn Lania sprang plötzlich auf. »Da! Da drüben! Ist das nicht Schnattermast?«

Kein Zweifel. Direkt am Plakat stand, wie aus dem Nichts gekommen, Jophiel Schnattermast, so, als ob nichts wäre, als ob er schon ewig hier stünde, als ob er hier her gehörte. Lania und Max sprangen auf und rannten über den Platz.

Sie waren noch nicht recht bei ihm, begrüßte Jo die beiden freudestrahlend und so überzeugend, dass man ihm einfach nicht böse sein konnte.«Hallo ihr zwei, schön, euch zu sehen! Ihr habt mich gerufen?«

»Gerufen. Gerufen! Wir sind verzweifelt, das ist es!« Max hyperventilierte fast vor Aufregung. »Weil... weil... weil so viel passiert ist und wir trotzdem noch nichts von Mama wissen und jetzt sind wir echt in Sorge und wir dachten, dass Sie, also dass du...«

»Jetzt beruhigt Euch erst mal, wir setzen uns da drüben hin und dann erzählt ihr mir alles ganz in Ruhe.«

»Ha ha ha«, sagte Lania süffisant. »Dass ich nicht lache. Als ob Sie nicht schon längst wüssten, was wir zu erzählen haben. Ich weiß zwar noch nicht wer oder was Sie genau sind, aber ich weiß, dass Sie doch schon wieder wissen, was bei uns los ist.«

»Nun«, entgegnete Schnattermast ruhig, »in der Tat sind mir gewisse Sachverhalte durchaus bereits bekannt. Zum Beispiel dass sich dein Papa ein klein wenig verändert hat, Max. Nicht wahr?«

Max schluckte und sah zu Boden. Ja, es war eindeutig. Papa hatte sich verändert, zum Positiven verändert, allein dass Schnattermast das wusste, war durchaus bemerkenswert.

»Wenn Sie das gemacht haben: Danke dafür. Ich hoffe nur, dass das nicht nur ein kurzzeitige Veränderung ist.«

»Das, lieber Max, liegt nicht zuletzt an dir«, entgegnete Jo vielsagend.

»Genug des Vorgeplänkels. Ich weiß, dass ihr etwas wissen wollt von mir. Ihr kennt aber auch die Spielregeln: Keine Rückfragen. Daran hat sich nichts geändert. Ihr könnt aber zuhören und die richtigen Schlüsse ziehen, das weiß ich. Also hört mir gut zu.«

Lania und Max rückten noch näher zusammen, nahmen Jophiel ganz eng in die Mitte und steckten die Köpfe zusammen.

»Wichtig ist zunächst, dass ihr folgendes versteht und akzeptiert: Alles, alles, was hier gerade geschieht, ist für etwas gut. Vielleicht sollte ich sagen: KANN für etwas gut sein. Es gibt nämlich nichts auf der Welt, mag es zunächst auch noch so mies erscheinen, das nicht einen tieferen Sinn hat. Auch das Leid. Denn ohne die Dunkelheit gäbe es auch das Licht nicht. Und ohne den Schmerz gäbe es keine Heilung. Und ohne den Streit gäbe es keine Versöhnung.«

»Toll«, gab Max resigniert zurück, und schon wieder stand ihm das Wasser bedrohlich weit in den Augen. Doch er wollte nicht weinen, nicht um alles in der Welt. »Wirklich toll. Ich dachte echt, Sie könnten und würden uns helfen, und stattdessen halten Sie uns philosophische Vorträge.«

Schnattermast holte tief Luft.

»Langsam, Max. Das hat schon alles einen konkreten Nutzen, was ich dir hier erzähle. Denn so ist es auch mit deiner Mama, Max. Wie war denn das Leben mit ihr?« Offenbar meinte Schnattermast diese Frage durchaus ernst.

»Super war es!«, schrie Max ihn an. »Es war ein Leben! Ich hatte eine Mama! So, wie alle normalen Menschen! Und jetzt? Jetzt hab ich nichts mehr!«

»Das stimmt nicht ganz, Max«, erwiderte Jo völlig ruhig und gefasst. »Du hattest eine Mutter, ja. Aber hattest du auch eine Familie? Ich meine, wirklich? Wart ihr eine Familie oder habt ihr nur vorgegeben, eine solche zu sein?«

»Wie... wie meinen Sie das? Wie meinst du das?«

»So, wie ich es sage. Wart ihr eine Familie oder wart ihr eine Zweckgemeinschaft? Ich zweifele keine Sekunde daran, wie sehr du deine Mama liebst, Max. Aber wie geht es deinem Vater, besser: Wie ging es ihm? Liebte er euch beide auch so innig? Dich vielleicht schon. Aber gab es nicht Tendenzen in eurer Familie, die euch nicht unbedingt uneingeschränkt als gemeinsame Familie erscheinen ließen? Schau mal, Max: Ohne ihr Verschwinden hätte dein Vater nicht gemerkt, was ihm fehlt. Ohne ihre Krankheit wäre sie vielleicht erst gar nicht verschwunden. Nur die bedingungslose Liebe, die ihr alle ihr jetzt schicken müsst, kann ihr helfen. So kommt eines zum anderen. Nicht zuletzt hätten wir dir sonst Lania nicht schicken können.«

»Wie meinst du das? Heißt das, du und Lania, ihr arbeitet zusammen?« Max sah Lania an und konnte in ihrem Gesicht lesen, dass sie mindestens ebenso verwirrt war, wie er selbst.

»Nein, keine Angst«, lachte Schnattermast. »Lania wusste davon ebenso wenig wie du oder dein Vater.«

»Aber was hat das dann zu bedeuten, Sie hätten mich geschickt? Mich hat niemand geschickt!«, bekräftigte Lania.

»Ruhig Blut, ihr beiden, lasst mich doch erzählen. Es gibt eben gewisse Dinge, die die Menschen bis heute nicht verstanden haben. Gewisse Hilfestellungen, die sie von Zeit zu Zeit bekommen. Gewisse Richtungsweisungen von oben, wenn man so will...«

»Fingerzeige des Schicksals, meinst du. Das steht in einem meiner Bücher«, flüsterte Max, mehr zu sich selbst als zu Jophiel.

»So könnte man es nennen. Schicksal ist nur ein Begriff dafür. Ich sage nur so viel: Manchmal greifen höhere Mächte ein und helfen den Menschen, den richtigen Weg einzuschlagen. Und diese Zeichen sind mal mehr, mal weniger deutlich. Ob die Menschen sie sehen können und dann auch noch die richtigen Schlüsse daraus ziehen, bleibt allerdings ihnen überlassen.«

»Und Sie sind so ein Richtungsgeber?«, wollte Lania wissen.

»Ja, das kann man so sagen.'Richtungsgeber' ist übrigens ein sehr schöner Begriff für das, was wir tun«, lobte Jophiel in Lanias Richtung, die das allerdings nicht als Lob verstanden wissen wollte und Max ansah. Der grübelte. Und grübelte.

»Ein Engel! Sie sind ein Engel!«, platzte es förmlich aus Max heraus.

»Manche nennen uns vielleicht auch Engel, ja. Es gibt viele Begriffe dafür. Und es ist sehr, sehr ungewöhnlich, dass wir uns zeigen dürfen. Normalerweise bekommen uns die Menschen nicht zu Gesicht und wir arbeiten im Verborgenen. Auch jetzt bleibe ich für die anderen Menschen verborgen. Nur ihr könnt mich sehen. Und dein Vater, wie er dir ja erzählt hat.«

Lania war verwirrt. »Soll das heißen, alle anderen hier sehen nur Max und mich hier auf dieser Bank sitzen?«, fragte sie.

»Ganz genau. So wie niemand sich an einen Mann meines Aussehens in Günnis Bar erinnern konnte. Und auf Video werdet ihr mich gar nie sehen, von meinem kleinen Versehen einmal zu schweigen, dass ich mich auf Max´ Video zunächst noch sehen habe lassen. Warum das so ist, wollt ihr wissen? Weil ich nicht im eigentlichen, menschlichen Sinne existiere. Ich nehme nur von Zeit zu Zeit eine Art menschliche Gestalt an, um mich mit euch unterhalten zu können. Das, was ihr glaubt zu sehen, muss nicht die Wirklichkeit sein, wenn ihr versteht was ich meine. So hat man es mir jedenfalls erzählt, denn unter uns gesagt bin ich noch ein echtes Greenhorn, was das angeht...«

»Das kommt mir irgendwie bekannt vor«, sagte Max leise. »Das klingt sehr philosophisch. Aber wenn Sie doch ein Engel sind, warum machen Sie Mama nicht einfach wieder gesund? Und bringen sie nach Hause?«

»Keine Nachfragen, Max. Hör mir zu: Es liegt an euch, eure Mama wieder zurück zu bringen, nicht an mir. Wenn sie denn bis dahin durchhält, denn es geht ihr sehr, sehr schlecht. Seht zu, dass ihr heute Nachmittag zu Hause seid. Um 14 Uhr werdet ihr einen sehr wichtigen Anruf bekommen. Danach liegt es in euren Händen. Und in den Händen meines Chefs...«

»Deines Chefs? Du meinst... du meinst...« Max wagte nicht, auszusprechen, was ihm im Kopf umhergeisterte.

»Meinst du vielleicht Gott?«, war es wieder einmal Lania, die einfach aussprach, was er sich nicht traute.

Jo lächelte sein Gewinnerlächeln. »Auch dafür gibt es verschiedene Begriffe, Lania. Genau habe ich das auch noch nicht herausgefunden, aber ich arbeite daran. Für den Moment ist es vielleicht gar kein Fehler, es 'Gott' zu nennen, also wenn du dich damit wohl fühlst: Ja.«

»Das gibt's doch gar nicht. Das träum ich doch jetzt, oder? Das ist doch alles nur ein ganz, ganz schlechter Traum.« Max stand auf. Er war ernsthaft wütend und baute sich nun vor Jophiel auf, bedrohlich und konsequent. So sarkastisch, wie es ihm nur möglich war, giftete er Jo an: »Das heißt also, du spazierst jetzt einfach mal in den Himmel, sprichst kurz mit Gott, vielleicht trinkt ihr noch schnell einen Kaffee, dann sagt er dir 'geh doch mal zu Max und sag ihm ein paar Weisheiten', dann kommst du wieder runter vom Himmel, ziehst deinen blöden Anzug an und machst bei uns hier einen auf 'Ich-bin-ein-Engel'! Wenn du mich verarschst, wenn du hier ein Spiel mit uns spielst, aus was weiß ich für Gründen, wenn du dich hier lustig machst über uns, dann kann ich dir nur eins sagen: Du bist nicht mehr als ein ganz gewöhnlicher Proll! Engel! Gott! Richtungsgeber! Das gibt's doch alles gar nicht! Ich will doch nur meine Mama wieder zurück!«

Jo hörte in aller Ruhe zu. Keine Spur von Betrübtheit war in seinem Gesicht zu erkennen. »Es ist nicht ungewöhnlich, dass die Menschen nicht daran glauben, Max. Und dennoch wird ihnen geholfen. Das ist das schöne an unserer Arbeit: Wir helfen einfach. Weisen den Weg. Geben die Richtung. Egal, ob jemand an uns glaubt oder nicht. Egal ob das ein Mann ist oder eine Frau. Ob er schwarz ist oder weiß. Dünn oder dick. Für uns gibt es kein Gut oder Böse. Aber noch einmal: Was daraus wird, das liegt nicht mehr in unserer Hand.«

»Und was hat das alles mit mir zu tun?«, wollte Lania wissen. »Sie meinten doch, Sie hätten mich geschickt?«

»Keine Nachfragen, Lania, aber so viel kann ich sagen: Du spielst eine ganz wesentliche Rolle in dieser Sache. Deswegen ist es kein Zufall, dass du hier bist. Und kein Zufall, dass du gerade nach Oberstaufen gezogen und genau in diese Klasse gekommen bist. Und offenbar auch kein Zufall, dass gerade ich damit betraut wurde, Euch zu unterstützen, wenngleich ich selbst noch nicht genau weiß, was der Grund dafür ist.«

Schnattermast stand auf. »Genug für heute. Um 14 Uhr werdet ihr mehr erfahren. Ich hoffe so sehr, dass sich alles zum Guten wendet. Lebt wohl, ihr zwei!«

Seelenruhig schlenderte er davon. Lania und Max saßen noch eine ganze Weile auf der Bank, ohne ein Wort zu reden, beide hingen ihren Gedanken nach. Irgendwann war es Max, der die Sprache wiederfand.

»Hat er eben 'Lebe wohl' gesagt? Das hat er noch nie!«

»Jetzt, wo du es sagst, ja. Das hat er gesagt. Aber das hat bestimmt nichts zu bedeuten.«

Wieder waren sie still. Wieder war es Max, der zu sprechen begann, ohne Lania direkt anzusehen.

»Ich bin froh, dass du da bist, Lania. Du bist ein Engel. Also ich meine das natürlich nicht so wie Jo, mit dem Engel. Also eigentlich schon. Aber halt nicht so wie ein Engel von Gott, also...«

Lania liebte es, wenn Max so verunsichert war, weil er alles richtig machen wollte und dabei keinen vernünftigen Satz herausbekam. »Ich hab dich auch lieb, Max.« Sie saßen einfach nebeneinander, und Max spürte, dass er nichts erzählen musste. Nichts beschreiben, nichts formulieren, nichts philosophieren, keine großen Weisheiten verkünden musste. Er musste sich nicht verstellen, sie nicht beeindrucken, nicht größer sein, als er war. Wieder einmal hatte sie verstanden. Wenn es in diesem Spiel, dessen Regeln Max noch immer nicht hundertprozentig durchschaute, überhaupt einen echten Engel gab, dann musste es Lania sein.

Sie konnten den Blick nicht von der Uhr lassen, als sie zurück bei Max zu Hause waren. Von unterwegs hatten sie Papa Bescheid gegeben, dass er auch um 14 Uhr daheim sein sollte. Noch war er aber nicht da, es waren nur noch zehn Minuten, bis der ominöse Anruf kommen sollte. Max hatte das Telefon mit in sein Zimmer genommen, um nur ja den Anruf nicht zu verpassen. Opa war offenbar tatsächlich auf Wildererjagd gegangen, zumindest war auch er nicht zu Hause. Lania stöberte in Max′ Bücherschrank, während Max gedankenverloren aus dem Fenster schaute.

»Interessant«, sagte Lania vielsagend.

»Was ist interessant?«

»Interessant, was du für Bücher liest. Du wirst bestimmt einmal ein ganz bekannter Schriftsteller, der Millionen von Büchern verkauft.«

»Schön wär′s«, meinte Max. »Weißt du, mir gehen so viele Fragen durch den Kopf. Ganz unabhängig von Mama, meine ich. Ich würde so gerne mehr von der Welt verstehen.«

»Wie meinst du das?« Lania drehte sich um zu ihm.

»Naja, zum Beispiel ob man schon als bestimmter Typ zur Welt kommt oder ob erst das Umfeld jemanden zu dem macht, was er ist.«

»Du meinst, ob jemand klug ist oder blöd?«

»Nicht nur. Sondern ob es schon vorprogrammiert ist, dass jemand erfolgreich wird oder nicht. Ob die Unsichtbaren schon als Unsichtbare zur Welt kommen und die Prolls als Prolls. Ob es jemanden gibt, der das steuert. So etwas wie eine höhere Macht. Wie Schnattermast erzählt hat. Und ob die Welt, die wir sehen, die wirkliche Welt ist.«

»Was soll das denn nun schon wieder heißen? Die 'wirkliche Welt', das versteh ich nicht. Gibt es denn nach deiner Meinung mehrere Welten?« Lania war verblüfft über die Gedanken ihres Freundes.

»Das weiß ich eben nicht. Jemand in meinen Büchern hat geschrieben: 'Die Welt, die wir sehen ist nicht die Welt. Sie ist nur die Welt, die wir sehen'. Verstehst du? Das ist doch faszinierend! Wären wir eine Ameise, würden wir die Welt ganz anders wahrnehmen! Obwohl es doch eigentlich dieselbe Welt ist! Und wären wahrscheinlich genau so überzeugt, dass die Welt, wie wir sie sehen, die einzig wahre Welt ist.«

»Das ist mir echt zu hoch«, bremste Lania Max wieder ein.

»Aber Jo hat doch genau das gezeigt! Es gibt etwas, was nicht alle Menschen sehen oder wahrnehmen können. Niemand sonst kann ihn sehen! Nur wir! Und wenn es aber nun andere Menschen gibt, die andere Dinge sehen können, und diese Dinge als real empfinden, wie können dann andere behaupten, das gibt es nicht? Wir sehen Schnattermast und spinnen doch auch nicht, oder?«

»Das klingt logisch«, entgegnete Lania. »Vorausgesetzt Jo sagt die Wahrheit.«

»Aber woher soll er denn sonst die ganzen Dinge wissen, die er weiß? Irgendetwas MUSS dran sein, an dem, was er erzählt. Nur dass er so nebenbei mal kurz bei Gott langspaziert und guten Tag sagt, das nehme ich ihm nicht ab. Vielleicht ist er ja nur ein Hellseher oder sowas.«

»Wenn er einer ist, dann ein verdammt Guter. Das Telefon klingelt nämlich. Und es ist genau zwei Uhr.«

Max sprang auf und hatte das Telefon am Ohr. Unten ging die Türe und Papa stürmte die Treppe nach oben. Atemlos stand er bei Max im Zimmer. Max machte den Lautsprecher an.

»Ha... Hallo?«

»Hier spricht Dr. Neher vom Klinikum Kempten. Mit wem spreche ich bitte?«

»Hier ist Max. Max Grünlinger.« Max merkte selbst, wie seine Stimme zitterte. Papa stand fuchtelnd neben ihm, wollte ebenfalls hören, was das für ein Anruf war.

»Ist dein Papa zu Hause, Max?«, fragte der Arzt am anderen Ende der Leitung.

»Ist was mit Mama? Wie geht es ihr? Was ist los? Wissen Sie...«

Papa riss Max den Hörer aus der Hand

»Hier ist Sven Grünlinger. Bitte... wissen Sie... was... was ist los?«

»Ihre Frau wurde heute eingeliefert, es geht ihr nicht gut. Können Sie schnellstmöglich herkommen?«

Sven atmete schwer. Max und Lania wagten nicht, sich zu bewegen, um nur ja kein Geräusch zu verursachen, das sie nur ein Wort verpassen ließ.

»Aber was ist mit ihr? Ich meine, wie geht es ihr?«

»Nicht am Telefon, Herr Grünlinger. Bitte kommen Sie schnellstmöglich her.«

»Aber warum... ich meine...«

Lania fasste sich ein Herz und riss Sven den Hörer aus der Hand. »Wir sind schon unterwegs«, schrie sie in den Hörer, legte auf und warf das Telefon auf sein Bett.

»Los, los. Wir dürfen keine Zeit verlieren«, rief sie den beiden zu, die wie angewurzelt mitten im Zimmer standen. »Los jetzt, Herr Grünlinger, wir müssen fahren!«

»Ja. Du hast Recht. Du hast ja so Recht.« Max zog Papa am Ärmel, Lania nahm beim Hinausgehen noch schnell Max′ Jacke über die Schultern und schon liefen sie die Treppen hinunter, hinaus zum Wagen. Gerade, als sie einsteigen wollten, kam ihnen ein gut gelaunter Opa Grummel entgegen.

Er baute sich vor dem Wagen auf, nahm eine stramme Haltung an und bemühte sich, so bedeutungsschwer wie nur möglich zu wirken.

»Na das ist ja mal ein Empfang! Damit hätte ich gar nicht gerechnet! Liebe Familie, ich freue mich, euch mitteilen zu dürfen, dass wir heute zwar keine Wilderer, aber dennoch immerhin deren...«

Sven, Lania und Max kümmerten sich erst gar nicht um ihn, sondern rannten an ihm vorbei ins Auto.

»Hallo Opa, wir sind mal kurz weg. Bis später!«, war alles, was zumindest Max noch herausbrachte, bevor der Wagen mit quietschenden Reifen vom Hof bretterte. Opa Grummel bleib verwirrt zurück, schüttelte den Kopf und schlurfte ins Haus. »Undankbares Pack! Da versucht man, das Dorf von den elediglichen Wilderern zu befreien und das ist der Dank dafür. Also sowas, also sowas...«

Auf der Fahrt ins Krankenhaus sprach niemand ein Wort. Sven fuhr so schnell es eben ging, ohne sich auch nur ansatzweise um irgendwelche Geschwindigkeitsbegrenzungen zu halten. Mit heiß gefahrenen Reifen kamen sie schließlich vor dem Krankenhaus an. Lania flüsterte Max noch etwas zu.

»Max, wenn du erst mit deinem Papa alleine reingehen möchtest, hab ich dafür allergrößtes Verständ...« Max unterbrach sie sofort.

»Das kommt überhaupt nicht in Frage. Ich möchte, dass du mit dabei bist. Vorausgesetzt, du möchtest das auch.«

»Nichts würde ich lieber tun.«

Das Auto stand direkt vor dem Haupteingang in der Einfahrt vor dem Krankenhaus, und den entsetzten Blick des Hausmeisters quittierte Sven nur mit dem kurzen Kommentar: »Notfall! Es ist ein Notfall! Der Schlüssel steckt, sie können gerne wegfahren!« und ließ damit einen weiteren kopfschüttelnden verwirrten Menschen zurück. Alle drei stürmten förmlich den Empfang der Klinik und rannten auf den Tresen zu, hinter dem eine freundliche Mitarbeiterin versuchte, zu sagen: »Ja bitte, was kann ich...«

»Grünlinger! Sven Grünlinger! Dr. Neher erwartet uns!«

»Ja, ich weiß Bescheid«. Die Dame sah kurz in ihren Computer.

»Den Gang entlang, die dritte Türe links. Dr. Neher erwartet sie bereits.«

Sie hatte den Satz noch nicht vollendet, rannten die drei schon wieder los. Sven klopfte, nein: polterte an die Tür und trat ein, ohne auf Antwort zu warten.

»Dr. Neher? Ich bin Sven Grünlinger, und das sind meine Kinder, als zumindest Max ist... ach was, unwichtig. Wo ist Claudia?«

Dr. Neher war ein großer, hagerer, grauhaariger Mann, dem man bereits im ersten Blick ansehen konnte, dass er etwas von seinem Fach verstand. »Jetzt setzen Sie sich erst einmal hin, Herr Grünlinger, und beruhigen Sie sich. Etwas Tee?«

»Tee? Sie fragen mich nach Tee?« Sven wurde laut. »Ich will keinen Tee, verdammt! Ich will zu meiner Frau!«

Max zupfte Papa am Ärmel und zuckte mit den Augenbrauen, um seinem Papa mitzuteilen, dass er sich besser etwas zurückhalten sollte.

»Entschuldigen Sie bitte«, ruderte Sven prompt zurück. »Es war alles etwas viel in den vergangenen Wochen. Wie geht es Claudia? Bitte!«

»Nehmen Sie Platz bitte, ich erzähle ihnen alles.«

Sven setzte sich, und weil nur zwei Besucherstühle im Raum standen, setzte sich Max auf seinen Schoß und Lania in den Stuhl daneben. Es musste Jahre her sein, dass Max das letzte Mal bei Papa auf dem Schoß saß, dachte er bei sich. Gebannt hörten alle drei zu, was ihnen Dr. Neher zu erzählen hatte.

»Sie war bereits bewusstlos, als sie gefunden wurde. Es steht sehr schlimm um sie, soviel ist uns bereits klar. Vielleicht möchten die Kinder lieber draußen...«

»Kommt überhaupt nicht in Frage«, sagte Sven bestimmt, und Lania und Max waren froh, dass er erst gar keinen Zweifel daran aufkommen ließ, dass er keinerlei Geheimnisse vor ihnen haben würde.

»Wie Sie wollen. Also Herr Grünlinger. Ihre Frau hat Krebs. Krebs in einem sehr fortgeschrittenen Stadium und sie ist so geschwächt, dass wir nicht sicher sagen können, ob sie noch einmal aus dem Koma erwacht. Im Moment haben wir sie stabilisieren können, aber es kann jeden Moment zu Ende gehen. Sie wurde in einer kleinen Pension in Lindau gefunden, sie ist im Badezimmer zusammengebrochen. Der Notarzt hat entschieden, sie direkt mit dem Hubschrauber hierher zu bringen.«

Max standen die Tränen in den Augen. Lania nahm seine Hand.

»In... in einer Pension, sagen sie?«

»Ja, in einer Pension. Und jetzt können sie sich sicherlich vorstellen, dass mich interessiert, warum sie nicht in einer Klinik in Behandlung war, sondern alleine in einer Pension.« Dr. Neher lehnte sich in seinem Sessel zurück und fixierte Sven mit einem durchdringenden Blick. Er drehte einen Bleistift zwischen seinen Fingern hin und her.

»Das... das kann ich ihnen leider nicht beantworten, Herr Doktor. Aber ich wüsste es selber gerne. Darf ich... dürfen wir sie sehen?«

Sven hielt dem Blick des Arztes stand, auch wenn es ihm alle Kraft abverlangte, die er aufbringen konnte. Er war angespannt mit jeder Faser seines Körpers, spannte sämtliche Muskeln so stark an, dass es ihn schmerzte. Max spürte Papas Anspannung beinahe körperlich, und die Antwort des Arztes ließ so lange auf sich warten, dass Max ihm am liebsten die Worte aus dem Mund gezogen hätte.

»Sie dürfen sie sehen, ja. Aber erst benötigen wir noch einige Informationen. Zum Beispiel ob sie schon in Behandlung war und wenn ja in welcher Klinik. Mensch, Herr Grünlinger, Sie müssen doch bemerkt haben, in welchem Zustand ihre Frau war!« Dr. Neher gab sich keine Mühe, seinen vorwurfsvollen Unterton zu verbergen und Sven überlegte kurz, ob er diesem selbstgerechten Typen überhaupt erzählen sollte, was vorgefallen war. Doch er hatte keine Wahl. Er war eindeutig in der schwächeren Position.

»Meine Frau ist vor einiger Zeit verschwunden, Herr Doktor. Sie war von einem Tag auf den anderen weg. Und wir hatten keine Information, wo sie hin ist, was oder ob ihr etwas zugestoßen ist. Wir haben sie gesucht. Wir waren bei der Polizei. Wir haben alles unternommen. Bis wir vor kurzem herausgefunden haben, dass sie in der Krebsklinik St. Michael in Isny war. Doch als wir das erfahren haben und sie dort aufsuchen wollten, war sie dort bereits verschwunden. Und keiner wusste, wo sie war. Wir haben alle Krankenhäuser abtelefoniert, erneut die Polizei eingeschaltet und und und. Erfolglos.«

Dr. Neher nahm wortlos den Telefonhörer und wählte nur eine einzige Ziffer. »Bitte fragen Sie in der Klinik St. Michael in Isny nach der Krankenakte von Frau Claudia Grünlinger. Schnell.«

Lania hatte sich nicht gerührt während der gesamten Zeit. Sie hatte lediglich Max′ Hand gehalten, und der wiederum saß wie angewurzelt auf Papas Schoß. Mama hatte Krebs. Sie lag im Sterben. Er konnte kaum atmen, so traurig war er. Zu viele Fragen gingen ihm durch den Kopf und er war nicht in der Lage, auch nur eine einzige davon festzuhalten, geschweige denn zu beantworten. Sein Kopf drohte zu platzen und er spürte jeden Pulsschlag in der Schläfe, das Pochen war so laut, dass es in seinem Kopf dröhnte.

»Herr Grünlinger, ich möchte Ihnen keine allzu großen Hoffnungen machen. Es steht schlimm um ihre Frau. Sie ist im künstlichen Koma und wir haben sie momentan stabil. Wenn Sie mir bitte folgen möchten.«

Der Doktor stand auf und ging um den Schreibtisch herum. Lania musterte ihn eindringlich und, als hätte er ihre Blicke gespürt, warf er ihr ein beinahe unmerkliches Lächeln zu. Sie gingen den langen Gang entlang zur Intensivstation und blieben schließlich vor einem Fenster stehen. Im Raum dahinter stand ein einziges Bett und die Person, die darin lag, war so eingefallen und blass, so ausgemergelt und zerbrechlich, dass Max Mühe hatte, darin seine Mutter zu erkennen. Er drückte sich die Nase an der Scheibe platt und Sven stand mit offenem Mund hinter ihm, seine Hand auf Max′ Schultern.

»Sie wird beatmet«, sagte Dr. Neher ruhig.

»Darf ich... dürfen wir... dürfen wir zu ihr?«, fragte Max, ohne den Blick von seiner Mama zu nehmen.

»Ja. Hier entlang.«

Sie betraten das Krankenzimmer, und alle drei gingen langsam auf das Bett zu, in dem Claudia lag. Die vielen Schläuche, an die sie angeschlossen war, machten das Bild noch beängstigender. Ihr Brustkorb hob und senkte sich im selben Rhythmus wie die Maschine dahinter Geräusche erzeugte. Max nahm vorsichtig Mamas Hand, die neben der Bettdecke auf dem Krankenbett lag und mit einer Infusionsnadel versehen war.

»Mama...« Mehr brachte er nicht heraus. Das erste Mal seit vielen Wochen sah er seine Mutter wieder. Er hatte sich so viele Szenarien ausgemalt in der Zwischenzeit, was mit ihr geschehen sein mochte, ja, auch, dass sie im Krankenhaus wäre, weil sie vielleicht einen Unfall gehabt hatte, ja, auch das hatte Max ins Kalkül gezogen. Und doch war dieser Anblick das Schlimmste, was er je in seinem Leben gesehen hatte. Seine Mama, die immer so stark, die immer so liebevoll, so gütig und so unzerstörbar war, seine Mama, seine geliebte Mama, so zerbrechlich zu sehen, an der Schwelle zwischen Leben und Tod, und dabei so machtlos zu sein, nichts unternehmen zu können, um ihr zu helfen, das war zu viel. Hemmungslos begann er zu weinen, zu schluchzen, die Tränen schossen ihm aus den Augen, sein ganzer Körper wurde von einem Weinkrampf geschüttelt. Sven stand hinter ihm und hielt ihn an den Schultern fest. Auch ihm standen die Tränen in den Augen. Lania stand mit Dr. Neher etwas weiter hinten im Raum. Sie beobachtete Frau Grünlinger, versuchte, in dem Gesicht die Frau zu erkennen, die sie im Café gesehen hatte, doch es gelang ihr nicht. Und dennoch hatte Claudias Gesichtsausdruck etwas friedliches, fand sie. Ja, es lag gar ein kleiner, seliger Zug um ihren Mund, der ihr selbst in dieser unmenschlichen Lage eine gewisse Würde verlieh. Was muss das für eine starke Frau sein, dachte Lania. Wie unerschrocken sie wirkt. Als wollte sie dem Tod ins Auge sehen und sagen: Du schreckst mich nicht. Der Tod für sich war schließlich nicht böse, er tut nur seine Pflicht. Nein, dachte Lania. Sie würde nicht sterben. Sie würde leben. Nicht diese Frau. »Sie wird nicht sterben.«

»Wie bitte?«, fragte Dr. Neher, und erst jetzt wurde Lania bewusst, dass sie das eben laut gesagt hatte. Sie hatte ausgesprochen, was niemand hier zu glauben wagte. »Sie wird nicht sterben«, wiederholte sie.

»Dein Optimismus in allen Ehren, junge Dame«, holte Dr. Neher Lania in die Realität zurück, »es sieht nicht gut aus für sie. Es kann jeden Moment zu Ende gehen.«

Lania fühlte beinahe körperlich, wie viel Liebe von ihr ausging. Es war unerklärlich: Sie fühlte sich dieser Frau so verbunden, so nah, als ob sie sich schon ewig kannten, und dabei sah sie Claudia heute erst das zweite Mal. Plötzlich spürte sie einen Luftzug im Nacken. Unvermittelt drehte sie sich um. Da war niemand, die Türe zum Raum war fest verschlossen und Fenster gab es nicht, die einen Durchzug hätten ermöglichen können. Lania fasste sich in den Nacken. Seltsam, dachte sie bei sich und drehte den Kopf wieder Claudia zu, die unverändert in ihrem Bett lag. Sie sah Max an, blickte weiter zu Sven, denen die Verzweiflung ins Gesicht geschrieben stand. Die Situation kam ihr verstörend vor.

Da! Schon wieder ein Lufthauch! Wieder drehte sie sich um, wieder nichts. Ihr wurde unheimlich. Ruhig, Lania, redete sie sich innerlich selber Mut zu. Es musste eine vernünftige Erklärung dafür geben. Vielleicht die Klimaanlage, die zu heftig eingestellt war? Ein dritter Luftzug holte sie aus ihren Gedanken und erneut sah sie sich um.

»Stimmt was nicht?« wollte Dr. Neher wissen.

»Nein nein. Alles klar«, log Lania.

»Sie müssen jetzt gehen, wir können hier nichts tun.« Dr. Neher nahm Lania am Arm und führte sie sanft zum Ausgang. Sven führte Max hinaus. Alle vier verließen den Raum.

Nur Jophiel blieb bei Claudia zurück.

Die Wiese war von Blumen übersät. Es war kaum mehr Grün zu sehen, so bunt, so farbenfroh war sie. Der Wind spielte mit den Blättern und ließ die schweren Blütenköpfe sanft hin und her wiegen, die Sonne schien durch die Blätter der Bäume, die das riesige Feld umschlossen, als wollten sie es vor Blicken schützen. Die Vögel sangen ihre Lieder und die Bienen sputeten sich, den Blüten ihren kostbaren Saft zu entreißen. Es war herrlich. Es war das Paradies. Es war so friedlich, so entrückt und so schön, dass sie es nicht mehr loslassen wollte, dieses Gefühl. Sie fühlte sich geborgen und frei zugleich. Wach und schlafend. Träumend und wirklich. Vogelfrei, leicht und unbeschwert. Sie flog förmlich über diese Wiese, immer wieder, sah die Welt von oben, flog von links nach rechts, von vorne nach hinten und wieder zurück, sog das Gefühl der Freiheit komplett in sich auf. Noch nie war sie so frei gewesen, so schwebend, wie in einer fantastischen Trance. Die Wiese war ihr Reich, ihr zuhause. Wenn sie die Bäume erreichte, die die Wiese begrenzten, drehte sie um und flog in die andere Richtung zurück. Sie flog, solange sie wollte, sie bestimmte, wie groß das Feld war, mal war es länger, mal kürzer, der Duft der Blumen und der Natur und der Freiheit und der Befreiung lag so betörend in der Luft, dass ihr fast schwindelig wurde.

Doch was war das? Irgendetwas schien ihre Unbeschwertheit durchbrechen zu wollen. Sie konnte es nicht definieren, was es war, konnte nichts sehen, nichts erkennen, und dennoch war es da. Es war etwas, das sie trennen wollte von ihrem Paradies, von ihrer Wiese, ihrem kleinen Reich, das sich so sicher anfühlte durch die klaren Grenzen, die es hatte, und deren Größe sie allein bestimmen konnte. Bedrohlich fühlte es sich an, wie ein aufziehendes Gewitter, nur für einen winzigen Augenblick, dann war es schon wieder hinweg, und dennoch beunruhigte es sie, schließlich waren es ihre Welt, ihre Träume, ihr Paradies, ihr Ziel, ihre Sehnsucht, die sie hier erschuf und die sich so richtig anfühlten. Wieder spürte sie es und gleich darauf ein drittes Mal. Es war wie ein Luftzug, wie ein Atem aus einer anderen Welt, der sie ihrem Paradies entreißen wollte, der ihr etwas einzuhauchen versuchte, das sie nicht wollte. Und dennoch konnte sie sich nicht dagegen wehren. Noch nicht.

14

»Hallo Max! Was Neues?«

»Nichts, leider.«

Die Sätze zur Begrüßung glichen schon fast einem täglichen Ritual, wenn sich Max und Lania vor der Schule trafen. Jeden Tag dieselbe Frage, jeden Tag dieselbe Antwort. Über Wochen veränderte sich nichts. Nicht die kleinste Kleinigkeit. Papa und Max wechselten sich ab, Mama am Krankenbett zu besuchen, so gut und so oft und so lange es eben ging. Sie wollten dabei sein, wenn sie aufwachte. Oder wenn sie für immer einschlafen sollte. Nur beim Abendessen trafen sie sich, denn meistens ging Max direkt nach der Schule zu Mama, oft gemeinsam mit Lania, sie machten dort ihre Hausaufgaben, lernten bei Mama am Krankenbett, unterhielten sich, spielten Karten oder Spiele am Handy. Papa war den Vormittag über dort und ging erst mittags zur Arbeit. Nachts durften sie ohnehin nicht im Krankenhaus bleiben, so dass sich die gemeinsame Zeit auf die Abendstunden beschränkte. Dennoch, so fühlte Max, hatte sich sein Verhältnis zu seinem Papa gewandelt. Papa akzeptierte ihn als Sohn, als Partner, als Freund. Er nahm ihn ernst, und das fühlte sich gut an. Dass Mamas Zustand nun schon seit zwei Wochen unverändert war, betrübte Max einerseits, andererseits bedeutete das auch immer noch einen Hoffnungsschimmer, ein Morgen, eine Zukunft. Wenn er nur fest genug daran glaubte, würde sich schon alles zum Guten wenden, war Max nach wie vor überzeugt, wenngleich es durchaus Tage gab, an denen es ihm schwer fiel, aus voller Überzeugung an das Gute zu glauben. Das war vielleicht auch die augenfälligste Veränderung an Papa: Auch er ließ keinerlei Zweifel zu, dass Mama wieder aufwachen würde. Früher war Papa derjenige, der zuallererst Probleme und nicht Lösungen gesehen hatte. Der allen Dingen erst das Negative abgewann. Heute war er der Fels in der Brandung.

Dass Lania und Max beinahe unzertrennlich waren, vor, während und nach der Schule, bleib natürlich auch ihren Klassenkameraden nicht verborgen. »Schau, da kommen wieder unsere beiden Turteltäubchen« waren noch die harmlosen Sprüche, die sie sich anhören mussten. Und je mehr sich die Kommentare häuften, desto mehr begann Max darüber nachzudenken, wie es wäre, wenn Lania wirklich seine Freundin wäre. Nicht nur eine Freundin. Oder seine beste Freundin. Sondern eben seine Freundin. Was würde sich ändern? Würde sich überhaupt etwas ändern? Würde er alles zerstören, wenn er sie fragen würde, ob sie mit ihm zusammen sein wollte? Und was erwartete er sich eigentlich davon? Dass er sie küssen durfte vielleicht? Wollte er das eigentlich? Er hatte noch nie ein Mädchen geküsst und bisher kam ihm allein der Gedanke daran, jemanden seine Lippen auf dessen Lippen zu drücken, so abstrus vor, dass er sich wunderte, was die Erwachsenen daran nur finden konnten. Mama hatte ihn immer geküsst, aber das war ja schließlich etwas anderes und auch die Küsse, die ihm Oma gegeben hatte, als sie noch am Leben war, waren ihm keineswegs unangenehm. Aber ein Mädchen zu küssen - das war dann doch etwas anderes. Je lauter diese Gedanken wurden, desto mehr zwang sich Max, an etwas anderes zu denken. Weniger, weil ihm die Vorstellung, mit Lania zusammen zu sein, unangenehm war als vielmehr, weil er Angst davor hatte, alleine durch seine Gedanken daran bereits alles zu zerstören. Er wollte das, was ihn mit Lania verband, nicht aufs Spiel setzen, und eine weitere emotionale Baustelle konnte er sich momentan beileibe nicht leisten. Da tolerierte er lieber die blöden Sprüche, und freute sich an Lanias Anwesenheit, den Gesprächen mit ihr, der Nähe, der Erlebnisse, die sie beide verband. War er dadurch nicht ohnehin schon unzertrennlich mit ihr verbunden? Es gab niemanden sonst auf der Welt, der so viel von ihm wusste, Mama und Papa mal ausgenommen. Lania war seine Vertraute, seine Blutsschwester, seine Kumpanin, seine zweite Hälfte, seine Seelenverwandte. Zwischenzeitlich ging er auch bei ihr zuhause ein und aus, so wie Lania bei ihm. Ihr Haus lag ja ohnehin auf dem Weg zum Sportplatz, und so ging Max vor und oft auch nach dem Training bei ihnen vorbei. Ihre Eltern waren nett, sehr sehr nett sogar, und Max war sich sicher, dass sich Lanias Mama und seine Mama bestens verstehen würden, weil beide eine ganz ähnliche Art hatten. Lania war sein Anker.

Ihr Geheimnis allerdings kannte Max noch nicht.

15

»Ich kann ihnen nicht mehr helfen, oder? Ich bin raus aus der Nummer, richtig?«

Jophiel gab sich erst gar keine Mühe, seine Verbitterung vor seinem Teamleiter zu verbergen.

»Nein, Jophiel, deine Arbeit ist getan. Und du hast sie gut gemacht. Aber jetzt musst du dich trennen.«

»Das... das... kann ich nicht.«

»Wie bitte?«

»Nun, ich habe das Gefühl, noch nicht alles getan zu haben. Es ist noch so vieles offen. Es ist noch so... so... so frisch!« Jo saß mit gesenktem Kopf vor seinem Teamleiter. Der Raum hatte sich ein weiteres Mal komplett verändert. Waren sie beim letzten Mal noch in einem Dschungel unter riesigen Bäumen gesessen, hielten sie sich nun in einem riesigen, endlos wirkenden Raum ohne jegliche Wände und Decken. Das Licht war warm und angenehm, aber Jo konnte nicht einmal sagen, welche Farben er sah. Es war eine endlose Weite ohne Horizont, ohne Himmel und ohne Begrenzungen. Wie die Ewigkeit.

»Ich glaube nicht, dass Gott zufrieden ist...«, ergänzte er.

»Gott. Auch so ein Wort. Ein menschengemachtes Wort. Verabschiede dich endlich von diesen Kategorien, Jophiel. Sie sind uns nicht wichtig. Nenne es Gott. Oder Jahwe. Oder Buddha. Oder nenne es die Schöpfung. Oder oder oder. Wir denken nicht in Kategorien. Oder Religionen. Oder Farben. Oder Zugehörigkeiten. Für uns zählen die Menschen. Jeder einzelne und alle zusammen.« Er beugte sich vor, als ob er Jophiel etwas ganz vertrauliches zuflüstern wollte.

»Jedenfalls ist es eine große Auszeichnung, ein solches Projekt als ersten Auftrag zu bekommen. Und du hast es gut gemacht. Aber: Deine Zeit ist um. Jetzt liegt es an den Menschen, etwas daraus zu machen.«

»Warum ist mir vieles dann so vertraut gewesen bei diesem Job? Warum habe ich so etwas wie Gefühle für meine Menschen? Vor allem für Lania? Warum kommt sie mir so nah, so bekannt, so liebenswert vor?«

»Hör zu, Jophiel: Ich mag dich. Du bist eine gute Seele. Und deswegen hält man hier große Stücke auf dich. Du bist etwas Besonderes und hast bereits jetzt mehr erreicht, als manche hier in Jahrhunderten, um in menschlichen Zeitbegriffen zu bleiben. Deswegen werde ich dir auch ein wenig mehr erzählen, als manchem anderen. Und dennoch brauchst du zum jetzigen Zeitpunkt noch nicht alles zu wissen.«

Jo war jetzt zum Zerreißen gespannt. Würde er jetzt Antworten bekommen?

»Kennst du noch den schönen Begriff des 'Schutzengels', Jophiel? Es ist ein tief verwurzelter Glauben bei den Menschen, übrigens völlig abseits von religiösen Gesichtspunkten. Egal welcher Konfession die Menschen angehören, was im Übrigen für uns ohnehin unwichtig ist, die meisten glauben an ihren Schutzengel. Und meist ist es für die Menschen ein naher Verwandter, ein verstorbener Opa vielleicht, den sie als ihren Schutzengel ansehen. Das ist schön so und soll auch so bleiben. Deswegen haben wir den Begriff auch übernommen.«

»Und ich bin ein solcher Schutzengel?«, wagte Jo es, die salbungsvolle Rede seines Teamleiters zu unterbrechen.

»Nun ja, um genau zu sein: Du warst einer.«

»Ich weiß. Meine Aufgabe ist ja jetzt beendet und...«

»Nein«, ging sein Teamleiter dazwischen. »...das meine ich nicht. Lange vor deiner Aufgabe mit Max warst du bereits ein Schutzengel, der einem Menschen zugeordnet war. Das ist in der Regel der erste Schritt, um in unsere Dienste einzutreten, wenn ich das mal so salopp sagen darf.«

»Ich... ich... ich war... schon einmal auf der Erde?« war Jo jetzt noch verwirrter als zuvor.

»Lass es mich so sagen: Du warst für einen ganz besonderen Menschen verantwortlich, ohne aber auf der Welt zu sein. Denn Schutzengel zeigen sich nicht. Sie können nicht Gestalt annehmen oder das Geschehen direkt beeinflussen. Sie sind lediglich dazu da, gute Gedanken zu senden, die Hand über ein Leben zu halten und – ja, auch das – in ganz besonders prekären Situationen Schutz zu bieten.« Er stand auf und kam auf Jo zu. »Gehen wir ein paar Schritte?«

Es war angenehm, sich ein klein wenig zu bewegen. Sie gingen langsam, gemächlich fast.

»Ich möchte es mal so sagen, Jophiel. Als Mensch lebst du dein Leben. Andere Menschen kreuzen deinen Weg, werden für eine gewisse Zeit Teil deines Lebens, sind vielleicht wichtige Wegbegleiter in dieser Zeit, doch irgendwann trennen sich diese Wege wieder. So, wie zum Beispiel jeder Freunde aus der Schule kennt, die damals die wichtigsten Menschen für dich waren. Oder Jugendfreunde, mit denen man durch Dick und Dünn ging. Irgendwann aber sind diese Menschen aus deinem Leben verschwunden, und andere Menschen werden wichtig. Jeder dieser Menschen ist also eine bestimmte Zeit, einen bestimmten Abschnitt lang wichtig und teilt dir etwas mit. Er hilft dir, ein Problem zu lösen oder dich auf einen bestimmten Weg hinzuweisen oder dich von etwas abzuhalten. Oder er zeigt dir, wie es nicht laufen sollte, in dem er dir Probleme schafft. Jeder, dem du begegnest, gibt dir etwas mit auf deinen Weg, einen Hinweis, eine Erkenntnis, eine Aufgabe. Das zu erkennen, und noch viel mehr, die richtigen Schlüsse daraus zu ziehen, ist die Schwierigkeit...«

Jo lauschte aufmerksam und konnte es kaum erwarten, bis sein Teamleiter weiter sprach.

»Merkst du etwas, Jophiel? Merkst du die Ähnlichkeit zu dem, was unsere Aufgabe ist? Ist das nicht herrlich?«

»Ähh, also... um ehrlich zu sein... nicht so ganz«, druckste Jophiel herum, weniger, weil er tatsächlich nichts verstanden hatte als viel mehr, um seinen Teamleiter zum weiter erzählen zu ermutigen.

»Nun, auch unsere Aufgabe besteht darin, den Menschen Hinweise zu geben, wie sie bestimmte Situationen vielleicht besser meistern können. Ohne die Situation als solches zu verändern. Wir greifen nicht direkt ein, wir versuchen nur...«

»...die Stellschrauben zu drehen«, ergänzte Jo.

»Sehr richtig. Im ersten Schritt als Schutzengel. Im zweiten Schritt manchmal, selten, sehr sehr selten, um ehrlich zu sein, auch durch ein Eingreifen in das Leben, wie es bei dir und bei Max der Fall war. Das war die nächste Stufe.«

War. Er hatte 'war' gesagt. Das bedeutete eindeutig, dass auch sein Teamleiter seine Aufgabe mit Max als beendet ansah. Jo hatte das Bild von Claudia im Krankenbett noch vor Augen, hatte sich Lanias Gesichtsausdruck eingeprägt, als er ihr, unsichtbar, für die anderen unmerklich, seinen Atem in den Nacken gehaucht hatte, um ihr ein Zeichen zu geben, um ihr zu zeigen, dass er da ist, dass er aufpassen würde, dass er alles zum Guten wenden, alles regeln würde, dass sie sich keine Sorgen zu machen brauchte. Er hatte so sehr gehofft, noch ein weiteres Mal einzugreifen zu dürfen, um tatsächlich zu helfen, um Claudia gesund zu machen, die Familie zusammenzuführen, alles zum Guten zu wenden, wenngleich er selbst nicht wusste, wie ihm das gelingen sollte. Schließlich konnte er zwar 'Stellschrauben drehen', wie er schon mehrfach erfahren hatte, aber nicht als Wunderheiler irgendwelche Genesungen herbeiführen. Er hatte keinerlei Erinnerung daran, bereits einmal mit Lania zu tun gehabt zu haben und es machte ihn beinahe wahnsinnig, dass er einerseits noch immer menschliche Zeitbegriffe spüren konnte, andererseits nicht den Hauch einer Ahnung hatte, wer er war, ob und wie und wo und wie lange er früher gelebt hatte, geschweige denn, wie lange es her sein konnte, als er tatsächlich als Mensch auf der Erde war.

»Warum Lania? Warum hat nur sie meinen Atem gespürt?«, wollte Jophiel jetzt ganz direkt wissen. Sein Teamleiter blieb stehen und sah ihn bedeutungsschwer an.

»Ganz einfach: Du warst früher ihr Schutzengel.«

16

Es war ein schon beinahe sommerlicher Tag, den Max und Lania wieder einmal an Claudias Krankenbett verbringen wollten. So langsam hielt der Sommer Einzug, die Tage wurden länger und die Temperaturen erreichten angenehme Werte. Man war fast geneigt zu sagen: Alles ging seinen geregelten Gang. Wie beinahe jeden Tag machten sich die beiden direkt nach der Schule auf ins Krankenhaus, wo sie die Schwestern mittlerweile schon mit Namen begrüßten, mehr noch: Inzwischen kannten sie schon den Dienstplan der Krankenhausmitarbeiter auswendig und wussten, wer an welchem Tag welche Schicht hatte, so vertraut war ihnen die Umgebung schon, und wenn die Sache an sich nicht so traurig gewesen wäre, hätte man sagen können: Es war ein schöner, geregelter Tagesablauf mit den immer gleichen Gesichtern, den immer gleichen Ritualen, den immer gleichen Abläufen. Doch heute war dennoch etwas anders. Denn als Lania und Max die Station betraten, hörten sie Stimmen aus Mamas Zimmer. Wer konnte das sein? Papa ist längst bei der Arbeit, dachte Max, schließlich hatten sie heute acht Unterrichtsstunden gehabt und Papa war meist mittags schon wieder weg aus dem Krankenhaus, um ins Büro zu gehen.

Als sie näher kamen, konnten sie erkennen, dass es nur eine Stimme war, und die konnten sie auch nur deshalb hören, weil die Tür nicht ganz geschlossen war, was mindestens ebenso ungewöhnlich war, wie die Tatsache, dass in Mamas Zimmer jemand sprach. Papa! Das war eindeutig Papas Stimme, sie klang tränenerstickt und müde. Max sah Lania an, sie erwiderte seinen Blick stumm, und es war nicht nötig etwas zu sagen, beide wussten, dass sie erst einmal vor der Tür stehen bleiben würden, um zu hören, was hier im Gange war.

»Es ist nicht so, dass mir das leicht fällt, Claudia, das kannst du mir wirklich glauben«, hörten sie Sven sagen. War Mama etwa wach? Sprach er wirklich mit seiner Mutter? Max wollte schon ins Zimmer stürmen, weil er fest davon ausging, dass Mama endlich aus dem Koma erwacht sein musste. Lania hielt ihn am Arm zurück, was Max mit einem erschrockenen Blick quittierte. »Warte noch«, flüsterte Lania. »Nur noch kurz.«

»Aber wenn Mama wach...« wollte Max entgegnen, doch Lania legte den Finger auf den Mund und wisperte leise: »Psssst.«

»Seit du weg bist, ist nichts mehr wie es war.« Die Worte drangen nur sehr, sehr gedämpft aus dem Zimmer, so dass Max und Lania alle Anstrengung aufbringen mussten, um alles zu verstehen.

»Max ist so stark, weißt du? Er hat es erst ins Rollen gebracht, dass wir jetzt zumindest wissen, wo du bist, Claudia. Jetzt. Wo es vielleicht schon zu ...«

Kein Zweifel: Papa weinte. Immer wieder musste er die Nase hochziehen und Pausen machen, um seine Stimme zu fangen. Offenbar wagte er es nicht, den Gedanken zu Ende zu führen.

»Und jetzt hat er eine so süße Freundin, Lania heißt sie, du müsstest sie sehen, Claudia. Sie ist so... so... so... so wie du früher! Fantastisch und schlau und unkompliziert und höflich und lieb. Sie tut Max so unglaublich gut, weißt du? Und, weißt du, als ich die beiden so gesehen habe die letzten Wochen, also so gemeinsam meine ich, wie sie unzertrennlich sind, da dachte ich...«

Er schluckte und Lania und Max wagten kaum zu atmen. Max sah nur verstohlen zu Lania, die aber so tat, als hätte sie Svens Komplimente gar nicht gehört.

»...da dachte ich an uns früher. Wie wir waren. Wie wir Spaß hatten. Wie uns die Welt gehörte. Uns hätte doch nichts umgeworfen, nicht wahr, Claudia? Es war doch alles so schön und so klar und so einfach. Einfach! Genau, das war es!« Sven schluckte tief und machte eine lange Gedankenpause. Es war unschwer festzustellen, dass es ihm sehr schwer fiel, Worte zu finden. Und auszusprechen. »Lania hat mir die Augen geöffnet, Claudia! Sie ist hier, um mir den Weg zu zeigen. Und jetzt? Habe ich alles zerstört? Claudia, sag doch bitte, dass es nicht zu spät ist. Es ist doch nicht zu spät, oder? Ist es doch nicht, oder? Claudia? Ich will dich zurück, Claudia, ich weiß nicht mehr weiter, ich kann nicht mehr. Und dabei bist du erst seit ein paar Wochen nicht mehr da. Jetzt kann ich mir in etwa vorstellen, wie du dich gefühlt haben musst, Claudia. Denn ich war 17 Jahre lang weg.« Spätestens jetzt war es um Max geschehen, jetzt war er es, der mit den Tränen zu kämpfen hatte. Lania legte ihm eine Hand auf die Schulter.

Und im Krankenzimmer legte Jophiel Schnattermast Claudia die Hand auf die Schulter. Er war da. Unsichtbar. Ohne Körper. Ohne Gestalt. Aber mit einem Entschluss: Er musste das zu Ende bringen, egal was sein Teamleiter oder sonst irgendjemand sagen würde. Das hier war seine Familie geworden, Max, Sven, Claudia, Lania. Vor allem Lania. Hatte er nicht sogar eine Verpflichtung, hier noch weiter zu helfen, wenn er doch Lanias Schutzengel gewesen war? Er hatte keinerlei Erinnerung daran, wusste nichts davon, konnte sich noch immer keinen Reim darauf machen, und dennoch spürte er tief in seinem Inneren, dass hier noch etwas zu tun war. Er war hier noch nicht fertig. Er würde das hier begleiten, koste es was es wolle.

Konzentriere dich, Jophiel, dachte er bei sich und musste gleichzeitig schmunzeln, weil er sich schon so an seinen komischen Namen gewöhnt hatte, dass er ihn sogar in seinen inneren Selbstgesprächen verwendete. »Meist sind es nahe Verwandte, die die Menschen als ihre Schutzengel ansehen«, hatte sein Teamleiter gesagt. Was, wenn das nicht nur die Menschen so sehen? Was, wenn ich tatsächlich mit Lania verwandt war? Ihr Opa vielleicht? Den hält sie doch so in Ehren, dass sie ihn des Öfteren um Rat fragt, oder etwa nicht? Jophiels Laune erhellte sich. Ja, so muss es gewesen sein. Deswegen war er Lania so verbunden. Deswegen wurde er geschickt, weil es vorbestimmt war, dass Lania in Max´ Leben eintreten würde. Und dadurch wurde nun Max´ Problem zu Lanias Problem und damit zu seinem Problem. Ja, so musste es gewesen sein. Er war gekommen, um zu zeigen, dass allem Negativen etwas Positives innewohnt. Er würde den Kreis zu schließen haben. Er würde nicht aufgeben. Zwar hatte er nicht den leisesten Schimmer davon, wie er konkret eingreifen sollte, schließlich blieb ihm die Rückkehr in seinen irdischen Körper offenbar verwehrt, so sehr er sich bemühte. Doch wenn Menschen alles mit ihrem Willen erreichen können, warum soll das für uns nicht auch gelten, ging es ihm durch den Kopf. Und zumindest Lania schien seine Anwesenheit spüren zu können, wie der Hauch seines Atems, den sie als Luftzug wahrgenommen hatte, bewies. Warum also sollten seine Kräfte nicht auch für andere nützlich sein, wenn er nur fest genug daran glaubte. Wie schnell sich seine Vermutung bewahrheiteten sollte, ahnte er zu diesem Zeitpunkt allerdings selbst noch nicht. Nachdem seine Aufgabe offiziell als abgeschlossen galt, war es ihm auch nicht mehr möglich, Dinge vorherzusehen, geschweige denn, rechtzeitig gegenzusteuern. Er war auf sich alleine gestellt.

»Na ihr zwei? Heimlich lauschen gehört sich aber nicht für zwei wohlerzogene Teenager, oder?«

Dr. Neher riss Lania und Max aus ihrer Starre. Sie standen noch immer vor Mamas Zimmer. »Sei es drum, schön, dass ihr da seid. Kommt mit rein, wir haben schon auf euch gewartet! Schließlich gibt es wichtige Dinge zu besprechen.« Max und Lania sahen sich an, ihre Verwirrung war komplett. Anscheinend war es kein Zufall, dass Papa noch da war. Gespannt betraten sie das Krankenzimmer.

17

Der Artikel stand auf Seite drei. Genau genommen war die ganze Seite drei der Artikel, mit allen Hintergründen, allen Ergebnissen, allen Erkenntnissen. Demnach und wenn man den Recherchen der örtlichen Zeitung glauben wollte, war es tatsächlich der vermisste Forscher, dessen Gebeine nun im Huize Loh gefunden worden waren. Ebenso sicher konnte man rekonstruieren, wie sich sein Unfall damals zugetragen haben musste: Er war nachts alleine aufgebrochen, um noch einmal in die Schlucht zu gehen, von seinem Team war offenbar tatsächlich niemand informiert gewesen. Als er im Dunkeln den hohen Felsen bestieg, der direkt über dem kleinen Bach thronte, der mit einem Überhang versehen war, der schon jahrhundertelang unterspült gewesen war, muss er ausgerutscht, gestürzt und in die Schlucht gefallen sein. Dass nur kurz danach ein Teil des Felsens, auf dem er gestanden hatte, abbrach und ebenfalls in die Schlucht gestürzt war, mag ein Zufall gewesen sein. Dieser Felsen jedenfalls hatte sich so in die Schlucht verkeilt, dass es aussah, als läge er schon seit Menschengedenken an dieser Stelle und nicht einmal alteingesessene Oberstaufener hätten vermutet, dass es anders war. Der Felsen hatte die Unglücksstelle so versiegelt, dass der Leichnam darunter verschwand ohne die geringste Spur. Lediglich die Tatsache, dass die Taschenlampe des Forschers in der Schlucht gefunden werden konnte, deutete überhaupt darauf hin, dass er dort gewesen war.

Groß und breit wurde das nun in diesem Zeitungsartikel ausgetreten, und Opa Grummel war ein wesentlicher Teil dieses Artikels. Das Foto von Opa Grummel und seinem Jagdkollegen war mindestens eine Drittelseite groß, die beiden wurden noch einmal zum Fundort bestellt, um dort vielsagend auf die Stelle zu zeigen, an der sie das Skelett entdeckt hatten. Grummel platzte seitdem vor Stolz, zwar war sein Bild schon vor Wochen in der Zeitung, damals, als sie das Skelett entdeckten. Nun aber wurde die Geschichte noch ein weiteres Mal aufgerollt und mit allen bislang noch offenen Fragen und deren Antworten versehen. Erstmals kamen die Teammitglieder von damals in Interviews zu Wort, die den Forscher allesamt als überaus kompetenten und noch dazu teamfähigen und sympathischen Mann beschrieben. Sie waren froh, dass es nun Gewissheit gab. Und, ja, sie waren froh, dass es nun klar war, dass es sich um einen Unfall gehandelt hatte. Schließlich schossen die Spekulationen seit damals immer wieder ins Kraut: Von Mord bis hin zu einer Flucht des Forschers ins Ausland war die Rede gewesen. Die Frage nach dem `Warum` allerdings hatte niemand beantworten können, weder welches Motiv es für einen eventuellen Mord gegeben haben könnte, noch warum und wohin sich der Forscher hätte absetzen sollen. Dafür hatte es nun wahrlich überhaupt keinen Grund gegeben, denn, so wusste eines der Teammitglieder im Interview zu berichten, schließlich hatten er und seine Freundin ein Kind erwartet. Das allerdings war eine Spur, die bei allen Recherchen ins Leere geführt hatte, denn seine damalige Freundin war nicht mehr zu erreichen gewesen, mehr noch: Niemand wusste einen Nachnamen oder eine Anschrift von ihr, sie schien vom Erdboden verschluckt. Nur der Vornamen war den Teammitgliedern von damals noch in Erinnerung: Nastassia soll sie wohl geheißen haben.

Das eigentlich bahnbrechende an der Geschichte aber war ganz etwas anderes, was zunächst vermeintlich banal erscheinen musste. Erstmals war es gelungen, ein Foto des Forschers zu bekommen und zu veröffentlichen. Und genau dieses Bild war es, das wenig später für große Unruhe sorgen sollte.

18

»Wir stehen vor einer schwerwiegenden Entscheidung«, begann Dr. Neher das Gespräch mit bedeutungsvollen Worten. »Setzt euch doch bitte«, sagte er an Max und Lania gewandt. Sven saß ohnehin bei Claudia am Krankenbett und hielt ihre Hand. Noch immer sah sie friedlich aus, dachte Lania. Irgendwie erhaben, als ob sie über den Dingen schwebte. Als ob sie trotz der Umstände die Fäden in der Hand hielt. Stark und beinahe trotzig, dabei aber so verletzlich und blass, dass es schwer war, dem Anblick stand zu halten. Max und Lania setzten sich zu Papa, Max auf Mamas Bett, Lania auf den Stuhl, der daneben stand. Jophiel Schnattermast machte intuitiv Platz, als Lania ihren Stuhl genau dorthin rückte, wo er stand und merkte im selben Moment, wie unnötig das gewesen war, weil niemand im Raum ihn sehen konnte. Dr. Neher blieb stehen.

»Es ist Ihnen nach wie vor Recht, dass die junge Dame mit dabei ist, nehme ich an? Ich frage das der Ordnung halber, weil sie nicht zur Familie gehört.«

»Keine Formalitäten bitte«, entgegnete Sven. »Lania bleibt selbstverständlich hier.« Schnattermast musste lächeln.

»Das dachte ich mir fast«, schmunzelte der Arzt und zwinkerte Lania zu. »Nun, es gilt, eine Entscheidung zu treffen.«

»Das sagten Sie bereits.« Sven wirkte trotzig und bekam prompt ein rüffelndes »PAPA!« von Max zu hören. Dr. Neher überhörte die Bemerkung und sprach weiter. Ruhig und gefasst, eine Hand in seinem weißen Ärztekittel vergraben, in der anderen hielt er ein Klemmbrett mit einigen Papieren darauf. Wahrscheinlich Mamas Befund und Werte, dachte sich Max.

»Ihre Frau ist an einem Scheideweg angekommen, Herr Grünlinger. Wir stecken in einer Zwickmühle. Ihr Zustand ist zwar noch einigermaßen stabil und sie hat sich im Koma nun auch einigermaßen fangen können, wir können in diesem Zustand aber das Grundübel, die Krebserkrankung, nicht weiter behandeln. Soll heißen: Wir können ihre Frau weiterhin unverändert lassen, dann wird sie unweigerlich den Krebstod sterben. Oder wir können nun versuchen, sie zurückzuholen und versuchen, den Krebs weiter zu behandeln. Die Heilungschancen sind aber überaus gering. Um ganz ehrlich zu sein, gehen sie gegen Null.«

Max sah seinen Papa an. Er hing an den Lippen von Dr. Neher und hielt nach wie vor Claudias Hand. Jophiel wollte sich einmischen, wollte dazwischen gehen, wollte dem Arzt sagen, dass es sehr wohl eine Chance gäbe, schließlich war er doch jetzt hier, er, der das Ganze doch in Ordnung bringen wollte, er, der seine Entscheidung getroffen hatte. So laut er aber schrie, so sehr er versuchte, den Arzt zu unterbrechen, so deutlich musste er einsehen, dass ihn niemand hörte.

»Na dann sollten wir sie unbedingt zurückholen, oder etwa nicht?«, fragte Sven und Jophiel nickte und murmelt vor sich hin. »Genau! Richtig! Lass dich nicht abbringen!«

»Das denke ich auch. Allerdings ist das mit einem erheblichen Risiko versehen und ich möchte, dass sie das wissen. Wir können nicht sicher sein, ob sie in der Lage sein wird, selbständig zu atmen. Ob sie überhaupt zurück in ein Leben findet. Geschweige denn, wie sie die anschließenden Untersuchungen übersteht.«

»Darf ich Sie was fragen?«, mischte sich nun Lania ein, und dem Blick nach zu urteilen richtete sich ihre Frage eher an Sven und Max als an Dr. Neher, denn sie wollte keinesfalls unhöflich wirken.

»Klar«, gaben Sven und Max wie aus einem Mund zurück.

»Die Alternative heißt definitiv: Weiterschlafen und irgendwann Sterben?«

Max zuckte zusammen. Wieder schrie Jophiel auf, unhörbar und stumm.

»Ja. Das ist unbestritten«, bestätigte Dr. Neher »Allerdings kann das der schmerzfreiere Weg zum selben Ergebnis sein, wenn du verstehst was ich meine.« Jetzt wandte sich Dr. Neher wieder Sven und Max zu. »Wir können Ihrer Frau, deiner Mama, einen friedlichen und schmerzfreien Tod ermöglichen, denn die Chancen stehen nach wie vor nicht gut, daran hat sich nichts geändert. Wenn wir sie zurückholen, ist es ungewiss, ob sie überhaupt wieder aufwacht, ob sie, wenn sie aufwacht, die nächsten Stunden überlebt, ob sie, wenn sie die nächsten Stunden überlebt, die nächsten Untersuchungen überlebt, ob sie, wenn sie...«

»Ich habe verstanden«, unterbrach Sven. »Bitte ersparen sie uns den Rest.«

Papa holte tief Luft und Jophiel kamen diese Sekunden erstmals wie Stunden vor. Er würde doch nicht zweifeln? Sven Grünlinger, der Sven Grünlinger, der noch vor wenigen Minuten eine Liebeserklärung am Bett seiner Frau gemacht hatte, würde doch jetzt nicht zweifeln daran, dass es noch eine Chance für Claudia gäbe? Oder waren seine Worte vorhin, als er alleine an Claudias Bett saß, etwa seine Abschiedserklärung gewesen? War es die letzte, die finale Entschuldigung dafür, dass er sich jahrelang wie ein Idiot aufgeführt hatte? War es seine Art, sein Gewissen reinzuwaschen, bevor er seine Frau der Ewigkeit übergab? Nein, das durfte nicht sein! Jophiel baute sich direkt vor Sven auf und schrie ihm geradewegs ins Gesicht: »NEIN!!!!!« Auch dieser Schrei blieb unhörbar.

»Für mich besteht hier nicht der geringste Zweifel und ich bin ganz sicher, die Kinder sehen das genauso.« Atemlose Stille durchzog den Raum, als Sven ansetzte, eine Entscheidung bekannt zu geben.

»Claudia wird weiterleben. Bitte, Herr Doktor, holen Sie sie zurück.«

19

Als Max und Papa Lania nach Hause gebracht hatten, beschlossen sie auf dem Heimweg, dass es nun an der Zeit wäre, Opa einzuweihen. Es gab, so waren sie sich einig, keinen Grund mehr, länger die Wahrheit hinter dem Berg zu halten, vor allem jetzt, da sie die Entscheidung getroffen hatten, Claudia ins Leben zurückzuholen. Es tat Max gut, sich mit Papa darüber zu unterhalten. Es tat ihm gut, nicht schweigen zu müssen. Es tat gut, sich auszutauschen, sich gegenseitig zu bestärken. Es tat vor allem deswegen gut, weil Max das nicht gewohnt war. Noch immer wunderte er sich bisweilen über die Veränderung, die sein Vater in den letzten Wochen durchgemacht hatte, noch immer wagte er es manchmal kaum, diesen neuen Papa als normal anzusehen, aus Angst davor, enttäuscht zu werden, falls Papa doch irgendwann wieder in seine alten Muster zurückfallen würde. Opa war in seiner Wohnung, als sie nach Hause kamen, und er nahm die Einladung zum gemeinsamen Abendessen nur allzu gerne an. Schließlich hatte er Großes zu berichten.

Sven und Max hatten den Tisch bereits gedeckt, als Opa Minuten später die Küche betrat. In der Tür blieb er stehen und richtete sich künstlich auf, reckte die Brust heraus und tat mit aller Pathetik, zu der er fähig war, kund: »Vor euch steht ein Star. Ein Medienstar. Ein Held! Der Held von Oberstaufen!«

Max und Sven sahen sich an. Sekunden später prusteten sie los, lachten lauthals, klopften sich auf die Schenkel vor Lachen, zu komisch sah es aus, wie sich der kleine Mann da im Türrahmen aufbaute, als wäre er der Terminator höchstpersönlich. Opa hatte doch tatsächlich seine alte Berufsjägeruniform angelegt, die ihm längst an den Ärmeln und um die Bauchgegend zu klein geworden war, die ausgewaschen und so alt aussah, als hätte Kaiser Wilhelm selbst sie noch getragen. Und dennoch trug er sie mit Stolz, ohne zu merken, dass seine Erscheinung neben seinen übertrieben Worten ein Übriges dazu beitrug, seinen Sohn und seinen Enkel vor Lachen in Tränen ausbrechen zu lassen.

»Pah! Lacht nur, ihr Unwissenden! Euch wird das Lachen schon noch vergehen«, polterte Opa und freute sich auf den bevorstehenden Triumph. Fast liebevoll betastete er die Zeitung in seiner Hand. Gleich würde er sie auf den Tisch werfen, und dann würden sie sehen, was er für ein großer Held ist! »Ich werde Euch lehren, was es heißt, einen Helden zu verspotten! Zu Kreuze werdet ihr kriechen, wenn ihr erst wisst, wen ihr da vor euch habt!«

»Opa, jetzt komm mal wieder in die Spur«, versuchte Sven die Fassung wieder zu finden, musste aber immer wieder das Lachen unterdrücken. »Wir wissen doch, dass du unser Held bist, das musst du uns doch nicht sagen. Du warst und bist das Vorbild aller Jäger westlich von...«

»Von wegen Jäger«, unterbrach Opa seinen Sohn sofort und trat, nein: schritt auf den Tisch zu. Die Arme steif am Körper wackelte er mit dem Oberkörper hin und her, um den Gang der Mächtigen zu imitieren, was seiner gebückten Gestalt eine geradezu skurrile Anmutung verlieh und was dafür sorgte, dass Max und Sven schon wieder von einem Lachanfall geschüttelt wurden, der ihnen die Tränen in die Augen trieb. »Ich rede nicht von der Jagd. Ich rede von Entdeckungen. Entdeckungen, die Berühmtheiten hervorbringen! Columbus! Grünlinger! Wir werden in die Geschichtsbücher von Oberstaufen eingehen!«

»Jetzt setz dich doch, Opa«, war Max bemüht, zur Normalität zurückzukehren. »Wir müssen dir etwas sagen.« Schon, als er die Worte ausgesprochen hatte, bemerkte Max, dass sie zu wenig Gewicht hatten. Er wollte sie eigentlich ernst und groß wirken lassen, um Opa darauf vorzubereiten, dass sie ihm eine gewichtige, vielleicht die gewichtigste Mitteilung überhaupt machen wollten. Weil er innerlich aber wegen Opas Auftritt noch immer schmunzeln musste, klangen sie beschwichtigend und klein.

»Claudia ist im Krankenhaus. Wir haben sie gefunden«, sagte Sven. »Ich bin ein Zeitungsstar. Hier. Seite drei«, sagte Opa gleichzeitig und knallte die aufgeschlagene Zeitung auf den Tisch. Es dauerte eine gefühlte Ewigkeit, bis alle drei die Aussage des jeweils anderen verarbeitet hatten. Jetzt ertönte es aus drei Mündern synchron: »Wie bitte?«

Es war weniger das Foto von Opa Grummel, das Max sofort ins Auge stach. Es war das Foto des Forschers, das ihm einmal mehr die Sprache raubte und ihn nur noch stammeln ließ. Er erkannte die Person sofort, kein Zweifel. Tausend Gedanken schossen ihm in den Kopf, fassen konnte er keinen davon. Papa hatte es offenbar noch gar nicht entdeckt, sondern sah sich erst das Triumphbild von Opa Grummel an. Und der wiederum war der erste, der die Fassung wiederfand. »Wie bitte?«, wiederholte er. Niemand reagierte auf seine Frage.

»Das ist... das ist... das ist...« Max konnte noch immer nicht klar denken, und jetzt schaute Papa erstmals auch auf das Bild des Forschers. Max wagte kaum, es auszusprechen. »SCHNATTERMAST!« Sven schrie es regelrecht heraus. »Kein Zweifel. Das ist Jophiel Schnattermast!«

»Wie bitte?«, fragte Opa. Er verstand nur Bahnhof. Seinen großen Moment jedenfalls hatte er sich gänzlich anders vorgestellt. »Was ist los mit Claudia? Wo ist sie? Wie geht's ihr?«

»Schnattermast. Jetzt verstehe ich gar nichts mehr«, stammelte Max vor sich hin.

»HALLO?«, schrie Opa jetzt regelrecht in den Raum. »Kann mir jemand mal sagen, was hier eigentlich los ist?«

»Wenn wir das wüssten, Opa, dann wäre es uns allen leichter.«

Lania traf es wie ein Blitz. Sie war eben aus dem Wagen der Grünlingers ausgestiegen und zur Wohnungstür gegangen, wollte gerade den Schlüssel ins Schloss stecken, da wurde sie von ihren Gedanken regelrecht niedergestreckt. Die Vision traf sie mit solcher Wucht, dass es ihr zuerst den Atem und dann den Halt nahm. Sie stürzte zu Boden, riss dabei den Blumentopf mit, der neben der Haustüre stand und blieb auf dem Treppenabsatz liegen. Die Bilder in ihrem Kopf waren klar. Glasklar. Ein Bach. Ein Wald. Felsen. Ein Mann. Ein Schrei. Ein markerschütternder, schlimmer Schrei, ein Schrei im Wissen des bevorstehenden Todes. Es ging alles so schnell, die Bilder schossen mit einer unglaublichen Wucht in ihren Kopf, nur Bruchteile von Sekunden lang, und dabei so intensiv, als würde sie sie in Spielfilmlänge sehen. Sie konnte die Bilder körperlich spüren, jedes Bild wie ein Stromschlag, der Schrei des Mannes war ein Trommeln, ein Hämmern in ihrem Kopf, das auch noch nachdem die Bilder längst verschwunden waren, tief in ihrem Inneren nachhallte. Sie hielt sich die Ohren zu, doch der Klang verschwand nicht, er drang nicht von außen an sie, vielmehr war er tief in ihr verankert, so, als trüge sie diesen Schrei schon immer in sich und er hätte nur auf den Moment gewartet, sich Gehör zu verschaffen.

Amelie fand sie vor der Tür liegend, sich die Ohren zuhaltend, und lauthals »Nein! Nein!« rufend.

»Lania! Um Gottes Willen, was ist denn los?« Sie erwartete nicht wirklich eine Antwort auf ihre Frage, kniete bereits neben Lania und stützte sie beim Aufstehen. Sie führte sie ins Haus und auf das Sofa im Wohnzimmer. Dass dort auf dem Tisch noch die Dokumentenmappe mit den Adoptionspapieren lag, daran dachte sie in diesem Moment nicht. Wieder und wieder hatte Amelie die Papiere durchgesehen, wieder und wieder sich gefragt, ob ihre Vermutung stimmen könnte, ob es Zufall war, dass gerade jetzt der vermisste Forscher auftauchte, wieder und wieder alle Möglichkeiten durchgedacht, wieder und wieder sich den Kopf zermartert, ob es gut war, Lania die ganze Wahrheit zu sagen, oder ob Jonathan vielleicht doch Recht hatte und es für Lania vielleicht gar nicht wichtig war zu erfahren, dass sie nicht ihre leibliche Tochter war. Offenbar hatte sie dabei die Zeit vergessen oder noch nicht mit Lanias Rückkehr gerechnet. Lania legte sich hin.

»Ich mach dir einen Tee. Und dann erzählst du mir, was los war.« Mama ging in die Küche und setzte das Teewasser auf. Lania griff zum Wasserglas auf dem Wohnzimmertisch, tastete etwas unbeholfen, danach, sie war noch leicht benommen, fand es schließlich, zog es zur Tischkante und zu sich her. Die Mappe, auf der das Wasserglas gestanden hatte, fiel zu Boden, die darin befindlichen Schreiben und Papiere verteilten sich vor dem Sofa. Lania war zu geschafft, um danach zu sehen, beugte sich nur kurz vor, um einen Schluck Wasser zu trinken, stellte das Glas zurück und legte sich wieder hin. Sie wurde von einer Welle tiefer Müdigkeit umspült, regelrecht eingehüllt und mitgenommen. Aus dem Augenwinkel konnte sie das Deckblatt der Dokumentenmappe sehen, das vor ihr am Boden lag. Sie wollte es zurück auf den Tisch legen, wollte die Unordnung, die sie angerichtet hatte, wieder beheben, griff danach, doch es gelang ihr nicht, es zu erreichen, es lag eine Fingerspitze weit außerhalb ihrer Reichweite. Sie war zu müde, um aufzustehen und als sie die Augen schloss, hatte sie ein leichtes Schmunzeln auf den Lippen, weil sie glaubte, ihr Verstand würde ihr einen Streich spielen. Sie konnte nicht mehr unterscheiden, ob sie noch wach war oder bereits träumte, so unwirklich kam ihr dieser Moment vor, als sie lesen konnte, was auf der Mappe stand, so, wie man morgens manchmal unbewusst versucht, das Weckerklingeln in seinen Traum einzubauen, nur damit es nicht real sein möge. »Adoptionsunterlagen« stand handschriftlich darauf. Und darunter ihr Name: »Lania.« Sie fiel in einen tiefen, traumlosen Schlaf und wachte noch nicht einmal auf, als Amelie die Tasse mit heißem Tee, den sie für Lania gekocht hatte, vor Schreck fallen ließ. Sie fand ihre Tochter schlafend auf dem Sofa, die geheimen Unterlagen gefährlich sichtbar auf dem Boden ausgebreitet.

»Und wer bitte ist nun dieser Schnattermensch? Das ist doch hoffentlich ein Spitzname, oder? Kein Mensch dieser Welt kann ein so blöden Namen haben«. Opa wusste ja gar nicht, wie Recht er damit hatte, dachte Max. Nicht mit dem blöden Namen (obwohl... eigentlich auch damit), sondern vielmehr damit, dass er wohl tatsächlich kein Mensch dieser Erde war, sondern so etwas wie... Noch immer wusste Max darauf keine Antwort zu geben, was dieser Jophiel Schnattermast nun eigentlich war, und dennoch stand fest: Die Lösung aller Fragen führte genau über ihn.

Immer wieder stolperten sie über Schnattermast, immer wieder tauchte er auf, wissend und seltsam, geheimnisvoll und doch so menschlich. Max und Sven hatten Opa alles erzählt, was er über Claudia wissen musste. Die Geschichte mit Jophiel hatten sie ausgespart. Das wiederum, so meinten sie, wäre für Opa zuviel des Guten.

»Schnattermast ist ein Bekannter von uns«, versuchte Sven, Opa eine brauchbare Antwort zu geben. »Und der sieht diesem Forscher extrem ähnlich.« Opa Grummel gab sich für´s Erste zufrieden mit dieser Antwort. Er lehnte sich in seinem Küchenstuhl weit zurück, streckte die Beine aus, verschränkte die Arme hinter dem Kopf und deutete mit dem Kinn auf das Zeitungsfoto. »Aber ich bin doch ganz hervorragend getroffen, findet ihr nicht?«

Jophiel Schnattermast war zu aufgewühlt, um sich an Regeln zu halten. Der einzige Weg, an Informationen zu kommen, führte über seinen Teamleiter, in dessen wandlungsfähigem Büro er jetzt stand. Ein schlichter weißer Raum beim ersten Mal, ein üppig blühender Dschungel beim zweiten Mal war dieser Raum heute düster und kalt. Schnattermast ließ den Blick schweifen sowie sich seine Augen an die Dunkelheit gewöhnt hatten. Der Sternenhimmel über ihm gab der Situation eine gewisse Portion Romantik.

»Hallo Jophiel, schön dich zu sehen«, begann sein Teamleiter betont freundlich. Er stand so plötzlich neben ihm, dass sich Jophiel erschrak. »Was kann ich tun für dich?«

»Ich muss noch einmal zu Lania. Es gibt gewisse Dinge, die noch zu klären sind«, fiel Jophiel direkt mit der Tür ins Haus.

»Das ist leider nicht möglich, Jophiel. Wie ich dir bereits bei deinem letzten Besuch mitgeteilt habe, ist deine Mission...«

»...noch längst nicht beendet«, unterbrach Jophiel barsch. »Es ist wichtig, glaub mir. Ich habe noch etwas aufzuarbeiten.«

Sein Teamleiter sah ihn die ganze Zeit direkt an. Durchdringend, aber gütig. »Ich kann leider nichts für dich tun, Jophiel. Eine Rückkehr ist nicht vorgesehen und bereits dein letzter Besuch im Krankenzimmer war nach unseren Richtlinien nicht erlaubt. Ich kann dich nur warnen: Falls du planst, eigenmächtig zurückzukehren, wird das deine Erinnerung an all das, was du hier erlebst, final gelöscht. Du fängst wieder von Null an. Zurück auf Anfang. Keine weiteren Annehmlichkeiten. Du wirst wieder in der Zeitlosigkeit hängen bleiben. Und das, wo man hier so große Stücke auf dich setzt. Sonst hätte man dich schließlich nicht bereits so kurz nach deinem Tod wieder...« Er stockte.

»Wie kurz? Wie kurz nach meinem Tod?« Jophiel trat einen Schritt auf seinen Teamleiter zu, berührte ihn beschwörend mit beiden Händen an den Schultern. »Wie kurz? Wie lange bin ich weg? Bin ich Lanias Opa? Bitte, gib mir doch wenigstens ein paar Antworten?« Jophiel war verzweifelt. Mit allem Nachdruck, den er in seine jetzt brüchige Stimme legen konnte, fügte er hinzu: »Bitte!«

»Ich kann leider nichts weiter für dich tun, Jophiel. Bedenke, was du aufgibst. Es gibt noch viele Lanias und Claudias, die auf Führung durch uns warten!« Er drehte sich um und wandte sich zum Gehen.

»Nein«, flüsterte Jophiel dem Schattenriss hinterher, als welcher sein Teamleiter nur noch erkennbar war. »Es gibt nur eine Lania.«

»Es gibt Komplikationen. Bitte kommen Sie schnellstmöglich.«

Der Anruf des Krankenhauses ließ keine zwei Deutungen zu. Es musste etwas geschehen sein, etwas, was sich Sven nicht auszumalen gestattete. »Wir müssen Lania mitnehmen«, bestand Max auf einem kleinen Umweg, trotz der Eile, die geboten war, und Sven wusste, dass Max Recht hatte. Zu weit waren sie den Weg gemeinsam gegangen, als dass sie Lania jetzt hätten zurücklassen können. Außerdem tat es den beiden unbestritten gut, wenn Lania mit ihrem erfrischenden Wesen sie begleitete.

Max klingelte, und als Amelie mit tränenverquollenen Augen die Türe öffnete, versuchte er, sich trotz seiner Unsicherheit nichts anmerken zu lassen. »Ist Lania da?«

»Ich hatte gehofft, sie ist bei dir«, entgegnete Lanias Mutter. »Sie ist gestern sofort eingeschlafen und heute Morgen war sie bereits weg, als ich wach wurde. Wie geht es deiner Mama?«

»Das... das... das erzähle ich Ihnen ein andermal. Können Sie ihr bitte sagen, dass wir im Krankenhaus sind und sie gerne nachkommen soll, wenn sie wiederkommt?« Max drehte sich bereits um, ehe Amelie antworten konnte und rannte zum Wagen, in dem Sven bereits mit den Fingern auf dem Lenkrad trommelte.

»Komisch. Sie hat mir gar nichts gesagt, dass sie weggeht«, wunderte sich Max, doch Papa beruhigte ihn und meinte, sie wäre vielleicht nur kurz einkaufen gegangen oder eben eine Runde spazieren. »Irgend etwas stimmt da nicht«, sorgte sich Max weiter. »Ans Handy geht sie auch nicht.«

Lania schaltete das Handy auf lautlos, als sie Max´ Anruf auf dem Display sah. So leid es ihr tat, aber nun musste sie sich zunächst mit sich selbst befassen. Sie lief einfach los, von ihrem Haus weg, die Straße entlang, hatte keinen Blick für die schöne Bepflanzung am Straßenrand, für die die Oberstaufener Gemeindeverwaltung so sorgsam aufkam, sah nicht die Autos, die an ihr vorbeifuhren, nicht die Passanten, denen sie begegnete. Sie lief einfach. Rannte nicht. Lief. Ruhigen Schrittes, aber stetig, ein Bein vor das andere, rhythmisch, gleichmäßig, maschinenhaft. Sie schlug den Weg ein, der sie direkt aus Oberstaufen hinausführte, unbewusst wohl, aber doch irgendwie zielstrebig. Vorbei an den Feldern, auf denen das Gras inzwischen hoch stand und auf denen der eine oder andere Traktor zu sehen war, dieses Gras zu mähen, vorbei an dem alten, baufälligen Gebäude, das früher einmal ein Kinderheim gewesen war, weiter den steilen Anstieg nach oben, vorbei an der kleinen Ferienpension, sie hatte Oberstaufen längst hinter sich gelassen, immer weiter lief sie, immer weiter, sie konnte nicht sagen, wie lange sie schon unterwegs war, es war ihr auch nicht wichtig, sie folgte lediglich einem Drang, einem inneren Befehl, als wüsste sie tief in sich drin, wo sie hingehen muss, um ihre Wahrheiten zu erfahren. Als würde sie geführt, als stünde es unumstößlich fest, dass sie am Ende dieses Weges erführe, was das alles zu bedeuten hatte. Jetzt war sie in Willis angekommen, passierte ein Hotel, und schließlich eine winzige Kapelle, eine Mariengrotte bei einem uralten Bauernhof, dem letzten Gebäude, das sie noch von dem Wald trennte, auf den sie zielsicher zusteuerte. Der Weg führte in einem engen Bogen um den Hof herum, doch Lania bog jetzt ab vom Weg, der schon so viele Spaziergänger getragen hatte, verließ den Pfad, den ausgetretenen Weg, stapfte über die Wiese zum Wald, ließ sich von nichts davon abbringen, weiter zu gehen, weiter, immer weiter, hinein in den Wald, der hier so dunkel und dicht war, der hier so gut wie nie von Menschen betreten wird. Ihr Weg wurde steiler, sie lief immer weiter in den Wald hinein, drückte einige Büsche zur Seite, um sich einen eigenen Weg zu bahnen, eine eigene Spur zu legen. Das Dickicht wurde von Meter zu Meter undurchdringlicher und der Wald dichter und dichter, sie stieg bergan, spürte nicht den Schmerz im Bein, den ihr ein Dorn zugefügt hatte. Es wurde steiler und steiler, aber Meter für Meter kämpfte sie sich voran, und schließlich wurde der Bewuchs wieder lichter und sie kam besser voran. Der Berg war nun so steil, dass sie sich mit den Händen aufstützen musste, doch sie blieb nicht stehen, kämpfte sich weiter, Schritt für Schritt, ihre Hände waren vom Waldboden schmutzig, ihre Hose an den Knien schwarz vom Dreck, egal, sie blieb nicht stehen. Sie wurde getrieben, wusste noch immer nicht, was sie hier erwartete, geschweige denn, warum sie genau hier her kam, und doch fühlte es sich irgendwie richtig an. Es war der einzige mögliche Weg, genau hier musste sie sein, das spürte sie, nicht weiter links und nicht weiter rechts, nein, hier, genau hier. Der Untergrund wurde felsiger, aber weniger steil, und so kam sie besser voran. Noch immer war sie von dichtem Wald umgeben, immer wieder musste sie nun aber großen moosbewachsenen Felsbrocken ausweichen, die offenbar schon seit Ewigkeiten hier lagen. Ihr Weg war noch nicht zu Ende.

Max und Sven wurden bereits in der Eingangshalle des Krankenhauses abgefangen und von einer Krankenschwester nach oben begleitet. Den Weg zur Intensivstation kannten sie ohnehin, und so wunderten sie sich ob der Begleitung. Die Schwester begann ohne lange Umschweife, die wesentlichsten Dinge zu erzählen, während sie schnellen Schrittes in den zweiten Stock hasteten.

»Der kritische Moment ist, wenn der Patient selber zu atmen beginnen muss. Dann nämlich wird das Medikament, das das künstliche Koma auslöst, gegen ein anderes ersetzt, was die Atmung nicht länger blockiert. Bei Ihrer Frau gab es Komplikationen.«

»Was... was ist mit ihr?« Sven befürchtete das Schlimmste.

»Die Ärzte kämpfen um ihr Leben. Mehr wird Ihnen gleich der diensthabende Arzt erzählen. Wir sind da.«

Sven und Max wurden vor dem Fenster, hinter dem Claudia bislang gelegen war, von Dr. Neher in Empfang genommen. »Die Kollegen arbeiten mit Hochdruck«, sagte er mit gedrückter Stimme. »Ihre Frau hatte schon selber geatmet, so dass wir die künstliche Beatmung einstellten. Dann kam es aber zum Kreislaufstillstand und wir mussten reanimieren. Momentan können wir nur warten, aber ich muss Ihnen sagen, dass es auf Messers Schneide steht, ob Ihre Frau überlebt.«

»Können wir... ich meine... dürfen wir...« Max war es unmöglich, einen ganzen Satz zu formulieren.

»Nein, junger Mann. Momentan ist es unmöglich, weil sie fieberhaft stabilisiert werden muss. Es ist absoluter Akutzustand. Du musst leider hier draußen bleiben und warten.« Dr. Neher wandte sich jetzt an Sven. »Es war uns dennoch wichtig, dass Sie hier sind und über alle Schritte informiert sind. Unter Umständen müssen sehr schnell Entscheidungen getroffen werden. Bitte warten Sie hier. Ich lasse Ihnen etwas zu trinken bringen.«

Max und Sven setzten sich auf die Stühle vor dem OP-Bereich, Sven blätterte in einer Illustrierten, ohne einen einzigen Satz zu lesen oder ein einziges Bild wahrzunehmen. Im Inneren des Operationssaales spielten sich dramatische Szenen ab.

Lania stapfte weiter und weiter. Schritt für Schritt und Meter für Meter bahnte sie sich ihren Weg. Sie machte sich keinerlei Gedanken darüber, warum sie genau hier her ging, wo genau sie war oder wann und wie sie wieder zurückkommen würde. Mit jedem Meter, den sie weiterging, fühlte es sich richtiger an, so, als müsste sie hier her kommen, als würde sie geführt. Immer ähnlicher wurde jetzt die Wirklichkeit dem, was sie gestern in ihrer Vision gesehen hatte. Immer mehr glich die Umgebung den Bildern, die sie gestern so niedergestreckt hatten, bevor sie in einen traumlosen Schlaf gefallen war. Dass sie mitten in der Nacht aufgewacht war, hatte Mama nicht bemerkt. Als sie die Augen aufschlug und sich noch immer, zugedeckt zwar, aber eben doch noch immer auf dem Wohnzimmersofa wiederfand, waren die Unterlagen verschwunden, von denen sie glaubte, sie vor ihrem Einschlafen gesehen zu haben. Zu verwirrt war sie, um entscheiden zu können, ob sie wirklich gesehen hatte, was sie glaubte gesehen zu haben oder ob sie schon im Reich der Träume gewesen war. Und so war sie aufgestanden, so leise wie nur irgend möglich, um nur ja Papa und Mama nicht aufzuwecken, war herumgegangen, hatte zunächst das Wohnzimmer abgesucht nach der Mappe mit der Aufschrift »Adoptionsunterlagen Lania«, die sie wie ein Foto eingebrannt vor ihrem geistigen Auge sah und von der sie dennoch nicht sagen konnte, ob sie überhaupt existierte.

Als brauchte sie die Bestätigung, dass sie sich das nicht erneut einbildete, griff sie in ihre Umhängetasche, ohne stehen zu bleiben. Sie erfühlte die Mappe, schloss den Reißverschluss und ging weiter. Noch war sie nicht am Ziel, das spürte sie, noch war es nicht an der Zeit, die Unterlagen zu studieren. Es fühlte sich an, wie das Warten auf etwas Großes, so, als hätte man als Hungernder ein Festmahl vor sich auf dem Tisch, betrachtete es aber nur, ohne es anzurühren, so lange wie möglich, weil man den Moment des eigentlichen Genusses so lange wie möglich hinauszögern will. Ob für Lania der Moment der Wahrheit allerdings Gutes oder Schlechtes bringen würde, wusste sie noch nicht einzuschätzen. Es hatte ihr alle Kraft abverlangt, die Mappe nicht sofort durchzusehen, sondern nur kurz zu öffnen, sie dann aber direkt in ihrer Tasche verschwinden zu lassen, sich wieder hinzulegen auf das Sofa, sich schlafend zu stellen und schließlich loszulaufen, ohne dass Mama oder Papa etwas davon bemerkten. Nur eine Notiz hatte sie auf dem Küchentisch zurückgelassen. »Bin spazieren. Macht Euch keine Sorgen«, stand darauf, und ihr war durchaus klar, dass es ihr mit diesem Zettel nicht gelingen würde, Mama davon abzubringen, sich Sorgen zu machen. Amelie hatte sofort nachgesehen, ob die Mappe noch dort war, wo sie sie gestern versteckt hatte, nachdem Lania eingeschlafen war. Dass ihre Tochter mitsamt den Unterlagen verschwunden war, trug nicht gerade zu ihrer Beruhigung bei, und dass sie auch nicht bei Max war, wie sie verstohlen gehofft hatte, beunruhigte Amelie nur noch mehr.

Lania dagegen kam ihrem Ziel näher. Mit jedem Schritt näherte sie sich der Wahrheit. Dass sie dort, am Ende ihres Weges, bereits erwartet wurde, ahnte sie nicht.

Claudia hatte noch nicht entschieden, ob sie dem gewaltsamen Versuch, sie ihrer Blumenwiese zu entreißen, nachgeben würde. Zu angenehm war das Gefühl gewesen, über die Wiese zu fliegen, zu schweben vielmehr, selbstbestimmt das angenehme Wohlbefinden zu verspüren, das sie umfing, sich frei und geborgen gleichzeitig zu fühlen, rundum zufrieden und befreit. Die Männer und Frauen um sie herum nahm sie nicht wahr. Nicht das hektische Treiben, nicht das Piepen der Maschinen, nicht die Wortfetzen wie »...Beatmen! Beatmen!« Nichts drang zu ihr und dennoch, unerklärlich eigentlich, spürte sie den Griff des Lebens, der sie umfasste und der sie zurückbringen wollte in die Welt, eine Welt, die ihr bereits fern geworden war, an die sich nicht in einem engeren Sinne erinnerte, von der sie keine Bilder hatte, die sie nur deswegen als Bedrohung empfand, weil sie der Gegenpol zu ihrem Blumenwiesen-Paradies war, ihrem Kosmos, ihrem Universum, in dem sie so befreit gewesen war wie noch nie zuvor.

Der Griff wurde enger, nur um gleich wieder loszulassen. Dass sie selbst es war, die diesen Griff steuerte, war ihr nicht bewusst. Es geschah einfach, und noch hatte sie nicht entschieden, welchem Gefühl sie nachgeben würde. Plötzlich aber veränderte sich die Situation. Plötzlich war sie zurück auf ihrer Wiese, die nun aber eine klar definierte Grenze hatte: Wo vorher nur die Bäume eine Art natürliche Barriere zur Außenwelt darstellten, sah sie nun ein helles, gleißendes Licht, von dem eine beinahe unerhörte Anziehung ausging. Es war so hell wie sie noch nie ein Licht gesehen hatte, so gleißend, dass es eigentlich schmerzen musste hinzusehen, doch der Schmerz blieb aus, im Gegenteil. Sie konnte direkt in den Lichtkegel sehen, ohne auch nur geblendet zu werden, obwohl es das hellste Licht war, das sie jemals gesehen hatte, heller als tausend Sonnen, so warm und behaglich, dass es eine solch magische Anziehung ausübte, der zu widerstehen beinahe unmöglich war. Claudia spürte, dass dort, in diesem Licht, etwas verborgen war, das sie ergründen wollte, ergründen musste. Sie hatte keine Eile, denn mit jeder Sekunde schien das Licht noch heller zu werden, was gemeinhin gar nicht möglich schien, und dennoch war es so, noch umfassender, noch größer, noch lockender wurde dieser Lichtschein, auf den Claudia nun zuging, ruhig und gefasst, bestimmt und doch zögernd, nicht etwa, weil sie Zweifel daran gehabt hätte, jetzt ins Licht gehen zu wollen, vielmehr deshalb zögernd, weil auch sie diesen Moment auskosten, vergrößern, verlängern wollte. Es war ihr klar: Dieses Licht musste die Lösung darstellen. Dieses Licht war alles. Alles.

Lania kam keuchend an der obersten Erhebung der Schlucht an, sah sich jetzt zum ersten Mal überhaupt die Umgebung an. Zielsicher hatte sie die Stelle gefunden, die sie gestern in ihrer Vision gesehen hatte, ohne eigentlich zu wissen, dass sie genau diesen Platz suchte. Kein Zweifel. Sie war wie in Trance gelaufen, hatte nicht angehalten, nicht ein einziges Mal war sie stehen geblieben, erst jetzt, zum ersten Mal seit Stunden, seit sie von zuhause aus losgegangen war, jetzt blieb sie stehen. Kein Zweifel: Sie war im Huize Loh, es konnte nicht anders sein. Felsen durchzogen die Schlucht, moosbewachsene Steine lagen vor ihr, der Bach, der momentan wenig Wasser führte, tief unter ihr. Es war eine seltsame Stimmung hier, allerdings weit weniger bedrohlich als in den Schauergeschichten der Dorfbewohner, empfand sie. An den Stellen, wo die Sonne durch das dichte Geäst fiel, bündelten sich die Lichtstrahlen sogar so, dass es wie eine Erleuchtung anmutete. Und plötzlich ein Schrei. DER Schrei. Wieder hörte sie ihn, den Schrei, den sie bereits in ihrer Vision gehört, nein: regelrecht gespürt hatte! Er war so laut und doch so bedrückend unhörbar, dass Lania sich verstört die Ohren zuhielt und die Augen zusammenpresste, was die Intensität dieses unmenschlichen Dröhnens aber nicht um das Geringste verringerte. Als es nachließ und lediglich einen dumpfen Nachhall in ihrem Inneren zurückließ, öffnete sie die Augen.

»Hallo Lania. Ich habe dich schon erwartet.«

»Hallo Jophiel. Warum wundert es mich nicht, dich hier zu sehen?«

»Schnell! Wir verlieren sie!« Der Arzt war sich bewusst, dass es jederzeit zu einem erneuten Kreislaufstillstand kommen konnte, und dennoch war es überraschend, dass gerade jetzt, als Claudia stabil zu werden schien, die Atmung erneut aussetzte. Die zweite Wiederbelebung innerhalb einer Stunde, zum zweiten Mal kämpften die Ärzte um Claudias Leben. Zum zweiten Mal holten sie sie ins Leben zurück. Zum zweiten Mal atmete sie wieder, das Herz begann wieder zu schlagen.

»Papa?« Sven zuckte kurz zusammen, er musste offenbar eingenickt sein.

»Ja, Max?«

»Falls Mama wieder gesund wird...«

»Natürlich wird Mama wieder gesund«, versuchte Sven, positive Gedanken zu verbreiten.

»Ja, also ich meine, wenn sie wieder gesund wird... werdet ihr beide dann... also... ich meine... zusammen...«

»Das weiß ich nicht, Max. Jetzt müssen wir erst einmal sehen, wie sich die Dinge entwickeln.« Sven hatte sich nach vorne gebeugt und das Gesicht in den Händen vergraben. Er schien geschafft, mehr, als er nach außen hin zugab. Max sah es ihm an, sah und spürte, dass auch Papas Kraft aufgebraucht war. Jetzt waren sie am Ende des Weges angekommen, hier und jetzt würde es sich entscheiden. Max hatte sich immer gewundert, was es damit auf sich haben sollte, wenn die Erwachsenen von einem Scheideweg sprachen. Jetzt wusste er es und hätte gleichzeitig gerne darauf verzichtet, die Erklärung des Begriffes so hautnah am eigenen Leib zu erfahren. Hier, auf der Intensivstation des Krankenhauses, würde entschieden werden, ob er künftig eine Mama haben würde oder nicht. Vielleicht auch, ob er eine Familie haben würde oder nicht. Der Weg, die Reise, das Abenteuer mit Schnattermast und Lania, es würde hier ein Ende finden. Ob es ein endgültiges oder ein vorläufiges Ende würde, stand noch offen.

Sein Papa war ein anderer geworden im Laufe dieses Abenteuers, so viel stand fest und nicht zuletzt hatte es sie beide wieder enger zusammengeführt. Aber um welchen Preis? Musste er seine Mama verlieren, um seinen Papa wiederzugewinnen? Wenn dem so war, wollte er dieses Spiel nicht weiter spielen.

»Aber was ist, wenn Mama wirklich...«

»Hör auf, Max. Wir dürfen daran nicht denken. Wir müssen daran glauben, dass sie es schafft. Und ihr ganz ganz viel Liebe schicken. Alle Liebe, die wir haben.«

Max war verwundert. »Wie du redest. So etwas hast du noch nie gesagt.«

»Ich weiß. Aber ich habe es eingesehen, Max. Ich muss mich ändern, damit sich die Dinge verändern können. Ich bin der Schlüssel zu diesem ganzen Unheil und ich hoffe nur, dass es nicht zu spät ist, es wieder gut zu machen.«

Max lehnte den Kopf an Papas Schulter. »Ich hab dich lieb.«

»Ich finde, ich habe ein klein wenig Informationen verdient, findest du nicht auch?« Lania hatte sich neben Jo gesetzt und die Tasche abgelegt.

»Alles, was du willst, Lania. Alles, was ich beantworten kann.«

»Wer soll die Dinge beantworten, wenn nicht du? Du hattest immer schon alles gewusst, bevor wir nur eine Ahnung von den Dingen hatten.«

»Ja, Lania. Soweit sie meinen Auftrag betrafen. Aber darüber hinaus weiß ich auch nur sehr eingeschränkt Bescheid. Leider.« Er drehte einen Grashalm zwischen seinen Fingern. »Ob du es glaubst oder nicht: Auch ich habe viele Fragen!«

»Zum Beispiel?«, fragte Lania und sah ihn direkt an.

»Erst du.«

Es musste ein seltsames Bild sein, wie sie beide hier, am höchsten Punkt des verwunschenen Huize Loh, am Boden saßen, Schnattermast in seinem Anzug, der ihn zwar gut aussehen ließ, an diesem Ort aber so unpassend wirkte wie kurze Hosen in der Oper.

»Hast du mich hier hergeführt? Als ich loslief, wusste ich nämlich nicht, wo ich landen würde.«

»Vielleicht.«

»Was heißt 'vielleicht'?«

»Vielleicht heißt, dass ich es nicht sicher sagen kann. Ich weiß nicht, was ich an Kräften besitze, um solche Dinge zu steuern. Ich dürfte genau genommen nämlich gar nicht hier sein. Und ich weiß eigentlich auch nicht, warum ich genau hier bin. Nur, dass es etwas mit dir zu tun hat.«

»Weißt du, dass ich adoptiert bin?«

»Du bist was?«

»Du hast mich schon verstanden. Adoptiert. Angenommen. Nicht leiblich.«

»Das...« Jophiel stockte. »Das wusste ich nicht, nein.«

»Ich habe das hier gefunden.« Lania griff nach der Tasche und zog die Mappe heraus. »Bisher habe ich noch gar nicht gewagt, alles genau anzusehen.«

»Vielleicht müssen wir das zusammen tun. Vielleicht bekommen wir beide dann die Antworten, die wir suchen.« Sie teilten die Dokumente in der Mappe in zwei Hälften, wahllos, und jeder begann, seinen Stapel durchzusehen. Schon nach wenigen Minuten war beiden klar, dass Lania Recht hatte. Ihre Eltern, Amelie und Jonathan, waren nicht ihre Eltern. Jedenfalls nicht ihre leiblichen Eltern.

Je weiter sie stöberten, desto mehr Informationen kamen zu Tage. Amelie und Jonathan hatten nicht nur die amtlichen Dokumente und Unterlagen aufbewahrt, sondern auch darüber hinaus vieles an Informationen, Zeitungsausschnitten, Ausdrucken und Fotos.

»Ich glaube, dass deine Eltern diese Mappe für dich angelegt haben, Lania«, unterbrach Jophiel die Stille. »Deswegen haben sie so viel gesammelt.«

»Mag schon sein. Aber sie hätten es mir sagen sollen.«

»Das hätten sie mit Sicherheit noch gemacht.«

»Ach ja? Glaubst Du? Und wann? Wenn ich alt und runzlig bin?«

Jophiel musste lachen. »Jetzt sei nicht ungerecht, Lania. Du weißt gar nicht, was sie vorhatten. Und, soweit ich das beurteilen kann, haben sie dich immer geliebt. Und tun das mit Sicherheit auch weiterhin.«

»Du hast ja Recht«, gab Lania kleinlaut bei. »Sie sind tolle Eltern. Ich bin nur so verwirrt, dass ich nicht weiß, was ich davon halten soll. Verstehst du das?«

»Und ob ich das verstehe, Lania. Ich kann das sogar sehr gut verstehen.« Schließlich war Schnattermast auch noch auf der Suche nach seinem Platz in dieser Geschichte.

»Hier! Hier ist etwas über meine leiblichen Eltern!« Lania hatte ein Schriftstück gefunden, das wohl eine Art Bestätigung darstellte, dass die leiblichen Eltern der Adoption zustimmten.

»Lass mich mal sehen!« Jophiel war mindestens genau so gespannt, wie Lania selbst. Er schaute ihr über die Schulter, als sie versuchte, die Schrift zu entziffern, die schon sehr undeutlich war.

»Jetzt warte doch mal. Ich muss ja selbst erst mal...«

Lania deutete mit dem Finger auf dem Papier. »Es trägt nur eine Unterschrift beim Feld 'Mutter des Kindes'. Das könnte...« Sie versuchte angestrengt, den Namen zu entziffern. »Hm. Das könnte Nastassia heißen. Nachname leider unleserlich. Des Feld 'Vater' ist leer.«

»Und auch die Namen kann man nicht mehr lesen.« Ein großer vergilbter Fleck wies darauf hin, dass dieses Schriftstück schon einmal Bekanntschaft mit Wasser oder einer anderen Flüssigkeit gemacht haben musste. Sie stöberten weiter, jeder in seinem Stapel. Viele Ausdrucke informierten über die allgemeine Vorgehensweise bei Adoptionen, was man alles zu tun und zu beachten hatte, selbst eine Art »Testbogen« war dabei, offenbar so etwas wie eine Checkliste oder Selbsttest, ob man bereit wäre, ein Kind zu adoptieren. Alle Fragen waren penibel ausgefüllt und angekreuzt.

»Sieh mal, hier ist etwas über einen Forscher. Einen Naturforscher. Was hat das denn in deinen Adoptionspapieren zu suchen?«

»Echt? Ich hatte auch schon was über einen Forscher, warte mal, irgendwo hier war doch...«. Lania blätterte zurück, um den Artikel wiederzufinden, dem sie vorher kaum Beachtung geschenkt hatte. Der muss versehentlich da rein gerutscht sein, hatte sie gedacht.

Schnattermast verstummte. Es war eine Art Bericht über eine Expedition, die dieser Forscher geleitet hatte und in dem er über seine Erkenntnisse und Erlebnisse berichtete. Doch es war weniger der Artikel selbst, als vielmehr die handschriftliche Notiz am Ende der Seite, die Jo berührte. Während Lania noch in ihrem Stapel blätterte, sagte Jophiel, ohne aufzusehen: »Lania, komm mal bitte. Ich habe hier etwas.«

Sie erkannte Mamas Schrift sofort. »Lanias Papa« stand handschriftlich auf dem Papier notiert. Lanias Augen wurden feucht.

»Jakob Seekamp ist sein Name. Er muss ein echtes Talent gewesen sein. Hier, sieh mal, da sind weitere Forschungsarbeiten von ihm.«

»Gibt es auch ein Foto?«, wollte Lania wissen und griff nach dem Artikel.

»Bislang nicht, zumindest habe ich noch keins gesehen.«

»Ob er noch lebt? Wie es ihm wohl geht?« murmelte Lania vor sich hin. Das Herz schlug ihr bis zum Hals. Es war ihre eigene Vergangenheit, die sie hier erforschte. Von einer Sekunde auf die andere hatte sie zwei Papas, und ohne ihn zu kennen, empfand sie eine tiefe Zuneigung zu diesem Forscher, der offenbar ihr leiblicher Vater sein musste. Warum sonst wären so viele Unterlagen über ihn in dieser Mappe? Aber warum gab es nichts von ihrer Mutter? Und warum war das Adoptionspapier nur von ihrer Mutter unterschrieben worden, wo man doch wusste, wer der Vater war?

Schnattermast legte die Unterlagen zur Seite und sah Lania direkt an.

»Lania, hör mir kurz zu bitte. Ich muss dir was sagen.« Lania unterbrach die Suche, obwohl sie zum zerreißen gespannt vor Neugierde war. »Ich weiß zwar immer noch nicht, wer oder was ich wirklich bin, aber ich glaube, ich war dein Schutzengel. Das hat man mir so gesagt und erklärt. Ich verstehe die Zusammenhänge auch noch nicht so endgültig, aber ich bin deinetwegen wieder gekommen, ohne die Zustimmung von oben. Ich dürfte nicht hier sein und weiß auch nicht, wie lange das gut geht und welche Konsequenzen das haben wird. Ich glaube aber, dass ich etwas mit dir oder deiner Familie zu tun habe, Schutzengel sind offenbar ganz oft verstorbene Verwandte und...«

»Ein ungehorsamer Engel. Das glaubt mir kein Mensch«, flachste Lania und blätterte weiter. Mehr und mehr Unterlagen zu diesem Forscher tauchten auf, wissenschaftliche Artikel, Meldungen.

»Im Ernst, Lania. Ich weiß nicht, ob ich noch irgendwelche Kräfte habe oder was passiert, wenn ich 'abberufen' werde. Ich bin mir sicher, dass es kein Zufall ist, dass wir beide...«

Lania unterbrach ihn mit einem spitzen Schrei. Von einer Sekunde auf die andere verlor sie jegliche Farbe aus dem Gesicht. Sie erstarrte mit offenem Mund und war unfähig, auch nur einen weiteren Laut von sich zu geben. Der Zeitungsausschnitt, den sie in den Händen hielt, war zu viel für sie. Langsam hob sie den Blick über den Rand des Artikels und sah Jophiel Schnattermast an, der wieder am Boden saß und beschwörend auf sie einzureden versuchte. Als müsste sie sich vergewissern, starrte sie ihn an, blass und fahl und mit einem Schrecken im Gesicht, als hätte sie ein Gespenst gesehen.

»Lania! Um Gottes Willen, was ist denn mit dir?« Er sprang auf und schüttelte sie an den Schultern, Lania war zu keiner Regung fähig. Erst, als ihr der Artikel aus den Händen glitt und Jophiel Schnattermast sein eigenes Konterfei in dem Artikel über das 'Skelett vom Huize Loh' sah, wusste er, warum es Lania die Sprache verschlagen hatte. Er, Jophiel Schnattermast alias Jakob Seekamp, war Lanias Vater gewesen und genau an dieser Stelle, wo er jetzt zusammen mit seiner Tochter stand, ums Leben gekommen.

Inzwischen waren mehrere Stunden vergangen, noch immer war Claudia an der Schwelle zwischen Leben und Tod, noch immer war banges Warten alles, was Max und Sven tun konnten. Sie wussten, dass sie nicht reden mussten. Sie wussten, es war alles gesagt. Neben der Sorge um seine Mama war Max nach wie vor voller Ungewissheit, was Lania anging. Auch ihre Mama wusste noch immer nicht, wo sie war, das hatte er am Telefon erfahren. Nachdem er Lania noch immer nicht erreicht hatte, hatte er bei ihr zu Hause angerufen. Jetzt war es schon später Nachmittag und noch immer fehlte jede Spur von ihr. Max dachte an Schnattermast und wo er jetzt wohl sein konnte. War er tatsächlich ein Engel? Warum war er jetzt nicht hier? Warum war Lania nicht aufgetaucht?

Ein lautes Geräusch holte ihn aus seinen Tagträumen, ein Geräusch, das er heute schon einmal vernommen hatte. Nicht schon wieder, bitte nicht schon wieder, dachte er, und auch Papa schien dasselbe zu denken. Die beiden sahen sich an, Papa nahm sofort Max' Hand, und als die Schwestern und Ärzte im Laufschritt an ihnen vorbei rannten und die Tür aufrissen, wussten die beiden, dass es wieder soweit war, dass Mamas Zustand wieder kritisch war, dass es wieder losging, um ihr Leben zu kämpfen. Wenn es nicht schon zu spät war. Wie viel Kraft kann ein Mensch haben? Wie viele Versuche, zu sterben, kann ein Mensch überleben? Max hatte keine Tränen mehr. Er drückte Papas Hand und hörte ihn sagen: »Vielleicht geht es ja gar nicht um Mama. Vielleicht ist es ein anderer Notfall.« So sehr Papa sich mühte, Max durchschaute sofort, dass er diese Worte selbst nicht wirklich glaubte. Bange Minuten des Wartens folgten. Am Schlimmsten ist die Machtlosigkeit, dachte sich Max. Nichts, aber auch gar nichts tun zu können, außer hier zu sitzen und zu hoffen, das ging an die Grenze des Erträglichen. Wie viel Kraft kann ein Mensch haben? Wie viele Rückschläge kann man verkraften? Wie viele Schicksalsschläge verarbeiten? Auch ihre Kraft, Papas und seine, war zu Ende. Sie waren beide leer und ausgelaugt.

Max dachte zuerst an eine Fata Morgana, als er aus verquollenen Augen glaubte, Lania am Ende des langen Krankenhausganges zu erkennen. Als die Gestalt näher kam, war er sich sicher. Er sprang auf. »Lania! Mein Gott, Lania! Wo warst du denn?«

Lania kam im Laufschritt auf ihn zu, und auch Papa war inzwischen aufgesprungen. Sie nahmen sich zu dritt in die Arme. Lania wollte eben zu einer Erklärung ansetzen, da ging die Tür auf, ein Arzt kam heraus. »Wir müssen noch einmal reanimieren«, war alles, was er mitzuteilen hatte, ehe er wieder durch die Tür verschwand. Sven setzte sich, ohne eine Antwort zu geben und Max und Lania gingen ein paar Schritte den Gang entlang.

»Max, hör mir zu. Hör mir nur einen Moment zu.« Lania flüsterte, leise, aber bestimmt, beschwörerisch fast, wusste aber nicht, ob sie ihn überhaupt erreichen konnte damit. »Max. Bitte. Schnattermast ist hier.«

Sofort drehte Max den Kopf zu Lania. »Wo ist dieser Idiot? ER ist doch an all dem Schuld und jetzt wagt er es auch noch, hier her zu kommen?« Max war wie von Sinnen. Es war ihm vielleicht noch nicht einmal übel zu nehmen, dass er einen Schuldigen suchte für die ganze Tragik, obwohl er tief in sich wusste, dass Schnattermast wahrscheinlich am wenigsten für die Situation konnte. Lania versuchte, ihn zu beruhigen. »Es ist alles anders, Max. Jo versucht ohne Anweisung von oben deiner Mama zu helfen. Er ist... er ist mein...«

»Zu spät! Dafür ist es vielleicht schon zu spät! Verstehst du denn nicht? Mama ist vielleicht schon tot!«

Sven hörte den Disput der Kinder wie aus der Ferne, als wäre er gar nicht Teil dieser Situation. Er hatte nicht mehr den Willen, Max von seinen Gedanken abzubringen. Er wusste, er hätte eingreifen müssen, hätte Max davon abhalten müssen, so zu denken. Er wusste es. Und konnte es dennoch nicht ändern. Sofort, als er den Arzt gesehen hatte, wusste er, dass es jeden Moment zu Ende gehen konnte. Man konnte doch nicht beliebig oft einen Menschen ins Leben zurückholen, der offenbar bereit war, zu gehen. Er sackte in sich zusammen und saß wie das personifizierte Elend, gebückt und eingefallen, aschfahl, auf dem Stuhl vor dem OP.

»Max, bitte. Du darfst jetzt nicht so denken. Es ist zu viel geschehen, was ich Dir erzählen muss, also bitte: Reiss Dich jetzt zusammen und hör mir zu. Jophiel Schnattermast ist mein Vater!«

Max brach in Gelächter aus. Tränenerstickt und voller Bitterkeit begann er zu lachen. Er konnte nicht anders. Er musste. Max glaubte in diesem Moment ernsthaft, den Verstand verloren zu haben. Lania schüttelte ihn und war selbst den Tränen nahe, weil sie spürte, dass sie Max zu verlieren drohte, dass er nicht mehr bei Sinnen war vor Schmerz und ihm ihre Erklärungen nicht gerade hilfreich erscheinen mussten, um noch einen Funken an die Realität und das Gute zu glauben.

»Max, ich bin adoptiert. Meine Eltern sind gar nicht meine Eltern. Also zumindest nicht meine leiblichen Eltern.«

»Ich muss mich setzen«, stammelte Max und ließ sich an Ort und Stelle, mitten auf dem Flur des Krankenhauses, mit dem Rücken an der Wand entlang zu Boden gleiten. Lania setzte sich neben ihn und nahm seine Hand.

»Jo Schnattermast war der Forscher vom Huize Loh. Er war es, der dort ums Leben gekommen ist. Und er ist mein leiblicher Vater. Er starb kurz vor meiner Geburt und meine Mutter hat mich zur Adoption freigegeben. Mama und Papa haben mich sozusagen vom Krankenhaus weg adoptiert.«

»Was sagst Du da? Das bedeutet ja... das heißt... Was heißt das denn eigentlich?«

»Das heißt, das Jo Schnattermast eigentlich zurück gekommen ist, um uns zu helfen. Und er eigentlich gar nicht mehr hier sein dürfte. Er hatte aber eine so innige Verbindung zu uns, naja, zu mir in erster Linie, und wusste zunächst selbst nicht warum. Und jetzt setzt er sich über alle Anweisungen hinweg und will deiner Mama helfen.«

Als Jophiel den Operationssaal betrat, war das Krankenhausteam in professioneller Aufregung. Hektisch, ja. Gespannt, ja. Aber gleichzeitig routiniert und gefasst. Die Maschinen und Geräte, an die Claudia angehängt war, piepsten und pfiffen.

»Ist die Klimaanlage wieder angesprungen?«, sagte einer. »Komisch, ich dachte eben auch, ich hätte einen Luftzug gespürt«, antwortete ein anderer. Sie konnten Jophiel nicht sehen, wie auch, seine Gestalt hatte er zurückgelassen, er war präsent, aber nicht da, war anwesend, aber nicht vorhanden. Claudia war bereits im Licht, als Jophiel sie erreichte. Sie hatte sich bereits entschieden, und selbst ein Geistwesen wie Jophiel Schnattermast unterliegt in solchen Fällen einem gewissen irdischen Zeitbegriff. Es war Eile geboten, um Claudia nicht endgültig zu verlieren.

Er versuchte, seine ganze Kraft zu bündeln, um sie zu erreichen, um sie zurück zu bitten und wusste doch gleichzeitig, dass es ein schier aussichtsloses Unterfangen wäre. Plötzlich waren die Bilder seines eigenen

Weges ins Licht wieder vorhanden, er sah sich selbst in der Schlucht liegen, begraben von einem riesigen Fels, durch den er jetzt einfach durchschauen konnte, als gäbe es ihn nicht. Er sah sich selbst dort liegen, im Huize Loh, mit zerschmetterten Gliedmaßen und so tot, wie man nur sein konnte. Die Wärme und Geborgenheit seines Lichtes kam ihm jetzt in den Sinn, jetzt da er Claudia auf den Fersen war, da er in »ihr« Licht eingetaucht war, da er als Störenfried in diesen wunderbaren, allumfassenden, göttlichen Frieden eintauchte. Claudia spürte ihn zuerst, bevor sie ihn hörte oder sah. Sie spürte, dass es, so wohlig es sich auch anfühlte, noch nicht der endgültige Frieden war, den sie so sehr herbeigesehnt hatte, da war noch etwas, das störte, das rieb, das kratzte, das unangenehm war und die völlige Erlösung blockierte. Claudia drehte sich um und sah ihn. Sie sah Jophiel Schnattermast, wie er ihr folgte und aus dem Dunkel, das hinter ihr lag, ins Licht kam. Sie wusste nicht, was das zu bedeuten hatte und fühlte doch sogleich, dass es etwas Ungutes war, was er mit sich brachte, etwas Gewöhnliches, etwas Kaltes, Abweisendes. Ja, es war der Mief des Irdischen, den er an sich trug und dem Claudia soeben entschwunden schien.

»Warum könnt ihr mich nicht endlich gehen lassen? Reicht es denn immer noch nicht?«

»Deine Eltern machen sich Sorgen.« Max′ Stimme war gedämpft, kraftlos.

»Ich weiß. Ich habe Mama angerufen von unterwegs. Ich hab ihr gesagt, dass ich alles weiß. Und dass ich sie wahnsinnig lieb habe. Sie sind auf dem Weg hierher.«

Lania war so unglaublich stark, dass es Max beinahe schwindelte. Sie war stets Herrin der Lage, überblickte die Geschehnisse so nüchtern und war dabei dennoch so einfühlsam, wie man sich einen Menschen nur wünschen konnte. Wie auf Kommando sahen sie Amelie und Jonathan den

Gang entlang kommen. Lania stand auf, wollte ihnen entgegen laufen, blieb aber stehen, drehte sich zu Max um, der noch immer kauernd am Boden saß, als wollte sie sich vergewissern, ob sie ihn alleine lassen konnte. »Geh! Geh doch bitte«, sagte Max mit aller Kraft, die er entbehren konnte, um nur ja so überzeugend wie möglich zu sein. Schließlich sollte wenigstens Lania eine Familie behalten, falls ihm das schon nicht vergönnt sein würde.

Amelie und Jonathan stürzten auf Lania zu, nahmen sie in den Arm, drückten sie, alle drei hielten sich im Arm, Amelie schluchzte. »Wir wollten es dir sagen, Lania. Wir wollten es wirklich...«

»Psssssst«, flüsterte Lania. »Du musst nichts sagen. Ich hab euch lieb.«

»Wir können dich deswegen nicht gehen lassen, weil es jemanden gibt, der um dich kämpft, Claudia. Der nicht loslassen kann. Du kannst noch nicht gehen.« Schnattermast war völlig ruhig und gefasst.

»Oh doch, das kann ich, glaube mir.« Sie drehte sich um und wandte sich wieder dem Licht zu. »Ich habe beileibe versucht, zu kämpfen, aber der Kampf ist vorbei. Und ich bin froh darum. Sieh doch, welch wunderschönes Licht auf mich wartet!«

»Nein, Claudia, das ist noch nicht dein Licht. Glaube mir.« Jophiel versuchte, alle Liebe, die er in sich trug, alle Liebe für Lania, für Max, alle Liebe des ganzen Universums in sich zu vereinen. »Du wirst noch gebraucht. Max geht zugrunde ohne dich.«

Postwendend drehte sich Claudia erneut um. Der Name 'Max' versetzte ihr einen solchen Stich in ihrem Inneren, dass sie beinahe krampfte.

»Was ist mit Max? Wie geht es ihm? Ich werde ihn doch sehen können, wenn ich erst im Licht bin?«

»Eine ganze Weile sicherlich, ja. Vielleicht kannst du ihn sogar begleiten, eine Zeit lang. Vielleicht aber auch nicht. Deine geistige Liebe wird ihn immer umgeben. Aber er braucht mehr von dir, Claudia. Er muss den Weg gemeinsam mit dir gehen.«

»Wer... wer bist du?« Sie war so hin- und hergerissen, dass es sie schmerzte. Alles, alles hätte sie vor wenigen Augenblicken gegeben, um ins Licht zu gehen, und nun, mit nur einem einzigen Wort, hatte es dieses Wesen geschafft, sie wieder zum Zweifeln zu bringen. Jetzt spürte sie, dass auch von ihm eine Güte ausging, die sie zunächst nicht vermutet und auch nicht wahrgenommen hatte.

»Die Liebe einer Mutter ist durch nichts zu ersetzen, Claudia. Das weißt du. Max braucht diese Liebe wie nichts anderes auf der Welt!«

Claudia zögerte.

»Und seine Freundin auch. Sie ist der eigentliche Grund, warum ich hier bin, um dich zurückzubringen.«

»Freundin? Max hat eine Freundin?«

»Er hat nicht EINE Freundin. Er hat die bezauberndste, klügste, unkomplizierteste und hübscheste Freundin der ganzen Welt. Sie sieht aus wie du, Claudia. Und wie Anna-Marie.«

Das war zu viel. Claudia hatte alle Leichtigkeit verloren. Von einer Sekunde auf die andere spürte sie wieder körperlich die Schmerzen, die ihr geschundener Körper verursachte. Von einer Sekunde auf die andere war sie nicht mehr im Licht, stand sie nicht mehr in der Wärme, nicht mehr in diesem hellen, wunderbaren, allumfassenden, göttlichen Schein. Von einer Sekunde auf die andere war sie zurück, zurück in einem irdischen Körper, den sie doch schon längst abgelegt hatte, wie ein lästiges Anhängsel. »Max...«, stammelte sie noch, »Max...«

»Wir haben sie! Sie lebt! Sie lebt!« Die Ärzte arbeiteten fieberhaft daran, Claudias verfliegenden Lebenshauch zu behalten.

Einen letzten Moment hatte Jophiel noch mit ihr alleine, einen allerletzten, kurzen Moment, in dem er ihr dankte, ihr seinen Atem einhauchte, kalt zunächst, wie ein Lufthauch, der durch den OP wehte, warm aber, als er Claudias Lungen erreichte, warm wie das Blut, das nun in ihren Adern wieder zu pulsieren begann, warm, wie die Liebe, die zurückkehrte in ihr Leben. Ein klitzekleines, ein seliges, ein weltentrücktes Lächeln umspielte Claudias Mund, als nun die ganze Station um ihr Bett versammelt war, alle Ärzte und Pfleger, alle Schwestern und OP-Helfer standen im Raum und gestikulierten und rannten, sie redeten, ja schrien durcheinander. »Ein Wunder!«, »Ein Wunder!«, »...gibt es nicht!«, »...kann nicht sein!«, Wortfetzen, die Jophiel Schnattermast noch mitnahm, als er den Raum verließ, noch immer körperlos, einen Raum, der nun plötzlich und durch ihn unvermittelt so mit grenzenloser, unbeschreiblicher Freude angefüllt war, dass sich Ärzte und Schwestern, Pfleger und Helfer in die Arme fielen, ob der Situation, die sie hier erleben durften. Später würden sie sich das selbst nicht erklären können und manchem war es sogar ausgesprochen peinlich, so peinlich, dass nie wieder darüber gesprochen wurde. Noch nie, noch niemals zuvor uns nie danach war die ärztliche Besetzung einer Intensivstation so emotional berührt gewesen. Nur Jophiel Schnattermast und Claudia Grünlinger wussten in diesem Moment, dass es nicht ein Wunder, sondern die Liebe war, die dies bewirkte.

Vor der Tür hatten Sven und Max, Lania, Amelie und Jonathan davon nicht das Geringste mitbekommen, so sehr waren sie in ihrer Trauer gefangen, und als Dr. Neher selbst zu ihnen kam, mit Tränen im Gesicht, aufgelöst, zitternd, um ihnen mitzuteilen, dass Claudia lebt, dachte Sven an einen bösen, an einen makaberen Scherz, er konnte es nicht glauben, traute seinen Ohren nicht, weil er von einem weinenden Arzt eine andere Botschaft erwartet hatte. Max horchte auf und fand die Fassung wieder, er sah Lania an, die ihn so voller Güte anlächelte, dass es Max einen Stich ins Herz versetzte. Es schien, als könnte er plötzlich verstehen. Dieser eine Blick sagte alles aus, erklärte alles und nichts, war wie der kleinste Bestandteil des Universums und das größte Bauwerk der Erde zugleich.

»Kommen Sie, kommen Sie schnell, sie lebt, sie lebt!« Max und Sven waren erst wie angewurzelt, konnten sich nur langsam lösen, und gerade, als sie losliefen, kam ihnen Jophiel Schnattermast entgegen, unsichtbar nun auch für Sven und Max, schon beinahe komplett in die andere Welt hinübergegangen, sich auflösend, und doch mit einem wissenden, mit einem letzten, einem finalen, einem endgültigen Lächeln. Einem Lächeln allein für Lania, für seine Lania.

Amelie und Jonathan hielten sich im Arm und beobachteten ihre Tochter. Auch sie konnten Schnattermast nicht sehen, und obgleich sie noch längst nicht in alle Tiefen des Abenteuers eingeweiht waren, so wusste doch zumindest Amelie, was hier geschah.

»Kannst du ihn sehen?«, fragte sie ihre Tochter.

»Ja«, antwortete Lania, ohne den Blick von Jo zu nehmen. »Ja, ich sehe ihn. Er verabschiedet sich.«

Sie hob die Hand und erwiderte sein Lächeln, es war ihr klar, dass dies ein Abschied für immer sein würde, dass Jophiel Schnattermast oder Jakob Seekamp immer bei ihr sein, aber nie wieder Gestalt annehmen würde. Seine tiefe, reine Liebe aber war es, die Lania in diesem Moment in ihr Herz einschloss und für immer, für alle Zeit dort aufbewahrte.

Epilog

Claudia starb friedlich. Der Weg ins Licht war mit keinerlei Hindernissen mehr verbunden, im Gegenteil. Das Licht schien so hell, so warm, wärmer und lockender noch als beim letzten Mal. Sie war bereit, das wusste sie. Alles war vorbereitet, alles war richtig, so, wie es war.

Und ihre Lieben wussten das auch. Alle waren bei ihr, als sie ihren letzten Weg antrat, selig lächelnd, genau so, wie man sie damals im Krankenhaus angetroffen hatte, als Schnattermast sie zurückgebracht hatte. Mit demselben Lächeln, mit dem sie damals den Rückweg ins irdische Dasein angetreten hatte, ging sie nun auf ihre letzte, ihre allerletzte Reise.

Sven war ihr schon vor vier Jahren vorausgegangen, und sie war froh, ihm nun bald wieder gegenüberzutreten. Sie waren unzertrennlich gewesen in den letzten vierzig Jahren, fast so wie vor ihrer schlimmen Krankheit, fast so, wie damals, als sie jung waren, glücklich und unbeschwert. Sie waren ein gemeinsam alterndes Paar gewesen, das in gegenseitiger Liebe und Achtung voreinander mit großer Würde sein Leben gemeistert hatte. Jonathan und Amelie waren ein ganz wesentlicher Teil dieses Lebens geworden, gemeinsam verband sie mehr als eine innige Freundschaft, beinahe schon eine Seelenverwandtschaft. Das Schicksal hatte ihre Lebensentwürfe so eng miteinander verbunden, dass jeder, selbst jeder Außenstehende, den Anschein gewann, es musste alles so sein. Lania war ihren Eltern zu keiner Sekunde böse gewesen, sie hatte niemanden verloren, sondern vielmehr einen zweiten Vater gewonnen. Mehr noch: Auch zwischen Lania und ihren Eltern wuchsen die Familienbande nach Claudias Rettung noch enger zusammen als sie es ohnehin schon waren. Die Visionen waren übrigens mit dem Tag von Claudias Rettung vorbei und Lania vermisste sie keineswegs, auch sie waren wohl nur ein Mittel zum Zweck gewesen, wie so vieles in dieser Geschichte. Die Sensibilität, die feinen Antennen, wie sie auch Amelie besaß, waren ihr geblieben.

Damals, als Claudia als »medizinisches Wunder« aus dem Krankenhaus entlassen worden war, als die Ärzte an ihren eigenen Erklärungsversuchen scheiterten, wie jemand, der bereits minutenlang tot war, nicht nur ins Leben zurückkehren konnte, sondern gleichzeitig auch noch vom Krebs geheilt war, von diesem Moment an, war sie ein Mensch mit einem zweiten Leben und jeder in ihrer Umgebung spürte fortan, dass von Claudia eine ganz besondere Aura ausging. Sie hatte so viel Wärme und Zuneigung zu geben. Claudia war die personifizierte Liebe und Sven war bereit, diese Liebe mit all dem, was ihm möglich war, zu erwidern.

»Warum bist du gegangen, ohne uns zu sagen, dass du krank bist?«, hatte Max sie gefragt, damals, nach ihrer Rettung. Sie brauchte lang, bis sie die Antwort aussprechen konnte. Sie wollte es Max sagen, spürte, dass sie ihm ebenso wie Sven Antworten schuldig war, hatte aber Angst, damit ihre gerade wieder beginnende, neue, alte Liebe zu Sven wieder aufs Spiel zu setzen, weil die Antwort sie in ein Leben zurück katapultierte, das sie glaubte, so weit hinter sich gelassen zu haben, als wären inzwischen Jahrhunderte, ach was: Jahrtausende vergangen.

Schließlich sagte sie es doch. Sie wusste, dass dies der letzte Schritt war, um das Alte hinter sich zu lassen und endgültig in ihr neues, ihr zweites Leben einzutauchen.

»Weil ich wollte, dass ihr mich hasst, Max«, war die Antwort. Max verstand nicht. Wie auch? Wie sollte ein 13jähriger verstehen können? »Ich wollte, dass ihr mich hasst, weil ich euch im Stich lasse. Ich habe gehofft, dass ihr dadurch leichter über meinen Tod hinwegkommen würdet, wenn ihr mich nur genug hassen könntet.«

»Wie um alles in der Welt sollte ich dich jemals hassen können, Mama?« hatte Max geantwortet, ihr Max, ihr ein und alles, ihr Retter, ihr Stolz, ihr Universum. Sie hatte nichts erwidern können, auch nichts erwidern müssen darauf, es war gut. Es war alles gesagt und es musste nie wieder ausgesprochen werden.

Als Max und Lania Jahre später geheiratet hatten und schließlich auch noch eine Tochter bekamen und diese Anna-Marie tauften, war das Glück umfassend. Von Lania und Max sollte man später sagen, dass es ohnehin nicht anders hätte kommen können, weil die beiden doch schon immer zusammen waren. Füreinander bestimmt waren. Unzertrennlich waren. Eins waren. Wie Claudia und Sven vor Zeiten. Schnattermast war nie wieder gekommen, und das musste er auch nicht, denn Max und Lania wussten, dass er immer bei ihnen und bei ihrer Tochter Anna-Marie sein würde. Jophiel Schnattermast. Jophiel. Erst viel, viel später kamen sie auf das Naheliegende, darauf, was Jophiel eigentlich bedeutet. »Wir hätten es einfacher haben können«, sagte Max einmal, als er im Internet über Engelsnamen gestolpert war. »Erzengel Jophiel«, las Max mit Blick auf den Computermonitor vor, »der Engel des Friedens, der Erleuchtung und der Weisheit, der Engel der Kunst und Schönheit. Der Engel, der uns hilft, unser Leben positiv zu sehen, der unser Herz mit Wärme, Dankbarkeit und Freude erfüllt. Er hat ganze Arbeit geleistet.«

Dass Opa Grummel der einzige gewesen war, der um Claudias Krankheit gewusst hatte und ihr auch noch Geld gebracht hatte, ohne Sven und Max darüber etwas zu erzählen, hatte kurzzeitig für familiären Unfrieden gesorgt. Aber nur kurzzeitig. Wirklich böse konnte ihm niemand sein.

Nur das Wort »laniablond« hatte sich noch nicht durchgesetzt, obwohl Lania und Anna-Marie diese unvergleichliche Haarfarbe trugen und bis heute tragen. Vielleicht gibt es das Wort ja jetzt, da Du dieses Buch fertig gelesen hast?